이상 전집

2

이상
전집

2
시·수필·서간

초판 1쇄 펴낸 날 | 2025년 1월 17일

지은이 | 이상
펴낸이 | 홍정우
펴낸곳 | 도서출판 가람기획

책임편집 | 김다니엘
편집진행 | 홍주미, 이은수, 박혜림
디자인 | 이예슬
마케팅 | 방경희

주소 | (03908) 서울시 마포구 월드컵북로 375, DMC이안상암1단지 2303호
전화 | (02)3275-2915~7
팩스 | (02)3275-2918
이메일 | brainstore@publishing.by-works.com

등록 | 2007년 3월 17일(제17-241호)

이상
전집

'박제가 된 천재' 이상 깊이 읽기

가람
기획

2

시·수필·서간

일러두기

1. 각 장르별 작품 배열은 발표 연대 순으로 했다.

2. 현행 맞춤법과 띄어쓰기에 어긋나는 것은 바로잡되 작가가 의도적으로 표현한 것은 그대로 두었다. 표기는 대체로 원문을 존중하였으나, 한자는 한글로 고치고 의미상 필요하다고 판단되는 경우에만 병기하는 방식으로 처리했다.

3. 주석 및 뜻을 파악하기 힘든 어휘는 해당 작품 끝에 주를 달았다. 아울러 부록에 따로 '어휘풀이'만을 덧붙여서 본문에 자주 나오는 어려운 어휘는 쉽게 찾아볼 수 있도록 했다.

4. 본문의 내용을 이해하기 쉽도록 최대한 주를 달았으나, 가끔 이해되지 않는 부분도 있다. 이는 원고, 특히 유고가 가진 결함 때문이다.

5. 유고 가운데서도 '미발표 창작 노트의 글'이라는 것은 문학평론가 조연현이 1960년 우연찮게 입수한 원고 뭉치를 일컫는다.

6. 이상의 전작 중 일부 난삽한 유고, 문학평론적인 성격의 글, 앙케트는 본 전집에서 제외시켰다.

차례

시

이상한 가역반응

3차각설계도

오감도

건축무한육면각체

위독

수필

부록

서간

시

이상
전집

이상한 가역반응

임의의반경의원圓(과거분사의시세時勢)

원내의일점과원외의일점을결부한직선

2종류의존재의시간적영향성
(우리들은이것에관하여무관심하다)

직선은원을살해하였는가

현미경
그밑에있어서는인공도자연과다름없이현상現象되었다.

*

같은날의오후
물론태양이존재하여있지아니하면아니될처소에존재하여있었을뿐만아니라그렇게하지아니하면아니될보조步調를미화하는일까지도하지아니하고있었다.

발달하지도아니하고발전하지도아니하고

이것은분노이다.

철책밖의백대리석건축물이웅장하게서있던

진진眞眞5″의각角바²⁾의나열에서육체에대한처분을센티멘털리즘하였다.

목적이있지아니하였더니만큼냉정하였다.

태양이땀에젖은잔등을내리쬐었을 때

그림자는잔등전방에있었다.

사람은말하였다.

"저변비증환자는부잣집으로식염食鹽을얻으려들어가고자희망하고있는

것이다"라고

………………

— 주

1) 『조선과 건축』(1931. 7)에 일문으로 발표한 시. 「이상한 가역반응」이라는 표제하
   에 「이상한 가역반응」「파편의 경치」「▽의 유희」「수염」「BOITEUX·BOITEUSE」
   「공복」 등 6편의 시를 발표했다.

2) 진진眞眞5″의각角바: 5″는 5초. 1초는 1/60분이요, 1분은 1/60도이므로, 5초는
   거의 각이 없는 상태. '바'는 bar, 즉 막대기나 몽둥이.

이상異常한 가역반응可逆反應

파편破片의 경치景致

△은 나의 AMOUREUSE[1]이다.

나는하는수없이울었다.

전등이담배를피웠다.

▽은1/W[2]이다.

                                      *

▽이여! 나는괴롭다.

나는유희한다.

▽의슬리퍼는과자와같지아니하다.

어떻게나는울어야할것인가

                                        *

쓸쓸한들판을생각하고

쓸쓸한눈내리는날을생각하고
나의피부를생각하지아니한다.

기억에대하여나는강체剛體³⁾이다.

정말로
"같이노래부르세요"
하면서나의무릎을때렸을터인일에대하여
▽은나의꿈이다.

스틱⁴⁾! 자네는쓸쓸하며유명有名하다.

어찌할것인가

마침내▽을매장한설경雪景이었다.

— **주**

1) AMOUREUSE: '연인'을 뜻하는 프랑스어.
2) W: '와트watt' 혹은 전구의 필라멘트 모양.
3) 강체剛體: 힘을 가하여도 모양과 부피가 변하지 않는 가상적인 물체.
4) 스틱stick: 지팡이. 남성의 상징.

이상異常한 가역반응可逆反應

▽의 유희

△은 나의 AMOUREUSE이다.

종이로만든뱀을종이로만든뱀이라고하면
▽은뱀이다.

▽은춤을추었다.

▽의웃음을웃는것은파격이어서우스웠다.

슬리퍼가땅에서떨어지지아니하는것은너무소름끼치는일이다.
▽는눈은동안冬眼이다.
▽은전등을3등태양인줄안다.

*

▽은어디로갔느냐
여기는굴뚝꼭대기냐
나의호흡은평상적이다.

그러한데텅스텐은무엇이냐

(그무엇도아니다)

굴곡한직선

그것은백금과반사계수가상호동등하다.

▽은테이블밑에숨었느냐

*

1

2

3

3은공배수의정벌征伐로향하였다.

전보는아직오지아니하였다.

이상異常한 가역반응可逆反應

수염

(鬚수·髭자[1]·그밖에수염일수있는것들·모두를이름)

1

눈이존재하여있지아니하면아니될처소는삼림森林인웃음이존재하여있었
다.

2

홍당무

3

아메리카의유령은수족관이지만대단히유려하다.
그것은음울하기도한것이다.

4

계류溪流에서—
건조한식물성이다.
가을

5

1소대一小隊의군인이동서의방향으로전진하였다고하는것은

무의미한일이아니면아니된다.

운동장이파열하고균열한따름이니까

6

삼심원三心圓[2)]

7'

조[粟]를그득넣은밀가루포대

간단한수유須臾의월야月夜였다.

8

언제나도둑질할것만을계획하고있었다.

그렇지는아니하였다고한다면적어도구걸하기는하였다.

9

소소疎한것은밀密한것의상대이며또한

평범한것은비범한것의상대였다.

나의신경은창녀보다도더욱정숙한처녀를원하고있었다.

10

말[馬]—

땀[汗]—

여余[3)], 사무事務로써산보라하여도무방하도다.

여余, 하늘의푸르름에지쳤노라이같이폐쇄주의로다.

— **주**

1) 鬚수·髭자: '鬚'는 턱수염 수, '髭'는 코밑수염 자.

2) 삼심원三心圓: 세 개의 중심을 가지고 연결된 원.

3) 여余: '나'란 뜻.

이상異常한 가역반응可逆反應

BOITEUX·BOITEUSE[1]

긴것

짧은것

열십자

　　　　　　그러나CROSS[2]에는기름이묻어있었다.

　　　　　　추락

　　　　　　부득이한평행

　　　　　　물리적으로아팠었다.

　　　　　　　　　　　　(이상以上평면기하학)

오렌지

대포

포복匍匐

만약자네가중상을입었다할지라도피를흘렸다고한다면참멋쩍은일이다.

오—
침묵을타박하여주면좋겠다.
침묵을어하히타박하여나는홍수와같이소란할것인가
침묵은침묵이냐

메스를갖지아니하였다하여의사일수없는것일까
천체天體를잡아찢는다면소리쯤은나겠지

나의보조步調는계적繼續된다.
언제까지도나는시체이고자하면서시체이지아니할것인가

— **주**
1) BOITEUX·BOITEUSE: '절름발이'란 뜻의 프랑스어.
2) CROSS: 십자가.

이상異常한 가역반응可逆反應

공복空腹

바른손에과자봉지가없다고해서
왼손에쥐어져있는과자봉지를찾으려지금막온길을5리나되돌아갔다.

이손은화석化石하였다.

이손은이제는이미아무것도소유하고싶지도않다소유된물건의소유되는것
을느끼기조차하지아니한다.

지금떨어지고있는것이눈[雪]이라고한다면지금떨어진내눈물은눈[雪]이어
야할것이다.

나의내면과외면과
이건件의계통系統인모든중간들은지독히춥다.

좌 우
이양측의손들이상대방의의리를저버리고두번다시악수하는일은없이
　곤란한노동만이가로놓여있는이정돈하여가지아니하면아니될길에있어서
독립을고집하는것이기는하나

추우리로다.

추우리로다.

누구는나를가리켜고독하다고하느냐

이군웅할거를보라

이전쟁을보라

나는그들의알력의발열의한복판에서혼수한다.

심심한세월이흐르고나는눈을떠본즉

시체도중발한다음의고요한월야를나는상상한다.

천진한촌락의축견畜犬들아짖지말게나

내험온驗瑘은적당스럽거니와

내희망은감미롭다.

오감도鳥瞰圖[1]

2인 · 1

기독基督은남루한행색으로설교를시작했다.

알·카포네[2]는감람산橄欖山[3]을산山채로납촬拉撮[4]해갔다.

1930년이후의일―

네온사인으로장식된어느교회입구에서는뚱뚱한카포네가볼의상흔을신축

伸縮시켜가면서입장권을팔고있었다.

── 주

1) 『조선과 건축』(1931. 8)에 일문으로 발표한 시. 표제인 '오감도鳥瞰圖'는 '조감도
   鳥瞰圖'에서 비롯된 조어로서, 「2인·1」「2인·2」「신경질적으로 비만한 삼각형」
   「LE URINE」「얼굴」「운동」「광녀의 고백」「흥행물천사」 등 8편의 시를 발표했다.

2) 알 카포네(Al Capone, 1899~1947): 본명은 알폰소 카포네Alphonse Capone.
   시카고를 중심으로 조직범죄단을 움직인 미국의 유명한 갱단 두목.

3) 감람산橄欖山: 이스라엘 예루살렘 동쪽에 있는 산. 예수가 자주 와서 기도를 올
   렸으며, 그의 승천도 이 산정에서 이루어졌다고 함. '올리브 산'이라고도 한다.

4) 납촬拉撮: '부러뜨려 집는다'는 뜻.

오감도烏瞰圖

2인 · 2

알·카포네의화폐는참으로광光이나고메달로하여도좋을만하나기독의화폐는보기흉할지경으로빈약하고해서아무튼돈이라는자격에서는일보도벗어나지못하고있다.

카포네가프레젠트[1]로보내어준프록·코트[2]를기독은최후까지거절하고말았다는것은유명한이야기거니와의당宜當한일이아니겠는가.

— 주

1) 프레젠트present: 선물.
2) 프록·코트(frock coat): 남성용 서양식 예복. 보통 검은색이며 저고리 길이가 무릎까지 내려온다.

오감도烏瞰圖

신경질적으로 비만한 삼각형

△은 나의 AMOUREUSE이다.

▽이여씨름에서이겨본경험은몇번이나되느냐.

▽이여보아하니외투속에파묻힌등덜미밖엔없고나.

▽이여나는호흡에부서진악기로다

　　나에게여하한고독은찾아올지라도나는闃闃하지아니할 것이다.

　　오직그러함으로써만나의생애는원색과같이풍부하도다.

그런데나는캐러밴[1]이라고.

그런데나는캐러밴이라고.

오감도鳥瞰圖

LE URINE[1]

불길과같은바람이불었건만불었건만얼음과같은수정체는있다. 우수는 DICTIONAIRE[2]와같이순백하다. 녹색풍경은망막에다무표정을가져오고 그리하여무엇이건모두회색의명랑한색조로다.

들쥐[野鼠]와같은험준한지구등성이를포복하는짓은대체누가시작하였는 가를수척하고왜소한ORGANE[3]을애무하면서역사책빈페이지를넘기는마음 은평화로운문약文弱이다. 그러는동안에도매장되어가는고고학은과연성욕 을느끼게함은없는바가장무미하고신성한미소와더불어소규모하나마이동되 어가는실과같은동화童話가아니면아니되는것이아니면무엇이었는가.

진녹색납죽한사류蛇類는무해롭게도수영하는유리琉璃의유동체는무해롭 게도반도半島도아닌어느무명산악山岳을도서島嶼와같이유동하게하는것이 며그럼으로써경이와신비와또한불안까지를함께털어놓는바투명한공기는북 국과같이차기는하나양광을보라. 까마귀는흡사공작과같이비상하여비늘을 질서없이번득이는반개半個의천체에금강석과추호도다름없이평면적윤곽을 일몰전에빗보이며교만함은없이소유하고있는것이다.

이러구러숫자의COMBINATION을망각하였던약간소량의뇌장腦臟에는

설탕과같이청렴한이국정조로하여가수상태를입술위에꽃피워가지고있을즈음번화로운꽃들은모두어디로사라지고이것을목조木彫의작은양羊이두다리를잃고가만히무엇엔가귀기울이고있는가.

수분이없는증기蒸氣하여온갖고리짝은마르고말라도시원치않은오후의해수욕장근처에있는휴업일의조탕潮湯은파초선芭蕉扇과같이비애에분열하는원형음악과휴지부休止符, 오오춤추려무나일요일의비너스여,목쉰소리나마노래부르려무나일요일의비너스여.

그평화로운식당도어에는백색투명한MENSTRUATION[4]이라문패가붙어서한정없는전화를피로하여LIT[5]위에놓고다시백색여송연을 그냥물고있는데. 마리아여, 마리아여, 피부는새까만마리아여, 어디로갔느냐, 욕실수도콕에선열탕이서서히흘러나오고있는데가서얼른어젯밤을막으렴, 는밥이먹고싶지아니하니슬리퍼를축음기위 에엎어놓아주려무나.

무수한비가무수한추녀끝을두드린다두드리는것이다. 분명상박上膊과하박下膊[6]과의공동피로임에틀림없는식어빠진점심을먹어볼까 - 먹어본다. 만돌린은제스스로포장하고지팡이잡은손에들고자 그마한삽짝문을나설라치면언제어느때향선香線[7]과같은황혼은벌써왔다는소식이냐. 수탉아, 되도록이면순사가오기전에고개수그린채 미한대로울어다오. 태양은이유도없이사보타주를자행하고있는것은전연사건이외의일이아니면아니된다.

─ 주

1) LE URINE: '오줌'을 뜻하는 프랑스 어. 바른 표기는 'L'urine'.

2) DICTIONAIRE: '사전'을 뜻하는 프랑스어.

3) ORGANE: '기관器官'을 뜻하는 프랑스어. 여기서는 '성기性器'.

4) MENSTRUATION: 월경月經.

5) LIT: '침대'를 뜻하는 프랑스어.

6) 상박上膊과 하박下膊: 위팔과 아래팔.

7) 향선香線: 선형線型으로 된 것을 태우는 향香.

얼굴

배고픈얼굴을본다.

반드르르한머리카락밑에어째서배고픈얼굴은있느냐.

저사내는어데서왔느냐.
저사내는어데서왔느냐.

저사내어머니의얼굴은박색임에틀림없겠지만저사내아버지의얼굴은잘생겼을것임에틀림이없다고함은저사내아버지는워낙은부자였던것인데저사내어머니를취한후로는급작히가난든것임에틀림없다고생각되기때문이거니와참으로아해라고하는것은아버지보담도 어머니를더닮는다는것은그무슨얼굴을말하는것이아니라성행性行을말하는것이지만저사내얼굴을보면저사내는나면서이후대체웃어본적이있었느냐고생각되리만큼험상궂은얼굴이라는점으로보아저사내는나면서이후한번도웃어본적이없었을뿐만아니라울어본적도없었으리라믿어지므로더욱더험상궂은얼굴임은즉저사내어머니의얼굴만을보고자라났기때문에그럴것이라고생각되지만저사내아버지는웃기도하고하였을것임에는틀림없을것이지만대체로아해라고하는것은곧잘무엇이나흉내내는성질이있음에도불구하고저사내가조금도웃을줄을모르는것같은얼굴만을하고있는것으로본다면저사내아버지는해외를방랑하여저사내가제법사람구실을하는저사내로장성한후로도아직돌아오지아니하던것임에틀림이없다고생각되기때문에또그렇다면저사내어머니는대체어떻게그날그날을먹고살아왔느냐하는것이문제가될것은물론이지만어쨌든간에저사내어머니는배고팠을것임에틀림없으므로배고픈얼굴을하였을것임에틀림없는데귀여운외톨자식인지라저사내만은무슨일이었든간에배고프지않도록하여길러낸것임에틀림없을것이지만아무튼아해라고하는것은어머니를가장의지하는것인즉어머니의얼굴만을보고저것이정말로마땅스런얼굴이구나하고믿어버리고선어머니의얼굴만을열심으로흉내낸것임에틀림없는것이어서그것이지금은입에다금니를박은신분과시절이되었으면서도이젠어쩔수도없으리만큼굳어버리고만것이나아닐까고생각되는것은무리도없는일인데그것은그렇다하더라도반드르한머리카락밑에어째서저험상궂은배고픈얼굴은있느냐.

오감도烏瞰圖

운동

　　1층위에있는2층위에있는3층위에있는옥상정원에올라서남쪽을보아도아무것도없고북쪽을보아도아무섯도없고해서옥상정원밑에있는3층밑에있는2층밑에있는1층으로내려간즉동쪽에서솟아오른태양이서쪽에떨어지고동쪽에서솟아올라서쪽에떨어지고동쪽에서솟아올라서쪽에떨어지고동쪽에서솟아올라하늘복판에와있기때문에시계를꺼내본즉서기는했으나시간은맞는것이지만시계는나보담도젊지않으냐하는것보담은나는시계보다는늙지아니하였다고아무리해도믿어지는것은필시그럴것임에틀림없는고로나는시계를내동댕이쳐버리고말았다.

광녀의 고백

여자인S옥양玉孃한테는참으로미안하오. 그리고
B군자네한테감사하지아니하면아니될것이오. 우리
들은S양의전도에다시광명이있기를빌어야하오.

창백한여자.

얼굴은여자의이력서이다. 여자의입은작기때문에여자는익사 하지아니하
면아니되지만여자는물과같이때때로미쳐서소란해지는수가있다. 온갖밝음
의태양들아래여자는참으로맑은물과같이떠돌고있었는데참으로고요하고매
끄러운표면은조약돌을삼켰는지아니 삼켰는지항상소용돌이를갖는퇴색한
순백색이다.

둥처먹으려고하길래내가먼첨한대먹여놓았죠.

잔내비와같이웃는여자의얼굴에는하룻밤사이에참아름답고빤드르르한
적갈색초콜릿이무수히열매맺혀버렸기때문에여자는마구대고초콜릿을방사
하였다. 초콜릿은흑단黑檀의사브르[1]를질질끌면서조명사이사이에격검擊劍
[2]을하기만하여도웃는다. 웃는다. 어느것이나모두웃는다. 웃음이마침내엿
과같이걸쭉하게찐득거려서초콜릿을다삼켜버리고탄력강기剛氣에찬온갖표
적은모두무용이되고웃음은산산이부서지고도웃는다. 웃는다. 파랗게웃는

다. 바늘의철교와같이웃는다. 여자는나한羅漢을밴[孕]것인줄다들알고여자 도안다. 나한은비대하고여자의자궁은운모雲母[3]와같이부풀고여자는돌과 같이딱딱한초콜릿이먹고싶었던것이다. 자가올라가는층계는한층한층이더 욱새로운초열빙결지옥焦熱氷結地獄[4]이었기때문에여자는즐거운초콜릿이먹 고싶지않다고생각하지아니하는것은곤란하기는하지만자선가로서의여자는 한몫보아준심산이지만그러면서도여자는못견디리만큼답답함을느꼈는데이 다지도신선하지아니한자선사업이또있을까요하고여자는밤새도록고민고민 하였지만여자는전신이갖는약간개個의습기를띤천공(예컨대눈기타)근처의면 지는떨어버릴수없는것이었다.

여자는물론모든것을포기하였다. 여자의성명도,여자의피부에붙어있는오 랜세월중에간신히생겨진때[垢]의박막薄膜도심지어는여자의타선唾腺[5]까지 도, 여자의머리로는소금으로닦은것이나다름없는것이다. 그리하여온도를갖 지아니하는엷은바람이참강구연월康衢煙月[6]과같이불고있다. 여자는혼자망 원경으로SOS를듣는다. 그리곤데크[7]를달린다. 여자는푸른불꽃탄환이벌거 숭이인채달리고있는것을본다. 여자는오로라를본다. 데크의구란句欄[8]은북 극성의감미로움을본다. 거대한바닷개[海狗]잔등을무사히달린다는것이여 자로서과연가능할수있을까, 여자는발광發光하는파도를본다. 발광하는파 도는여자에게백지의화판花瓣을준다. 여자의피부는벗기고벗긴피부는선녀의 옷자락과같이바람에나부끼고있는참서늘한풍경이라는점을깨닫고사람들은 고무와같은두손을들어입을박수하게하는것이다.

이내몸은돌아온길손, 잘래야잘곳이없어요.

여자는마침내낙태한것이다. 트렁크속에는천갈래만갈래로찢어진

POUDRE VERTUEUSE[9]가복제된것과함께가득채워져있다. 사태死胎도있다. 여자는고풍스러운지도위를독모毒毛를살포하면서불나비와같이난다. 여자는이제는이미오백나한五百羅漢[10]의불쌍한홀아비들에게는없으려야없을수없는유일한아내인것이다. 여는콧노래와같은ADIEU[11]를지도의엘리베이션[12]에다고하고No. 1~500의어느사찰인지향하여걸음을재촉하는것이다.

— 주

1) 사브르sabre: 펜싱 경기에서 쓰는 칼.

2) 격검擊劍: 칼을 씀.

3) 운모雲母: 화강암 가운데 많이 들어 있는 규산염 광물의 하나.

4) 초열빙결지옥焦熱氷結地獄: 준말은 '초열지옥焦熱地獄'. 팔열지옥八熱地獄의 하나. 살생, 투도偸盜, 사음邪淫, 음주, 망어妄語 따위의 죄를 지은 사람이 떨어지는데, 불에 단 철판 위에 눕히고 벌겋게 단 쇠몽둥이로 치거나, 큰 석쇠 위에 얹어서지지거나, 쇠꼬챙이로 몸을 꿰어 불에 굽는 따위의 형벌을 준다는 지옥.

5) 타선唾腺 : 침샘.

6) 강구연월康衢煙月: 번화한 큰 길거리에서 달빛이 연기에 은은하게 비치는 모습을 나타내는 말로, 태평한 세상의 평화로운 풍경을 이르는 말.

7) 데크deck: 갑판.

8) 구란句欄: '아亞'자 모양으로 꾸민 난간.

9) POUDRE VERTUEUSE: '고결한 분粉'이라는 뜻의 프랑스어.

10) 오백나한五百羅漢: 석가모니가 남긴 교리를 결집하기 위하여 모였던 500명의 아라한.

11) ADIEU: '안녕'이라는 뜻의 프랑스 어.

12) 엘리베이션elevation: 높이·고도·해발·앙각仰角·정면도.

흥행물천사興行物天使— 어떤 후일담으로

정형외과는여자의눈을찢어버리고형사形使없이늙어빠진곡예사의눈으로 만들고만것이다. 여자는실컷웃어도또한웃지아니하여도웃는것이다.

여자의눈은북극에서해후하였다. 북극은초겨울이다. 여자의눈에는백야 가나타났다. 여자의눈은바닷개[海狗]잔등과같이얼음판위에미끄러져떨어지 고만것이다.

세계의한류를낳는바람이여자의눈물을불었다. 여자의눈은거칠어졌지만 여자의눈은무서운빙산에싸여있어서파도를일으키는것은불가능하다.

여자는대담하게NU[1]가되었다. 한공汗孔[2]은한공만큼의형극荊棘이되었 다. 여자는노래부른다는것이찢어지는소리로울었다. 북극은종소리에전율 하였던것이다.

거리의음악사는따스한봄을마구뿌린걸인과같은천사. 천사는참새와같이 수척한천사를데리고다닌다.

천사의뱀과같은회초리로천사를때린다.

천사는웃는다, 천사는고무풍선과같이부풀어진다.

천사의흥행은사람들의눈을끈다.

사람들은천사의정조의모습을지닌다고하는원색사진판그림엽서를산다.

천사는신발을떨어뜨리고도망한다.

천사는한꺼번에10개이상의덫을내던진다.

일력日曆은초콜릿을늘인다.

여자는초콜릿으로화장하는것이다.

여자는트렁크속에흙탕투성이가된드로어즈와함께엎드러져운다.

여자는트렁크를운반한다.

여자의트렁크는축음기다.

축음기는나팔과같이홍도깨비청도깨비를불러들었다.

홍도깨비청도깨비는펭귄이다. 사루마다밖에입지않은펭귄은수종水腫[3]이
다.

여자는코끼리의눈과두개골크기만큼한수정눈을종횡으로굴려추파를남
발하였다.

여자는만월을잘게잘게씹어서향연을베푼다. 사람들은그것을먹고돼지같
이비만하는초콜릿냄새를방산하는것이다.

— **주**

1) NU: '나체'라는 뜻의 프랑스 어.

2) 한공汗孔: 땀구멍.

3) 수종水腫: 몸이 붓는 병.

3차각설계도三次角設計圖[1]

선에 관한 각서·1[2]

	1	2	3	4	5	6	7	8	9	0
1	·	·	·	·	·	·	·	·	·	·
2	·	·	·	·	·	·	·	·	·	·
3	·	·	·	·	·	·	·	·	·	·
4	·	·	·	·	·	·	·	·	·	·
5	·	·	·	·	·	·	·	·	·	·
6	·	·	·	·	·	·	·	·	·	·
7	·	·	·	·	·	·	·	·	·	·
8	·	·	·	·	·	·	·	·	·	·
9	·	·	·	·	·	·	·	·	·	·
0	·	·	·	·	·	·	·	·	·	·

(우주는멱冪[3]에의依하는멱에의한다)

(사람은숫자를버리라)

(고요하게나를전자電子의양자陽子로하라)

스펙트럼

축X 축Y 축Z

속도etc의통제예컨대광선은매초당30만킬로미터달아나는것이확실하다면사람의발명은매초당60만킬로미터달아날수없다는법은물론없다. 그것을기십배기백배기천배기만배기억배기조배하면사람은수십년수백년수천년수만년수억년수조년의태고太古의사실事實이보여질것이아닌가, 그것을또끊임없이붕괴하는것이라고하는가, 원자原子는원자이고원자이고원자이다, 생리작용은변이하는것인가, 원자는원자가아니고원자가아니다, 방사는붕괴인가, 사람은영겁인영겁을살릴수있는것은생명生命은생生도아니고명命도아니고광선인것이라는것이다.

취각의미각과미각의취각

(입체에의절망에의한탄생)

(운동에의절망에의한탄생)

(지구는빈집일경우봉건시대는눈물이나리만큼그리워진다)

— **주**

1) 『조선과 건축』(1931. 10)에 일문으로 발표한 시. 「3차각설계도」라는 표제 하에 「선에 관한 각서」 7편을 발표했다.

2) 이 시는 「오감도 시 제4호」와 비교해서 읽으면 흥미롭다.

3) 멱冪: 거듭제곱.

선에 관한 각서 · 2

1 + 3

3 + 1

3 + 1 1 + 3

1 + 3 3 + 1

1 + 3 1 + 3

3 + 1 3 + 1

3 + 1

1 + 3

선상의점 A

선상의점 B

선상의점 C

A + B + C = A

A + B + C = B

A + B + C = C

2선의교점 A

3선의교점 B

수선數線의교점 C

3 + 1

1 + 3

1 + 3 3 + 1

3 + 1 1 + 3

3 + 1 3 + 1

1 + 3 1 + 3

1 + 3

3 + 1

(태양광선은, 凸렌즈때문에수렴광선이되어일점에있어서혁혁히빛나고혁혁히불탔
다. 태초의요행은무엇보다도대기의층과층이이루는층으로하여금凸렌즈되게하지아
니하였던것에있다는것을생각하니낙樂이된다. 기하학은凸렌즈와같은불장난은아닐
는지. 유클리드[1]는사망해버린오늘유클리드의초점은도처에있어서인문人文의뇌수
를마른풀과같이소각하는수렴작용을나열하는것에의하여최대의수렴작용을재촉하
는위험을재촉한다. 사람은절망하라, 사람은탄생하라, 사람은탄생하라, 사람은절
망하라.)

— 주

1) 유클리드(Euclid, ?~?): 그리스·로마 시대의 수학자. 기하학 연구로 유명하다.

선에 관한 각서·3

	1	2	3
1	·	·	·
2	·	·	·
3	·	·	·

	3	2	1
3	·	·	·
2	·	·	·
1	·	·	·

$$\therefore nPh = n(n-1)(n-2)\cdots\cdots(n-h+1)$$

(뇌수는부채와같이원圓까지전개되었다, 그리고완전히회전하였다.)

3차각설계도三次角設計圖

선에 관한 각서 · 4

탄환이일원도一圓壔[1]를질주했다(탄환이일직선으로질주했다에있어서의오류

능을수정)

정육설탕(각설탕을칭함)

폭통瀑筒[2]의해면질海綿質전충塡充[3] (폭포의문학적해설)

― 주

1) 일원도一圓壔: 하나의 원기둥.

2) 폭통瀑筒: 물거품이 가득 찬 통.

3) 전충塡充: 빈 곳을 채워 메움.

선에 관한 각서·5

사람은광선보다도빠르게달아나면사람은광선을보는가, 사람은광선을
본다, 연령의진공眞空에있어서두번결혼한다, 세번결혼하는가, 사람은광선
보다도빠르게달아나라.

미래로달아나서과거를본다, 과거로달아나서미래를보는가, 미래로달아
나는것은과거로달아나는것과동일한것도아니고미래로달아나는것이과거로
달아나는것이다. 확대하는우주를우려하는자여, 과거에살으라, 광선보다
도빠르게미래로달아나라.

사람은다시한번나를맞이한다, 사람은보다젊은나에게적어도상봉한다,
사람은세번나를맞이한다, 사람은젊은나에게적어도 상봉한다, 사람은적의
適宜하게기다리라, 그리고파우스트[1]를즐기거라, 메피스토펠레스[2]는나에게
있는것도아니고나이다.

속도를조절하는날사람은나를모은다, 무수한나는말[譚]하지아니한다,
무수한과거를경청하는현재를과거로하는것은불원간이다, 자꾸만반복되는
과거, 무수한과거를경청하는무수한과거, 현재는오직과거만을인쇄하고과거
는현재와일치하는것은그것들의복수의경우에있어서도구별될수없는것이다.

연상聯想은처녀로하라, 과거를현재로알라, 사람은옛것을새것으로아는
도다, 건망이여, 영원한망각은망각을모두구한다.

내도來到할나는그때문에무의식중에사람에일치하고사람보다도빠르게나
는달아난다, 새로운미래는새롭게있다, 사람은빠르게달아난다, 사람은광선
을드디어선행하고미래에있어서과거를대기한다, 우선사람은하나의나를맞
이하라, 사람은전등형全等形에있어서나를죽이라.

사람은전등형의체조의기술을습득하라. 불연不然이라면사람은과거의나
의파편을여하히할것인가.

사고의파편을반추하라, 불연이라면새로운것은불완전이다, 연상을죽이
라, 하나를아는자는셋을하는것을하나를아는것의다음으로하는것을그만
두어라, 하나를아는것은다음의하나의것을아는것을하는것을있게하라.

사람은한꺼번에한번을달아나라, 최대한달아나라, 사람은두번분만되기
전에○○되기전에조상의조상의성운의성운의성운의태초를미래에있어서보는
두려움으로하여사람은빠르게달아나는것을유보한다, 사람은달아난다, 빠
르게달아나서영원에살고과거를애무하고과거로부터다시과거에산다, 동심
童心이여, 동심이여, 충족될수없는영원의동심이여.

— 주
1) 파우스트: 괴테의 비극 작품 〈파우스트〉에 나오는 학자.
2) 메피스토펠레스: 〈파우스트〉에 나오는 악마.

선에 관한 각서 · 6

숫자의방위학

4 　 ♮ 　 4 　 ♭

숫자의역학

시간성(통속사고에의한역사성)

속도와좌표와속도

4 ＋ ♮

♮ ＋ 4

4 ＋ ♭

♭ ＋ 4

etc

사람은정역학靜力學[1]의현상하지아니하는것과동일하는것의영원한가설이다, 사람은사람의객관을버리라.

주관의체계의수렴과수렴에의한凹렌즈.

4 제4세

4 1931년9월12생.

4 양자핵으로서의양자와양자와의연상과선택.

원자구조로서의일체의운산運算의연구.

방위와구조식과질량으로서의숫자의성태性態성질에의한해답과해답의분류.

숫자를대수적인것으로하는것에서숫자를숫자적인것으로하는것에서숫자를숫자인것으로하는것에서숫자를숫자인것으로하는것에(1234567890의질환의구명究明과시적인정서의기각처棄却處)
(숫자의일체의성태숫자의일체의성질이런것들에의한숫자의어미의활용에의한숫자의소멸)

수식은광선과광선보다도빠르게달아나는사람과에의하여운산될것.

사람은별—천체—별때문에희생을아끼는것은무의미하다, 별과별과의인력권과인력권과의상쇄에의한가속도함수의변화의조사를위선작성할것.

— 주

1) 정역학靜力學: 물체가 평형 상태에 있을 때 나타나는, 힘이나 물체의 변형 따위를 다루는 학문.

3차각설계도三次角設計圖

선에 관한 각서 · 7

공기구조의속도—음파에의한—속도처럼330미터를모방한다(광선에비할
때참너무도열등하구나)

광선을즐기거라, 광선을슬퍼하거라, 광선을웃거라, 광선을울거라,

광선이사람이라면사람은거울이다.

광선을가지라.

                    *

시각視覺의이름을가지는것은계량計量의효시嚆矢이다. 시각의이름을발표
하라.

    □ 나의이름.
    △ 나의아내의이름(이미오래된과거에있어서나의AMOUREUSE는이 와같이도
총명하리라)

시각의이름의통로를설치하라, 그리고그것에다최대의속도를부여하라.

*

하늘은시각의이름에대하여서만존재를명백히한다(대표인나는대 표인일례를들것).

창공蒼空, 추천秋天, 창천蒼天, 청천靑天, 장천長天, 일천一天, 창궁蒼穹(대단히갑갑한지방색地方色이아닐는지) 하늘은시각의이름을발표했다.

시각의이름은사람과같이영원히살아야하는숫자적인어떤일점이다. 시각의이름은운동하지아니하면서운동의코스를가질뿐이다.

*

시각의이름은광선을가지는광선을아니가진다. 사람은시각의이름으로하여광선보다도빠르게달아날필요는없다.

시각의이름들을건망健忘하라.

시각의이름을절약하라.

사람은광선보다도빠르게달아나는속도를조절하고때때로과거를미래에있어서도태하라.

건축무한육면각체建築無限六面角體[1]

AU MAGASIN DE NOUVEAUTES[2]

사각형의내부의사각형의내부의사각형의내부의사각형의내부의사각형.

사각이난원운동의사각이난원운동의사각이난원.

비누가통과하는혈관의비눗내를투시하는사람.

지구를모형으로만들어진지구의를모형으로만들어진지구.

거세된양말(그여인의이름은워어즈였다).

빈혈면포貧血緬胞, 당신의얼굴빛깔도참새다리같습네다.

평행사변형대각선방향을추진하는막대한중량.

마르세유의봄을해람解纜[3]한코티[4]의향수의맞이한동양의가을.

쾌청의공중에붕유鵬遊[5]하는Z백호伯號[6]. 회충양약蛔蟲良藥이라고씌어져

있다.

옥상정원. 원후猿猴[7]를흉내내고있는마드모아젤[8].

만곡彎曲된직선을직선으로질주하는낙체공식落體公式.

시계문자반文字盤에XII에내리워진일개의침수된황혼.

도어―의내부의도어―의내부의조롱鳥籠의내부의카나리아의내부의감살

문호嵌殺門戶의내부의인사.

식당의문간에방금도달한자웅雌雄과같은붕우朋友가헤어진다.

파랑잉크가엎질러진각설탕이삼륜차에적하된다.

명함을짓밟는군용장화. 가구街衢를질구疾驅[9]하는조화금련造花金蓮[10].

위에서내려오고밑에서올라가고위에서내려오고밑에서올라간사람은밑에
서올라가지아니한위에서내려오지아니한밑에서올라가지아니한위에서내려
오지아니한사람.

저여자의하반은저남자의상반에흡사하다(나는애련한해후에애련하는나).

사각이난케이스가걷기시작이다(소름끼치는일이다).

라디에이터의근방에서승천하는굿바이.

바깥은우중雨中. 발광어류의군집이동.

— 주

1) 『조선과 건축』(1932. 7)에 일문으로 발표한 시. 「건축무한육면각체」라는 표제하
   에 「AU MAGASIN DE NOUVEAUTES」「열하약도 No. 2」「진단 0 : 1」「22년」
   「출판법」「차 8씨의 출발」「대낮」 등 7편을 발표했다. 이 중에서 「진단 0 : 1」과
   「22년」은 각각 「오감도 시 제4호」 및 「오감도 시 제5호」와 동일한 것이므로 중복
   을 피하기 위해 본 전집에서는 싣지 않는다.

2) AU MAGASIN DE NOUVEAUTES: '새롭고 기이한 백화점'이란 뜻의 프랑스어.

3) 해람解纜: 출범出帆.

4) 코티coty: 프랑스의 유명한 화장품 회사.

5) 붕유鵬遊: '붕새가 놀다'라는 뜻. '붕鵬'은 한번 날갯짓에 9만리를 난다는 상상의
   새.

6) Z백호伯號: 제트기.

7) 원후猿猴: 원숭이.

8) 마드모아젤mademoiselle: '영양令孃', '미스miss'라는 뜻의 프랑스어.

9) 질구疾驅: 질주.

10) 조화금련造花金蓮: 인공으로 만든 연꽃.

건축무한육면각체建築無限六面角體

열하약도熱河略圖 No. 2

1931년의풍운을적적하게말하고있는탱크가한신旱晨[1]의대무大霧에적갈색으로녹슬어있다.

객석의기둥의내부(실험용알코올램프가등불노릇을하고있다).

벨이울린다.

아해가30년전에사망한온천의재분출을보도한다.

출판법

허위고발이라는죄명이나에게사형을언도하였다. 자취를은닉한증기蒸氣속에몸을기입하고서나는아스팔트가마를비예睥睨하였다.

일직一直에관한전고일칙일典故一則一[1]

기부양양其父攘羊 기자직지其子直之[2]

나는아아는것을아알며있었던전고로하여알지못하고그만둔나에게의집행의중간에서더욱새로운것을아알지아니하면아니되었다.

나는설백雪白으로폭로된골편을주위모으기시작하였다.

"근육은이따가라도부착할것이니라."

박락剝落[3]된고혈膏血[4]에대해서나는단념하지아니하면아니된다.

II. 어느경찰탐정의비밀신문실에있어서

혐의자로서검거된사나이는지도의인쇄된분뇨를배설하고다시그것을연하嚥下[5]한것에대하여경찰탐정은아아는바의하나를아니가진다. 발각당하는일은없는급수성소화작용級數性消化作用. 사람들은 이것이야말로바로요술이라말할것이다.

"물론너는광부이니라."

참고남자의근육의단면은흑요석과같이광채나고있었다한다.

III. 호외

자석수축磁石收縮을개시

원인극히불명하지만대내경제파탄에인한탈옥사건에관련되는바농후하다고보임. 사계의요인구수要人鳩首를모아비밀리에연구조사중.

개방된시험관試驗管의열쇠는나의손바닥에전등형의운하를굴착하고있다. 미구에여과된고혈과같은하수가왕양하게흘러들어왔다.

IV

낙엽이창호를삼투하여나의예복의자개단추를엄호한다.

암 살

지형명세작업地形明細作業의지금도완료가되지아니한이궁벽의지地에불가사의한우체교통은벌써시행되어있다. 나는불안을절망하였다.

일력日曆의반역적으로나는방향을분실하였다. 나의안정眼睛[6]은냉각된액체를산산散散으로절단하고낙엽의분망을열심으로방조하고있지아니하면아니되었다.

(나의원후류에의진화)

─ 주

1) 일직一直에관한~: '일직一直'은 곧은 것으로 여기서는 '교정'을 뜻하고, '전고典故'는 전례典例와 고사故事. 풀이하면, '교정에 관한 전고의 법칙 제1'이라는 뜻이 된다.
2) 기부양양其父攘羊~: '아버지가 양을 훔친 것을 보고 아들이 그 잘못을 바로잡는다'는 뜻.
3) 박락剝落: 껍질이 벗겨져 떨어짐.
4) 고혈膏血: 기름과 피.
5) 연하嚥下: 꿀떡 삼켜서 넘김.
6) 안정眼睛: 눈동자.

건축무한육면각체建築無限六面角體

차且 8씨氏의 출발

균열이생긴장가필녕莊稼泌濘의지地[1]에한대의곤봉을꽂음.

한대는한대대로커짐.

수목樹木이성盛함.

이상以上꽂는것과성하는것과의원만한융합을가리킴.

사막에성한한대의산호나무곁에서돛과같은사람이산장葬을당하는일을당하는일은없고심심하게산장하는것에의하여자살한다.

만월은비행기보다신선하게공기속을추진하는것의신선이란산호나무의음울한성질을더이상으로증대하는것의이전의것이다.

윤불전지輪不輾地[2] —전개된지구의地球儀를앞에두고서의설문일제設問一題.

곤봉은사람에게지면을떠나는아크로바트[3]를가리키는데사람은해득하는것은불가능인가.

지구를굴착하라

동시에

생리작용이가져오는상식을포기하라

열심으로질주하고또열심으로질주하고또열심으로질주하고또열심으로
질주하는사람은열심으로질주하는일들을정지한다.

사막보다도정밀한절망은사람을불러세우는무표정한표정의무지한한대의
산호나무의사람의발경脖頸[4]의배방背方인전방에상대하는자발적인공구恐懼
로부터이지만사람의절망은정밀한것을유지하는성격이다.

지구를굴착하라

동시에

사람의숙명적발광은곤봉을내미는것이어라

*사실차8씨는자발적으로발광하였다. 그리하여어느덧차8씨의온실에는
은화식물隱花植物[5]이꽃을피워가지고있었다. 눈물에젖은감광지가태양에마
주처서희스무레하게광을내었다.

— 주

1) 균열이 생긴~: '장가莊稼'는 '농작물'. 전체적으로 여자의 성기를 말한다.
2) 윤불전지輪不輾地: '땅을 돌려도 돌아가지 않는다'는 뜻.
3) 아크로바트acrobatics: 곡예.
4) 발경脖頸: 배꼽과 목.
5) 은화식물隱花植物: 꽃이 피지 않고 홀씨로 번식하는 식물.

건축무한육면각체建築無限六面角體

대낮— 어느 ESQUISSE[1]

ELEVATER FOR AMERICA

세마리의닭은사문석蛇紋石의층계이다. 룸펜과모포.

빌딩이토해내는신문배달부의무리. 도시계획의암시.

둘쨋번의정오사이렌.

비누거품에씻기어가지고있는닭. 개미집에모여서콘크리트를먹고있다.

남자를나반挪搬[2]하는석두石頭.
남자는석두를백정을싫어하듯이싫어한다.

얼룩고양이와같은꼴을하고서태양군太陽群의틈바구니를쏘다니는시인.

꼭끼요—
순간자기磁器와같은태양이다시또한개솟아올랐다.

─ 주

1) 에스키스esquisse: 밑그림. 큰 작품을 제작하는 데 있어서 준비 단계로 작은 종이나 천에 간단한 구도를 그려 보는 일.
2) 나반挪搬: 잡아채서 옮기다.

꽃나무

벌판 한복판에 꽃나무 하나가 있소. 근처에는 꽃나무가 하나도 없소. 꽃나무는 제가 생각하는 꽃나무를 열심히 생각하는 것처럼 열심히 꽃을 피워 가지고 섰소. 꽃나무는 제가 생각하는 꽃나무에게 갈 수 없소. 나는 막 달아났소. 한 꽃나무를 위하여 그러는 것처럼 나는 참 그런 이상스러운 흉내를 내었소.

이런 시

　역사役事를 하느라고 땅을 파다가 커다란 돌을 하나 끄집어내어놓고 보니 도무지 어디선가 본 듯한 생각이 들게 모양이 생겼는데 목도들이 그것을 메고 나가더니 어디다 갖다 버리고 온 모양이길래 쫓아 나가 보니 위험하기 짝이 없는 큰길가더라.

　그날 밤에 한 소나기 하였으니 필시 그 돌이 깨끗이 씻겼을 터인데 그 이튿날 가보니까 변괴로다. 간데온데없더라. 어떤 돌이 와서 그 돌을 업어 갔을까. 나는 참 이런 처량한 생각에서 아래와 같은 작문을 지었도다.

　"내가 그다지 사랑하던 그대여, 내 한평생에 차마 그대를 잊을 수 없소이다. 내 차례에 못 올 사랑인 줄은 알면서도 나 혼자는 꾸준히 생각하리다. 자, 그러면 내내 어여쁘소서."

　어떤 돌이 내 얼굴을 물끄러미 쳐다보는 것만 같아서 이런 시는 그만 찢어 버리고 싶더라.

1933. 6. 1[1]

    천칭 위에서 30년 동안이나 살아온 사람(어떤 과학자) 30만 개나 넘는 별을 다 헤어 놓고 만 사람(역시) 인간 70 아니 24년 동안이나 뻔뻔히 살아온 사람(나) 나는 그날 나의 자서전에 자필의 부고를 삽입하였다. 이후 나의 육신은 그런 고향에는 있지 않았다. 나는 자신 나의 시가 차압당하는 꼴을 목도하기는 차마 어려웠기 때문에.

— 주

1) 1933. 6. 1: 이 시를 쓴 날짜.

거울

거울속에는소리가없소.
저렇게까지조용한세상은참없을것이오.

거울속에도내게귀가있소.
내말을못알아듣는딱한귀가두개나있소.

거울속의나는왼손잡이오.
내악수를받을줄모르는─악수를모르는왼손잡이오.

거울때문에나는거울속의나를만져보지를못하는구려만
거울아니었던들내가어찌거울속의나를만나보기만이라도했겠소.

나는지금거울을안가졌소만거울속에는늘거울속의내가있소.
잘은모르지만외로된사업에골몰할게요.

거울속의나는참나와는반대요만
또꽤닮았소.
나는거울속의나를근심하고진찰할수없으니퍽섭섭하오.

보통기념普通記念

시가에 전화戰火가 일어나기 전
역시 나는 뉴튼이 가르치는 물리학에는 퍽 무지하였다.

나는 거리를 걸었고 점두店頭에 평과산苹果山[1]을 보면 매일같이 물리학
에 낙제하는 뇌수에 피가 묻은 것처럼 자그마하다.

계집을 신용치 않는 나를 계집은 절대로 신용하려 들지 않는다. 나의 말
이 계집에게 낙체운동으로 영향되는 일이 없었다.

계집은 늘 내 말을 눈으로 들었다. 내 말 한마디가 계집의 눈자위에 떨어
져 본 적이 없다.

기어코 시가에는 전화가 일어났다. 나는 오래 계집을 잊었다. 내가 나를
버렸던 까닭이었다.

주제도 더러웠다. 때 낀 손톱은 길었다.
무위한 1월을 피난소에서 이런 일 저런 일
우라카에시(裏返)[2] 재봉에 골몰하였느니라.

종이로 만든 푸른 솔잎 가지에 또한 종이로 만든 흰 학鶴 동체 한 개가 서 있다. 쓸쓸하다.

화롯가 햇볕같이 밝은 데는 열대의 봄처럼 부드럽다. 그 한구석에서 나는 지구의 공전 일주를 기념할 줄을 다 알았더라.

─ 주

1) 평과산苹果山: '평과苹果'는 사과. '사과가 산처럼 쌓였다'는 뜻.
2) 우라카에시(裏返): 옷을 겉과 안을 뒤집어서 다시 마름질하는 것.

오감도烏瞰圖[1]

시 제1호

13인의아해가도로로질주하오.
(길은막다른골목이적당하오.)

제1의아해가무섭다고그리오.
제2의아해도무섭다고그리오.
제3의아해도무섭다고그리오.
제4의아해도무섭다고그리오.
제5의아해도무섭다고그리오.
제6의아해도무섭다고그리오.
제7의아해도무섭다고그리오.
제8의아해도무섭다고그리오.
제9의아해도무섭다고그리오.
제10의아해도무섭다고그리오.

제11의아해가무섭다고그리오.
제12의아해도무섭다고그리오.
제13의아해도무섭다고그리오.
13인의아해는무서운아해와무서워하는아해와그렇게뿐이모였소.

(다른사정은없는것이차라리나았소.)

그중에1인의아해가무서운아해라도좋소.

그중에2인의아해가무서운아해라도좋소.

그중에2인의아해가무서워하는아해라도좋소.

그중에1인의아해가무서워하는아해라도좋소.

(길은뚫린골목이라도적당하오.)

13인人의아해가도로로질주하지아니하여도좋소.

― 주

1) 『조선중앙일보』(1934. 7. 24~8. 8)에 「시 제15호」까지 연재하다가 독자들의 항의
　　로 중단되었다.

오감도烏瞰圖

시 제2호

　나의아버지가나의곁에서졸적에나는나의아버지가되고또나는나의아버지
의아버지가되고그런데도나의아버지는나의아버지대로나의아버지인데어쩌
자고나는자꾸나의아버지의아버지의아버지의……아버지가되느냐나는왜나
의아버지를껑충뛰어넘어야하는지나는왜드디어나와나의아버지와나의아버
지의아버지와나의아버지의아버지의아버지노릇을한꺼번에하면서살아야하
는것이냐.

오감도烏瞰圖

시 제3호

　싸움하는사람은즉싸움하지아니하던사람이고또싸움하는사람은싸움하지아니하는사람이었기도하니까싸움하는사람이싸움하는구경을하고싶거든싸움하지아니하던사람이싸움하는것을구경하든지싸움하지아니하는사람이싸움하는구경을하든지싸움하지아니하던사람이나싸움하지아니하는사람이싸움하지아니하는것을구경하든지하였으면그만이다.

오감도烏瞰圖

시 제4호

환자의용태에관한문제

```
1234567890·
123456789·0
12345678·90
1234567·890
123456·7890
12345·67890
1234·567890
123·4567890
12·34567890
1·234567890
·1234567890
```

진단 0 : 1

　　26. 10. 1931

　　　　　　이상以上 책임의사 이상李箱

오감도烏瞰圖

시 제5호

전후좌우를제거하는유일의흔적에있어서

익은불서翼殷不逝 목불대도目不大覩[1]

반왜소형胖矮小形의신神의안전眼前에아전낙상我前落傷한고사故事를유有함.

장부臟腑라는것은침수浸水된축사畜舍와구별될수있을런가.

— 주

1) 익은불서翼殷不逝~ : '날개는 커도 날지 못하며, 눈은 커도 보지 못한다'는 뜻.

오감도烏瞰圖

시 제6호

앵무鸚鵡 ※ 2필

　　　　2필

　　　　※ 앵무는 포유류에 속하느니라.

내가2필을아아는것은내가2필을아알지못하는것이니라. 물론나는희망할
것이니라.

앵무　　　2필

"이소저小姐는신사이상李箱의부인이냐" "그렇다"

나는거기서앵무가노한것을보았느니라. 나는부끄러워서얼굴이붉어졌었
겠느니라.

앵무　　　2필

　　　　2필

물론나는추방당하였느니라. 추방당할것까지도없이자퇴하였느니라. 나
의체구는중축中軸을상실하고또상당히창량踉蹌하여그랬던지나는미미하게
체읍涕泣[1]하였느니라.

"저기가저기지" "나" "나의—아—너와나"

"나"

sCANDAL[2]이라는것은무엇이냐. "너" "너구나"

"너지" "너다" "아니다너로구나"

나는함뿍젖어서그래서수류獸類처럼도망하였느니라. 물론그것을아는

사람혹은보는사람은없었지만그러나과연그럴는지그것조차그럴는지.

—주

1) 체읍涕泣: 눈물을 흘리며 슬피 욺.
2) sCANDAL: SCANDAL. 형식주의의 영향으로 이렇게 표기한 것 같음.

오감도烏瞰圖

시 제7호

　구원적거久遠謫居[1]의지地의일지一枝·일지에피는현화顯花·특이한4월의화초·30륜三十輪·30륜에전후되는양측의명경明鏡·맹아와같이희희戲戲하는지평을향하여금시금시낙백落魄하는만월·청간淸澗[2]의기氣가운데만신창이의만월의형劓刑[3]당하여혼륜渾淪[4]하는·적거의지를관류하는일봉가신一封家信[5]·나는근근이차대遮戴[6]하였더라·몽몽한월아月芽·정밀靜謐을개엄蓋掩하는대기권의요원遙遠·거대한곤비困憊가운데의1년4월의공동空洞·반산전도槃散顚倒[7]하는성좌星座와성좌의천열千裂된사호동死胡洞[8]을포도跑逃[9]하는거대한풍설風雪·강매降霾[10]·혈홍血紅으로염색된암염岩鹽의분쇄나의뇌를피뢰침삼아침하반과沈下搬過되는광채임리한망해亡骸·나는탑배塔配[11]하는독사毒蛇와같이지평에식수植樹되어다시는기동할수없었더라·천량天亮[12]이올때까지.

— 주

1) 구원적거久遠謫居: 기나긴 유배의 땅.

2) 청간淸澗: 맑은 계곡.

3) 의형劓刑: 코를 베는 형벌.

4) 혼륜渾淪: 혼돈.

5) 일봉가신一封家信: 집에서 보내온 한 통의 편지.

6) 차대遮戴: 추위와 더위를 가림.

7) 반산전도槃散顚倒: 절룩거리며 걷고, 넘어져서 엎어짐.

8) 사호동死胡洞: 죽은 뒷골목의 거리.

9) 포도跑逃: 할퀴며 사라짐.

10) 강매降霾: 흙비가 내림.

11) 탑배塔配: 탑 속의 유배.

12) 천량天亮: 하늘의 도움.

오감도烏瞰圖

시 제8호— 해부解剖

제1부시험	수술대	1
	수은도말평면경	1
	기압	2배의평균기압
	온도	개무皆無[1]

위선마취된정면으로부터입체와입체를위한입체가구비된전부를평면경에영상시킴. 평면경에수은을현재와반대측면에도말塗沫[2]이전함(광선침입방지에주의하여). 서서히마취를해독함. 일축철필과일장백지를지급함(시험담임인은피시험인과포옹함을절대기피할것). 순차수술실로부터피시험인을해방함. 익일. 평면경의종축을통과하여평면경을이편二片절단함. 수은도말2회.

ETC[3]아직그만족한결과를수득收得치못하였음.

제2부시험	직립한평면경	1
	조수	수명數名

야외의진공을선택함. 위선마취된상지上肢의첨단을경면에부착시킴. 평면경의수은을박락剝落함. 평면경을후퇴시킴(이때영상된상지는반드시초자硝子[4]를무사통과하겠다는것으로가설假設함). 상지의종단까지. 다음수은도말(재래

면在來面[5] 에). 이순간공전과자전으로부터그진공을강차降車시킴. 완전히2개의상지를접수하기까지. 익일. 초자를전진시킴. 연하여수은주를재래면에도말함(상지의처분)(혹은멸형滅形)기타. 수은도말면의변경과전진후퇴의중복등.

ETC 이하미상

— **주**

1) 개무皆無: 전혀 없음.
2) 도말塗抹: 발라서 드러나지 않게 가림.
3) ETC: 기타.
4) 초자硝子: 석영, 탄산소다, 석회암을 섞어 높은 온도에서 녹인 다음 급히 냉각하여 만든 물질.
5) 재래면在來面: 그전과 동일한 면.

오감도烏瞰圖

시 제9호— 총구銃口

　　매일같이열풍이불더니드디어내허리에큼직한손이와닿는다.　황홀한지문골짜기로내땀내가스며들자마자쏘아라. 쏘으리로다. 나는내소화기관에묵직한총신을느끼고내다문입에매끈매끈한총구를느낀다.　그러더니나는총쏘듯이눈을감으며한방총탄대신에나는참나의입으로무엇을내뱉었더냐.

오감도烏瞰圖

시 제10호— 나비

　찢어진벽지에죽어가는나비를본다. 그것은유계幽界[1]에낙역絡繹[2]되는비밀한통화구通話口다. 어느날거울가운데의수염에죽어가는나비를본다. 날개축처진나비는입김에어리는가난한이슬을먹는다. 통화구를손바닥으로꼭막으면서내가죽으면앉았다일어서듯이나비도날아가리라. 이런말이결코밖으로새어나가지는않게한다.

—**주**

1) 유계幽界: 저승.
2) 낙역絡繹: 왕래가 끊임이 없음.

오감도烏瞰圖

시 제11호

그사기컵은내해골과흡사하다. 내가그컵을손으로꼭쥐었을때내팔에서는 난데없는팔하나가접목接木처럼돋히더니그팔에달린손은그사기컵을번쩍들어마룻바닥에메어[1]부딪는다. 내팔은그사기컵을사수하고있으니산산이깨어진것은그럼그사기컵과흡사한내해골이다. 가지났던팔은뱀과같이내팔로기어들기전에내팔이혹움직였던들홍수를막은백지는찢어졌으리라. 그러나내팔은여전히그사기컵을사수한다.

주

1) 메어: 어깨 너머로 휘둘러.

오감도烏瞰圖

시 제12호

때묻은빨래조각이한뭉텅이공중으로날아떨어진다. 그것은흰비둘기의떼다. 이손바닥만한한조각하늘저편에전쟁이끝나고평화가왔다는선전이다. 한무더기비둘기의떼가깃에묻은때를씻는다. 이손바닥만한하늘이편에방망이로흰비둘기의떼를때려죽이는불결한전쟁이시작된다. 공기에숯검정이가지저분하게묻으면흰비둘기의떼는또한번이손바닥만한하늘저편으로날아간다.

오감도烏瞰圖

시 제13호

　내팔이면도칼을든채로끊어져떨어졌다.　자세히보면무엇에몹시위협당하는것처럼새파랗다.　이렇게하여잃어버린내두개팔을나는촉대燭臺세움으로내방안에장식하여놓았다.　팔은죽어서도오히려나에게겁을내는것만같다.　나는이런얇다란에의를화초분보다도사랑스레여긴다.

오감도烏瞰圖

시 제14호

고성古城앞에풀밭이있고풀밭위에나는모자를벗어놓았다. 성위에서나는
내기억에꽤무서운돌을매달아서는내힘과거리껏팔매질쳤다. 포물선을여행
하는역사의슬픈울음소리. 문득성밑내모자곁에한사람의걸인이장승과같이
서있는것을내려다보았다. 걸인은성밑에서오히려내위에있다. 혹은종합된역
사의망령인가. 공중을향하여놓인모자의깊이는절박한하늘을부른다. 별안
간걸인은율률慄慄[1]한풍채를허리굽혀한개의돌을내모자속에치뜨려[2]넣는다.
나는벌써기절하였다. 심장이두개골속으로옮겨가는지도가보인다. 싸늘한
손이내이마에닿는다. 내이마에는싸늘한손자국이낙인되어언제까지지워지
지않았다.

— 주

1) 율률慄慄: 두려워 떠는 모양.
2) 치뜨려: 위로 떨어뜨려.

오감도烏瞰圖

시 제15호

1

나는거울없는실내에있다. 거울속의나는역시외출중이다. 나는지금거울
속의나를무서워하며떨고있다. 거울속의나는어디가서나를어떻게하려는음
모를하는중일까.

2

죄를품고식은침상에서잤다. 확실한내꿈에나는결석하였고의족을담은군
용장화가내꿈의백지를더럽혀놓았다.

3

나는거울속에있는실내로몰래들어간다. 나를거울에서해방하려고. 그러
나거울속의나는침울한얼굴로동시에꼭들어온다. 거울속의나는내게미안한
뜻을전한다. 내가그때문에영어囹圄되어있듯이그도나때문에영어되어떨고있
다.

4

내가결석한나의꿈. 내위조가등장하지않는내거울. 무능이라도좋은나의
고독의갈망자다. 나는드디어거울속의나에게자살을권유하기로결심하였다.

나는그에게시야도없는들창을가리켰다. 그들창은자살만을위한들창이다. 그러나내가자살하지아니하면그가자살할수없음을그는내게가르친다. 거울속의나는불사조에가깝다.

5

내왼편가슴심장의위치를방탄금속으로엄폐하고나는거울속의내왼편가슴을겨누어권총을발사하였다. 탄환은그의왼편가슴을관통하였으나그의심장은바른편에있다.

6

모형심장에서붉은잉크가엎질러졌다. 내가지각한내꿈에서나는극형을받았다. 내꿈을지배하는자는내가아니다. 악수할수조차없는두사람을봉쇄한거대한죄가있다.

소영위제素榮爲題¹⁾

1

달빛속에있는네얼굴앞에서내얼굴은한장얇은피부가되어너를칭찬하는내 말씀이발언하지아니하고미닫이를간지르는한숨처럼동백꽃밭냄새지니고있 는네머리털속으로기어들면서모심듯이내설움을하나하나심어가네나.

2

진흙밭헤맬적에네구두뒤축눌러놓은자국에비내려가득고였으니이는온갖 네거짓네농담에한없이고단한이설움을곡으로울기전에땅에놓아하늘에부어 놓는내억울한술잔네발자국이진흙밭을헤매며헤뜨려놓음이냐.

3

달빛이내등에묻은거적자국에앉으면내그림자에는실고추같은피가아물거 리고대신혈관에는달빛에놀란냉수가방울방울젖기로니너는내벽돌을씹어삼 킨원통하게배고파이지러진형겊깊심장을들여다보면서어항이라하느냐.

— 주
1) 소영위제素榮爲題: '소영素榮이란 여성을 대상으로 쓴 글'이란 뜻.

정식正式

정식 Ⅰ

해저에가라앉는한개닻처럼소도小刀가그구간軀幹속에밀형滅形하여버리
더라완전히닳아없어졌을때완전히사망한한개소도가위치에유기遺棄되어있
더라.

정식 Ⅱ

나와그알지못할험상궂은사람과나란히앉아뒤를보고있으면기상氣象은
다몰수되어없고선조가느끼던시사時事의증거가최후의철鐵의성질로두사람
의교제를금하고있고가졌던농담의마지막순서를내어버리는이정돈停頓[1]한암
흑가운데의분발奮發은참비밀이다그러나오직그알지못할험상궂은사람은나
의이런노력의기색을어떻게살펴알았는지그때문에그사람이아무것도모른다
하여도나는또그때문에억지로근심하여야하고지상맨끝정리整理인데도깨끗
이마음놓기참어렵다.

정식 Ⅲ

웃을수있는시간을가진표본두개골에근육이없다.

정식 IV

너는누구냐그러나문밖에와서문을뚜드리며문을열라고외치나나를찾는일심一心이아니고또내가너를도무지모른다고한들나는차마그대로내버려둘수는없어서문을열어주려하나문은안으로만고리가걸린것이아니라밖으로도너는모르게잠겨있으니안에서만열어주면무엇을하느냐너는누구기에구태여닫힌문앞에탄생하였느냐.

정식 V

키가크고유쾌한수목이키작은자식을낳았다궤조軌條[2]가평편한곳에풍매식물風媒植物[3]의종자가떨어지지만냉담한배척이한결같아관목은초엽草葉으로쇠약하고초엽은하향하고그밑에서청사靑蛇는점점수척하여가고땀이흐르고머지않은곳에서수은이흔들리고숨어흐르는수맥에말뚝박는소리가들렸다.

정식 VI

시계가뻐꾸기처럼뻐꾹거리길래쳐다보니목조木造뻐꾸기하나가와서모로앉는다그럼저게울었을리도없고제법울까싶지도못하고그럼아까운뻐꾸기는날아갔나.

─ 주

1) 정돈停頓: 침체하여 나아가지 아니함.

2) 궤조軌條: 레일rail.

3) 풍매식물風媒植物: 꽃가루가 바람에 날려 암술머리에 붙어 수분을 하는 식물.

지비紙碑

내키는커서다리는길고왼다리아프고아내키는작아서다리는짧고바른다리
가아프니내바른나리와아내왼다리와성한다리끼리한사람처럼걸어가면아아
이부부는부축할수없는절름발이가되어버린다무사한세상이병원이고꼭치료
를기다리는무병이끝끝내있다.

지비紙碑— 어디갔는지모르는아내

지비 1

아내는 아침이면 외출한다 그날에 해당한 한 남자를 속이려 가는 것이다 순서야 바뀌어도 하루에 한 남자 이상은 대우하지 않는다고 아내는말한다 오늘이야말로 정말 돌아오지 않으려나 보다 하고 내가 완전히 절망하고 나면 화장은 있고 인상은 없는 얼굴로 아내는 형용처럼 간단히 돌아온다 나는 물어보면 아내는 모두 솔직히 이야기한다 나는 아내의 일기에 만일 아내가 나를 속이려 들었을 때 함직한 속기速記를 남편된 자격 밖에서 민첩하게 대서代書한다.

지비 2

아내는 정말 조류였던가 보다 아내가 그렇게 수척하고 가벼워졌는데도 날지 못한 것은 그 손까락에 끼었던 반지 때문이다 오후에는 늘 분을 바를 때 벽 한 겹 걸러서 나는 조롱鳥籠을 느낀다 얼마 안 가서 없어질 때까지 그 파르스레한 주둥이로 한 번도 쌀알을 쪼으려 들지 않았다 또 가끔 미닫이를 열고 창공을 쳐다보면서도 고운 목소리로 지저귀려 들지 않았다 아내는 날 줄과 죽을 줄이나 알았지 지상에 발자국을 남기지 않았다 비밀한 발은 늘 버선 신고 남에게 안 보이다가 어느 날 정말 아내는 없어졌다 그제야 처음 방 안에 조분鳥糞 냄새가 풍기고 날개 퍼덕이던 상처가 도배 위에 은근하다 헤뜨러진 깃 부스러기를 쓸어 모으면서 나는 세상에도 이상스러운 것을 얻었다 산탄散彈 아아 아내는 조류이면서 원체 닻과 같은 쇠를 삼켰더라 그리고 주저앉았었더라 산탄은 녹슬었고 솜털 냄새도 나고 천근 무게더라 아아.

지비 3

이 방에는 문패가 없다 개는 이번에는 저쪽을 향하여 짖는다 조소嘲笑와 같이 아내의 벗어 놓은 버선이 나 같은 공복空腹을 표정하면서 곧 걸어갈 것 같다 나는 이 방을 첩첩이 닫고 출타한다 그제야 개는 이쪽을 향하여 마지막으로 슬프게 짖는다.

역단易斷[1]

화로

　　방거죽에극한이와닿았다. 극한이방속을넘본다. 방안은견딘다. 나는독서의뜻과함께힘이든다. 화로를꽉쥐고집의집중을잡아당기면유리창이움푹해지면서극한이혹처럼방을누른다. 참다못하여화로는식고차갑기때문에나는적당스러운방안에서쩔쩔맨다. 어느바다에조수가미나보다. 잘다져진방바닥에서어머니가생기고어머니는내아픈데에서화로를떼어가지고부엌으로나가신다. 나는겨우폭동을기억하는데내게서는억지로가지고돈다. 두팔을벌리고유리창을가로막으면빨래방망이가내등의더러운의상을뚜들긴다. 극한을걸커미는어머니—기적이다기침약처럼따끈따끈한화로를한아름담아가지고내체온위에올라서면독서는겁이나서곤두박질을친다.

—주

1) 『가톨릭 청년』(1936. 2)에 「역단」이라는 표제하에 「화로」 「아침」 「가정」 「역단」 「행로」 등 5편의 시를 발표했다.

역단易斷

아침

캄캄한공기를마시면폐에해롭다. 폐벽에그을음이앉는다. 밤새도록나는 몸살을앓는다. 밤은참많기도하더라. 실어내가기도하고실어들여오기도하 고하다가잊어버리고새벽이된다. 폐에도아침이켜진다. 밤사이에무엇이없어 졌나살펴본다. 습관이도로와있다. 다만치사侈奢한책이여러장찢겼다. 초조 한결론위에아침햇살이자세히적힌다. 영원히그코없는밤은오지않을듯이.

가정

　　문을암만잡아당겨도안열리는것은안에생활이모자라는까닭이다.　밤이사나운꾸지람으로나를졸른다.　나는우리집내문패앞에서여간성가신게아니다.　나는밤속에들어서서제웅[1]처럼자꾸만감減해간다.　식구야대對한창호어디라도한구석터놓아다고내가수입收入되어들어가야하지않나.　지붕에서리가내리고뾰족한데는침처럼월광이묻었다.　우리집이앓나보다.　그리고누가힘에겨운도장을찍나보다.　수명壽命을헐어서전당잡히나보다.　나는그냥문고리에쇠사슬늘어지듯매달렸다.　문을열려고안열리는문을열려고.

— 주

1) 제웅: 짚으로 만든 사람 모양의 물건.

역단易斷

역단易斷

　그이는백지위에다연필로한사람의운명을흐릿하게초를잡아놓았다. 이렇게흘흘한가. 돈과과서를서기다놓아두고삽납雜踏[1]속으로몸을기입하여본다. 그러나거기는타인과약속된악수가있을뿐, 다행히공란空欄을입어보면장광長廣[2]도맞지않고안드린다[3]. 어떤빈터전을찾아가서실컷잠자코있어본다. 배가아파들어온다. 고로운발음을다삼켜버린까닭이다. 간사한문서를때려주고또멱살을잡고끌고와보면그이도돈도없어지고피곤한과거가멀거니앉아있다. 여기다좌석을두어서는안된다고그사람은이[4]로위치를파헤쳐놓는다. 비켜서는악취에허망과복수를느낀다. 그이는앉은자리에서그사람이평생을살아보는것을보고는살짝달아나버렸다.

— 주

1) 잡답雜踏: 사람들이 많이 몰려 북적북적하고 복잡함.

2) 장광長廣: 장광설長廣舌.

3) 안드린다: 받아들여지지 않는다.

4) 이: 치아.

행로

기침이난다. 공기속에공기를힘들여뱉어놓는다. 답답하게걸어가는길이
내스토리요기침해서찍는구두句讀를심심한공기가주물러서삭여버린다. 나
는한장章이나걸어서철로를건너지를적에그때누가내경로를디디는이가있다.
아픈것이비수에베어지면서철로와열십자로어울린다. 나는무너지느라고기
침을떨어뜨린다. 웃음소리가요란하게나더니자조하는표정위에독한잉크가
끼얹힌다. 기침은사념위에그냥주저앉아서떠든다. 기가탁막힌다.

가외가전街外街傳[1]

　훤조喧噪때문에마멸되는몸이다. 모두소년이라고들그러는데노야老爺[2]인
기색이많다. 혹형酷刑에씻기워서산반算盤알[3]처럼자격資格너머로튀어오르기
쉽다. 그러니까육교는또월광으로충분히천칭처럼제무게에끄덕인다. 타인의
그림자는위선넓다. 미미한그림자들이얼떨김에모조리앉아버린다. 앵도가진
다. 종자도인멸煙滅한다. 정탐偵探도흐지부지―있어야옳을박수가어째서없
느냐. 아마아버지를반역한가싶다. 묵묵히―기도企圖를봉쇄한체하고말을
하면사투리다. 아니―이무언無言이훤조의사투리리라. 쏟으려는노릇―날카
로 운신단身端이싱싱한육교그중심甚한구석을진단하듯어루만지기만 한다.
나날이썩으면서가리키는지향으로기적奇蹟히골목이뚫렸다. 썩는것들이낙차
落差나며골목으로몰린다. 골목안에는치사侈奢스러워보이는문문이있다. 문
안에는금니가있다. 금니안에는추잡한혀가달린폐환肺患이있다. 오―오―.
들어가면나오지못하는타입. 깊이가장부臟腑를닮는다. 그위로짝바뀐구두
가비칠거린다. 어느균菌이어느아랫배를앓게하는것이다. 질다.

　반추한다. 노파니까. 맞은편평활平滑한유리위에해소된정체政體를도포
한졸음오는혜택이뜬다. 꿈―꿈―꿈을짓밟는허망한노역―이세기世紀의인
비因憊[4]와살기가바둑판처럼널리깔렸다. 먹어야사는입술이악의惡意로꾸긴
진창위에서슬며시식사흉내를낸다. 아들―여러아들―노파의결혼을걷어차
는여러아들들의육중한구두―구두바닥의징이다.

층단層段을몇번이고아래로내려가면갈수록우물이드물다. 좀지각해서는
텁텁한바람이불고—하면학생들의지도地圖가요일마다채색을고친다. 객지
에서도리없어다소곳하던지붕들이어물어물한다. 즉이취락은바로여드름돋
는계절이라서으쓱거리다잠꼬대위에더운물을붓기도한다. 갈渴—이갈때문
에견디지못하겠다.

태고의호수바탕이던지적地積이짜다. 막幕을버틴기둥이습해들어온다. 구
름이근경에오지않고오락없는공기속에서가슴편도선들을앓는다. 화폐의스
캔들—발처럼생긴손이염치없이노파의통고痛苦하는손을잡는다.

눈에띄지않는폭군이잠입하였다는소문이있다. 아기들이번번이애총이되
고되고한다. 어디로피해야어른구두와어른구두가맞부딪는꼴을안볼수있
으랴. 한창급한시각이면가가호호들이한데어우러져서멀리포성과시반屍班[5]
이제법은은하다.

여기있는것들은모두가그방대한방을쓸어생긴답답한쓰레기다. 낙뢰심한
그방대한방안에는어디로선가질식한비둘기만한까마귀한마리가날아들어왔
다. 그러니까강하던것들이역마疫馬[6]잡듯픽픽쓰러지면서방은금시폭발할만
큼정결하다. 반대로여기있는것들은통요사이의쓰레기다.

간다. 손자孫子[7]도탑재한객차가방을피하나보다. 속기速記를펴놓은상
궤위에알뜰한접시가있고접시위에삶은계란한개—포크로터뜨린노른자위겨
드랑에서난데없이부화하는훈장형勳章形조류—푸드덕거리는바람에방안지
方眼紙가찢어지고빙원氷原위에좌표잃은부첩符牒[8]떼가난무한다. 궐련에피
가묻고그날밤에유곽도탔다. 번식한거짓천사들이하늘을가리고온대溫帶로
건넌다. 그러나여기있는것들은뜻뜻해지면서한꺼번에들떠든다. 방대한방은
속으로곪아서벽지가가렵다. 쓰레기가막붙는다.

─ 주

1) 가외가전街外街傳: '거리 밖에서 본 거리에 관한 이야기'란 뜻.

2) 노야老爺: 노옹.

3) 산반算盤알: 주판알.

4) 인비因憊: 곤궁하고 고달픔.

5) 시반屍班: 사람이 죽은 지 6~12시간 뒤에 피부에 생기는 자줏빛 얼룩점.

6) 역마疫馬: 병에 걸린 말.

7) 손자孫子: 손자가 지은 「손자병법」을 가리킴.

8) 부첩符牒: 증거가 되는 서류.

역단易斷

명경明鏡

여기 한 페이지 거울이 있으니

잊은 계절에서는

싱은 머리가 폭포처럼 내리우고

울어도 젖지 않고

맞대고 웃어도 휘지 않고

장미처럼 착착 접힌 귀

들여다보아도 들여다보아도

조용한 세상이 맑기만 하고

코로는 피로한 향기가 오지 않는다.

만적만적하는[1] 대로 수심이 평행하는

부러 그러는 것 같은 거절

우右편으로 옮겨앉은 심장일망정 고동이

없으란 법 없으니

설마 그러랴? 어디 촉진觸診…… 하고 손이 갈 때

지문이 지문을 가로막으며

선뜻하는 차단뿐이다.

5월이면 하루 한 번이고
열 번이고 외출하고 싶어하더니
나갔던 길에 안 돌아오는 수도 있는 법

거울이 책장 같으면 한 장 넘겨서
맞섰던 계절을 만나련만
여기 있는 한 페이지
거울은 페이지의 그냥 표지.

주

1) 만적만적하는: 만지작만지작거리는.

위독危篤[1]

금제禁制

　내가치던개[狗]는튼튼하대서모조리실험동물로공양되고그중에서비타민
E를지닌개는학구學究의미급未及과생물다운질투로해서박사博士에게흠씬얼
어맞는다. 하고싶은말을개짖듯뱉어놓던세월은숨었다. 의과대학허전한마
당에우뚝서서나는필사로금제를앓는다. 논문에출석한억울한촉루髑髏[2]에는
천고에씨명氏名이없는법이다.

── 주
1) 『조선일보』(1936. 10. 4~9)에 「위독」이라는 표제하에 「금제」「추구」「침몰」「절벽」
　「백주」「문벌」「위치」「매춘」「생애」「내부」「육친」「자상」등 12편의 시를 발표했
　다.
2) 촉루髑髏: 해골.

위독危篤

추구

　아내를즐겁게할조건들이틈입하지못하도록나는창호를닫고밤낮으로꿈자리가사나워서가위를눌린다.　어둠속에서무슨냄새의꼬리를체포하여단서로내집내미답의흔적을추구한다.　아내는외출에서돌아오면방에들어서기전에세수를한다.　닳아온여러벌표정을벗어버리는추행이다.　나는드디어한조각독한비누를발견하고그것을내허위뒤에다살짝감춰버렸다.　그리고이번꿈자리를예기豫期한다.

침몰

죽고싶은마음이칼을찾는다. 칼은날이접혀서퍼지지않으니날을노호怒號하는초조가절벽에끊어지려든다. 억지로이것을안에떠밀어놓고또간곡히참으면어느결에날이어디를건드렸나보다. 내출혈이뻑뻑해온다. 그러나피부에생채기를얻을길이없으니악령나갈문없다. 갇힌자수自殊로하여체중은점점무겁다.

절벽

　꽃이보이지않는다. 꽃이향기롭다. 향기가만개한다. 나는거기묘혈을판
다. 묘혈도보이지않는다. 보이지않는묘혈속에나는들어앉는다. 나는눕는
다. 또꽃이향기롭다. 꽃은보이지않는다. 향기가만개한다. 나는잊어버리고
재차거기묘혈을판다. 묘혈은보이지않는다. 보이지않는묘혈로나는꽃을깜
빡잊어버리고들어간다. 나는정말눕는다. 아아. 꽃이또향기롭다. 보이지도
않는꽃이―보이지도않는꽃이.

백주

　내두루마기깃에달린정조貞操배지[1]를내어보였더니들어가도좋다고그런
다. 들어가도좋다던여인이바로제게좀선명한정조가있으니어떠냔다. 나더러
세상에서얼마짜리화폐노릇을하는셈이냐는뜻이다. 나는일부러다홍헝겊을
흔들었더니요조하다던정조가성을낸다. 그리고는칠면조처럼쩔쩔맨다.

<hr />

— 주
1) 배지badge: 옷이나 모자 따위에 붙이는 표식.

문벌

　　분총墳塚에계신백골까지가내게혈청의원가상환을강청强請하고있다.　천
하에달이밝아서나는오들오들떨면서도처에서들킨다.　당신의인감이이미실
효된지오랜줄은꿈에도생각하지않으시나요—하고나는으젓이대꾸를해야겠
는데나는이렇게싫은결산의함수를내몸에지닌내도장처럼쉽사리끌러버릴수
가참없다.

위독危篤

위치

　　중요한위치에서한성격의심술이비극을연역演繹하고있을즈음범위에는타
인이없었던가.　한주株분盆에심은외국어의관목灌木이막돌아서서나가버리려
는동기動機요화물貨物의방법이와있는의자倚子가주저앉아서귀먹은체할때
마침내가구두句讀처럼고사이에끼어들어섰으니나는내책임의맵시를어떻게해
보여야하나.　애화哀話가주석註釋됨을따라나는슬퍼할준비라도하노라면나
는못견뎌모자를쓰고밖으로나가버렸는데웬사람하나가여기남아내분신分身
제출할것을잊어버리고있다.

위독危篤

매춘

기억을맡아보는기관이염천아래생선처럼상해들어가기시작이다. 조삼모사의사이펀[1]작용. 감정의망쇄忙殺.

나를넘어뜨릴피로는오는족족피해야겠지만이런때는대담하게나서서혼자서도넉넉히자웅雌雄보다별別것이어야겠다.

탈신脫身. 신발을벗어버린발이허천虛天에서실족한다.

___ 주

1) 사이펀: 한 다리는 길고 한 다리는 짧은 'U'자 모양의 굽은 관. 대기의 압력을 이
  용하여 높은 곳에 있는 액체를 낮은 곳으로 옮기는 데 쓴다.

위독危篤

생애

　　내두통위에신부의장갑이정초定礎되면서내려앉는다.　서늘한무게때문에
내두통이비커설기력도없다.　나는견디면서여왕봉처럼수동적인맵시를꾸며보
인다.　나는기왕이주춧돌밑에서평생이원한怨恨이거니와신부의생애를침식하
는내음삼陰森한손찌검을불개미와함께잊어버리지는않는다.　그래서신부는
그날그날까무러치거나웅봉雄峰[1]처럼죽고죽고한다.　두통은영원히비커서는
수가없다.

주

1) 웅봉雄峰: 수벌

위독危篤

내부

입안에짠맛이돈다. 혈관으로임리한묵흔墨痕이몰려들어왔나보다. 참회로벗어놓은내구긴피부는백지로도로오고붓지나간자리에피가아롱져맺혔다. 방대한묵흔의분류奔流는온갖합음合音이리니분간할길이없고다문입안에그득찬서언序言이캄캄하다. 생각하는무력無力이이윽고입을뻐개제치지못하니심판받으려야진술할길이없고익애溺愛에잠기면벌써멸형滅形하여버린전고典故만이죄업이되어이생리속에영원히기절하려나보다.

위독危篤

육친

　크리스트에혹사酷似[1]한한남루한사나이가있으니이는그의종생終生과운명까지도내게떠맡기려는사나운마음씨다.　내시시각각에늘어서서한시대나눌변인트집으로나를위협한다.　은애恩愛.　나의착실한경영經營이늘새파랗게질린다.　나는이육중한크리스트의별신別身을암살하지않고는내문벌과내음모를약탈당할까참걱정이다.　그러나내신선한도망이그끈적끈적한청각을벗어버릴수가없다.

— 주

1) 혹사酷似: 매우 닮음.

자상自像

　여기는어느나라의데드마스크다. 데드마스크는도적맞았다는소문도있
다. 풀이극북極北에서파과破瓜하지않던이수염은절망을알아차리고생식生殖
하지않는다. 천고로창천蒼天이허방빠져있는함정에유언이석비石碑처럼은근
히침몰되어있다. 그점잖던내용이이래저래구기기시작이다.

무제·1

어젯밤·머리맡에두었던반달은·가라사대사팔뜨기·라고오늘 밤은·조
각된이탈리아거울조각·앙고라의수실은들었으매·마음의켄터키·버리그늘
송아지처럼흩어진곳이오면

정병호鄭炳鎬의여보소

鼺는鼺·鼺 혹은 합천따라해인사·해인사면계도系圖

NO. NO. 3. MADAME

수직성水直星[1] 관음보살 하계下界구렁에든범의　　　몸
토직성土直星[2] 여래보살 신후재[3]에든꿩의　　　몸

HALLO……윤·3··월

자축일·천상에나고 묘유일·귀도에나고 바람불면 배꽃피고 사해일·지
옥에나고 인신일·사람이되고 피었도다 샹들리에.

1) 수직성水直星: 아홉 직성의 하나. 길한 직성으로 아홉 해에 한 번씩 돌아오는데 남자는 열두 살에, 여자는 열세 살에 처음 든다.

2) 토직성土直星: 아홉 직성의 하나. 반흉반길의 직성으로 아홉 해에 한 번씩 돌아오는데 남자는 열한 살에, 여자는 열두 살에 처음 든다.

3) 신후재: '신후지지身後之地', 즉 살아 있을 때에 미리 잡아 두는 묏자리를 말하는 것인 듯.

I WED A TOY BRIDE[1]

1. 밤

　장난감 신부 살결에서 이따금 우유 냄새가 나기도 한다. 멀지 아니하여 아기를 나으려나 보다. 촛불을 끄고 나는 장난감 신부 귀에다 대고 꾸지람처럼 속삭여 본다.

　'그대는 꼭 갓난아기와 같다'고…….

　장난감 신부는 어두운데도 성을 내고 대답한다.

　'목장까지 산보 갔다 왔답니다.'

　장난감 신부는 낮에 색색이 풍경을 암송해 가지고 온 것인지도 모른다. 내 수첩처럼 내 가슴 안에서 따근따근하다. 이렇게 영양분내를 코로 맡기만 하니까 나는 자꾸 수척해 간다.

2. 밤

　장난감 신부에게 내가 바늘을 주면 장난감 신부는 아무것이나 막 찌른다. 일력, 시집, 시계, 내 몸 내 경험이 들어앉아 있음직한 곳.

　이것은 장난감 신부 마음속에 가시가 돋아 있는 증거다. 즉 장미꽃처럼…….

　내 가벼운 무장武裝에서 피가 좀 난다. 나는 이 생채기를 고치기 위하여 날만 어두우면 어둠 속에서 싱싱한 밀감을 먹는다. 몸에 반지밖에 가지지 않은 장난감 신부는 어둠을 커튼 열 듯하면서 나를 찾는다. 얼른 나는 들킨다. 반지가 살에 닿는 것을 나는 바늘로 잘못 알고 아파한다.

촛불을 켜고 장난감 신부가 밀감을 찾는다.

나는 아파하지 않고 모른 체한다.

— 주

1) I WED A TOY BRIDE: '나는 장난감 신부와 결혼한다'는 뜻.

파첩破帖[1]

1

우아한 여적女賊이 내 뒤를 밟는다고 상상하라.

내 문 빗장을 내가 지르는 소리는 내 심두心頭의 동결하는 녹음錄音이거나, 그 겹이거나……

—무정無情하구나—

등불이 침침하니까 여적 유백의 나체가 참 매력 있는 오예汚穢[2]—가 아니면 건정乾淨[3]이다.

2

시가전이 끝난 도시 보도 마麻[4]가 어지럽다. 당도黨道의 명을 받들고 월광이 이 마麻 어지러운 위에 먹을 지르느니라.

(색이어 보호색이거라 나는 이런 일을 흉내내어 껄껄껄)

3

인민이 퍽 죽은 모양인데 거의 망해亡骸를 남기지 않았다. 처참한 포화가 은근히 습기를 부른다. 그런 다음에는 세상 것이 발아치 않는다. 그리고 야음이 야음에 계속된다.

후후後猴[5]는 드디어 깊은 수면에 빠졌다. 공기는 유백으로 화장되고 나는?

사람의 시체를 밟고 집으로 돌아오는 길에 피부면에 털이 솟았다. 멀리
내 뒤에서 독서 소리가 들려왔다.

4

이 수도의 폐허에 왜 체신遞信이 있나
응?(조용합시다 할머니의 하문下門입니다)

5

시트 위에 내 희박한 윤곽이 찍혔다. 이런 두개골에는 해부도가 참가하지
않는다.

내 정면은 가을이다. 단풍 근방에 투명한 홍수가 침전한다.

수면 뒤에는 손가락 끝이 농황濃黃의 소변으로 차갑더니 기어이 방울이
져서 떨어졌다.

6

건너다보이는 이층에서 대륙계 집 들창을 닫아 버린다. 닫기 전에 침을
뱉었다. 마치 내게 사격하듯이…….

실내에 전개될 생각하고 나는 질투한다. 상기上氣한 사지를 벽에 기대어
그 침을 들여다보면 음란한 외국어가 하고많은 세균처럼 꿈틀거린다.

나는 홀로 규방에 병신을 기른다. 병신은 가끔 질식하고 혈순血循[6]이 여
기저기서 망설거린다.

7

단추를 감춘다. 남 보는 데서 사인을 하지 말고……어디 어디 암살이 부

엉이처럼 드세는지—누구든지 모른다.

8

……보도 마이크로폰은 마지막 발전發電을 마쳤다.

야음을 발굴發掘하는 월광月光—

사체는 잊어버린 체온보다 훨씬 차다. 회신灰燼 위에 서리가 내렸건만…….

별안간 파상波狀 철판이 넘어졌다. 완고한 음향에는 여운도 없다.

그 밑에서 늙은 의원議員과 늙은 교수가 번차례로 강연한다.

'무엇이 무엇과 와야만 하느냐'

이들의 상판은 개개箇箇 이들의 선배 상판을 닮았다.

오유烏有[7]된 역 구내에 화물차가 우뚝하다 향하고 있다.

9

상장喪章을 붙인 암호暗號인가 전류 위에 올라앉아서 사멸의 가나안을 지시한다.

도시의 붕락崩落은 아— 풍설風說보다 빠르다.

10

시청은 법전을 감추고 산란한 처분을 거절하였다.

콘크리트 전원에는 초근목피도 없다. 물체의 음영에 생리가 없다.

—고독한 기술사 카인은 도시 관문에서 인력거를 내리고 항용 이 거리를 완보하리라.

1) 파첩破帖: '깨어진 기록부'라는 뜻.

2) 오예汚穢: 지저분하고 더러움.

3) 건정乾淨: 깨끗하며 단아함.

4) 마麻: 삼베. 여기서는 '주검'의 비유.

5) 후후猴: 원숭이.

6) 혈순血循: 피의 순환.

7) 오유烏有: '어찌 있겠느냐'는 뜻으로, 있던 사물이 없게 되는 것을 이르는 말.

무제 · 2

내 마음의 크기는 한 개 궐련 길이만하다고 그렇게 보고,

처심處心은 숫제 성냥을 그어 궐련을 붙여서는

숫제 내게 자살을 권유하는도다.

내 마음은 과연 바지작바지작 타들어가고 타는 대로 작아가고,

한 개 궐련 불이 손가락에 옮겨 붙을 적에

과연 나는 내 마음의 공동空洞에 마지막 재가 떨어지는 부드러운 음향을

들었더니라.

처심은 재떨이를 버리듯이 대문 밖으로 나를 쫓고,

완전한 공허를 시험하듯이 한마디 노크를 내 옷깃에 남기고

그리고 조인調印이 끝난 듯이 빗장을 미끄러뜨리는 소리

여러 번 굽은 골목이 담장이 좌우 못 보는 내 아픈 마음에 부딪혀

달은 밝은데

그때부터 가까운 길을 일부러 멀리 걷는 버릇을 배웠더니라.

무제 · 3

선행하는 분망奔忙을 싣고 전차의 앞 창은
내 투사透思를 막는데
출분한 아내의 귀가를 알리는 피리어드의 대단원이었다.

너는 어찌하여 네 소행을 지도에 없는 지리에 두고 화판花瓣 떨어진 줄거
리 모양으로 향료와 암호만을 휴대하고 돌아왔음이냐.

시계를 보면 아무리 하여도 일치하는 시일을 유인할 수 없고
내 것 아닌 지문이 그득한 네 육체가 무슨 조문條文을 내게 구형하겠느
냐.

그러나 이곳에 출구와 입구가 늘 개방된 네 사사로운 휴게실이 있으니 내
가 분망중에라도 네 거짓말을 적은 편지를 데스크 위에 놓아라.

청령蜻蛉¹⁾

건드리면손끝에묻을듯이빨간봉선화
너울너울벌써날아오를듯하얀봉선화
그리고어느틈엔가남으로고개를돌리는듯한일편단심해바라기—
이런꽃으로꾸며졌다는고흐의무덤은참얼마나아름다울까.

산은맑은날바라보아도
늦은봄비에젖은듯보였습니다.

포플러는마을의지표指標와도같이
실바람에뽑은듯한훤칠한키를
포물선으로굽혀가면서진공과같이말간대기속에서
원경을축소하고있습니다.

몸과나래도가벼운듯이잠자리가활동입니다.
그런데그것은과연날고있는걸까요.
흡사진공속에서라도날을법한데,
혹누가눈에보이지않는줄을이리저리당기는것이아니겠나요.

─ 주

1) 「청령」과 「한 개의 밤」은 김소운金素雲이 친구 이상으로부터 받은 일어 편지글을
   시 형식으로 바꾸어 일본에서 발간한 『조선 시집』(1939)에 수록한 것이다. '청령蜻
   蛉'은 '잠자리'.

한 개의 밤

여울에서는도도한소리를치며
비류강沸流江[1]이흐르고있다.
그수면에아른아른한자색층이어린다.

12봉봉우리로차단되어
내가서성거리는훨씬후력後力까지도이미황혼이깃들어있다.
으스름한대기를누벼가듯이
지하로지하로숨어버리는하류는거무튀튀한게무척싸늘하구나.

12봉사이로는
빨갛게물든노을이바라보이고

종이울린다.

불행이여
지금강변에황혼의그늘
땅을길게뒤덮고도오히려남을불행이여
소리날세라신방新房에창장窓帳을치듯

눈을감는나는보잘것없이낙백落魄한사람.

이젠아주어두워들어왔구나
12봉사이사이로
벌써별이하나둘모여들기시작아닐까
나는그것을보려고하지않았을뿐
차라리초원의어느일점을응시한다.

문을닫은것처럼캄캄한색을띤채
이제비류강은무겁게도내려앉는것같고
내육신도천근
주체할도리가없다.

─ 주

1) 비류강沸流江: 평안남도 신양군과 성천군을 흐르는 강.

척각隻脚[1]

목발의길이도세월과더불어점점길어져갔다.

신어보지도못한채산적해가는외짝구두의수효를보면슬프게걸어온거리가
짐작되었다.

종시終始제자신은지상의수목樹木의다음가는것이라고생각하였다.

── 주

1) 「척각」「거리」「수인이 만든 소정원」「육친의 장」「내과」「골편에 관한 무제」「가구
의 추위」「아침」「최후」 등 9편은 이상의 유고를 문학평론가 임종국(林鍾國, 1929
~1989)이 『이상 전집』(1956)을 펴낼 때 수록한 것이다.

거리— 여인이출분한경우

백지위에한줄기철로가깔려있다. 이것은식어들어가는마음의도해圖解다. 나는매일허위를담은전보를발신한다. '명조도착明朝到着'[1]이라고. 또나는 나의일용품을매일소포로발신하였다. 나의생활은이런재해지災害地를닮은 거리에점점낯익어갔다.

— 주

1) 명조도착明朝到着: '내일 아침 도착'이란 뜻.

수인囚人이 만든 소정원小庭園

　　이슬을알지못하는달리아하고바다를알지못하는금붕어하고가수繡놓여
져있다. 수인이만든소정원이다. 구름은어이하여방속으로야들어오지아니하
는가. 이슬은들창유리에닿아벌써울고있을뿐계절의순서도끝남이로다. 산
반算盤알의고저高低는여비旅費와일치하지아니한다. 죄를내버리고싶다. 죄
를내던지고싶다.

육친의 장

　　나는24세. 어머니는바로이나잇살에나를낳은것이다. 성聖세바스티아누스[1]와같이아름다운동생·로자룩셈부르크[2]의목상木像을닮은막내누이·어머니는우리들3인에게잉태분만의고락을말해주었다. 나는3인을대표하여드디어—

어머니 우린 좀더 형제가 있었음 싶었답니다

　　—드디어어머니는동생다음으로잉태하자6개월로서유산한전말을고했다.

그 녀석은 사내랬는데 올해 열아홉(어머니의한숨)

　　3인은서로들알지못하는형제의환영을그려보았다. 이만큼이나컸지—하고형용하는어머니의팔목과주먹은수척했다. 두번씩이나각혈을한내가냉정을극極하고있는가족을위하여빨리아내를맞아야겠다고초조하는마음이었다. 나는24세나도어머니가나를낳으셨듯이무엇인가를낳아야겠다고생각하는것이었다.

— 주

1) 성 세바스티아누스(Saint Sebastianus, ?~288경): 로마의 성자.
2) 로자 룩셈부르크(Rosa Luxemburg, 1871~1919): 폴란드 태생 독일의 혁명가.

내과

―자가용복음自家用福音

―혹은 엘리엘리 라마 사박다니[1]

하얀천사이수염난천사는규피드의조부님이다.

　　　수염이전연(?)나지아니하는천사하고흔히결혼하기도한다.

나의늑골은2더즌[2]. 그하나하나에노크하여본다.

그속에서는해면에젖은더운물이끓고있다.

하얀천사의펜네임은성聖베드로라고.

고무의전선 _{똑똑똑똑}버글버글 열쇠구멍으로도청.

　　　(발신)유다야사람의임금님주무시나요?

　　　(반신)찌―따찌―따따찌―찌(1)찌―따찌―따따찌―(2)

　　　　　찌―찌따찌―따따찌―찌―(3)

　　흰페인트로칠한십자가에서내가점점키가커진다. 성베드로군君이나에게

세번씩이나알지못한다고그런다. 순간닭이활개를친다……어이쿠더운물을

엎질러서야큰일날노릇―

1) 엘리엘리 라마 사박다니:「마태복음」27장 46절에 있는 말로, '나의 하나님, 어찌
   하여 나를 버리셨나이까?'라는 뜻.
2) 더즌dozen: 12개. 2더즌은 24개.

골편骨片에 관한 무제

신통하게도혈홍血紅으로채색되지아니하고하얀대로

페인트를칠한사과를톱으로쪼갠즉속살은하얀대로

하느님도역시페인트칠한세공품을좋아하시지―사과가아무리빨갛더라

도속살은역시하얀대로, 하느님은이걸가지고인간을살짝속이겠다고.

묵죽墨竹을사진촬영해서원판을햇볕에비쳐보구려―골격과같다.

두개골은석류같고아니석류의음화陰畵가두개골같다(?)

여보오산사람골편骨片을보신일있수?수술실에서―그건죽은거야요살아

있는골편을보신일있수?이빨!어머나―이빨두그래골편일까요. 그렇담손톱

두골편이게요?

난인간만은식물이라고생각합니다.

가구街衢의 추위― 1933년2월27일의실내의건件

네온사인은색소폰과같이수척해있다.

파란정맥을절단하니새빨간동맥이었다.

―그것은파릿한동맥이었기때문이다.

―아니!새빨간동맥이라도저렇게피부에매몰되어있으면…….

보라!네온사인들저렇게가만히있는것같아보여도기실은부단히네온가스

가흐르고있는게란다.

―폐병쟁이가색소폰을불었더니위험한혈액이검온계檢溫計와 같이

―사실은부단히수명이흐르고있는게란다.

아침

아내는낙타를닮아서편지를삼킨채로죽어가나보다. 벌써나는그것을읽어 버리고있다. 아내는그것을알지못하는것인가. 오전10시전등을끄려고한다. 아내가만류한다. 꿈이부상浮上되어있는것이다. 석달동안아내는회답을쓰 고자하여상금尚今써놓지는못하고있다. 한장얇은접시를닮아아내의표정은 창백하게수척해있다. 나는외출하지아니하면아니된다. 나에게부탁하면된 다. 자네애인을불러줌세어드레스[1]도알고있다네.

— 주

1) 어드레스address: 주소

최후

사과한알이떨어졌다. 지구는부서질그런정도로아팠다. 최후. 이미여하한
정신도발아하지아니한다.

무제 · 4¹⁾

손가락 같은 여인이 입술로 지문을 찍으며 간다. 불쌍한 수인은 영원의 낙인을 받고 건강을 해쳐 간다.

같은 사람이 같은 문으로 속속 들어간다. 이 집에는 뒷문이 있기 때문이다.

대리석의 여인이 포즈를 바꾸기 위해서는 적어도 살을 깎아내지 않으면 아니 된다.

한 마리의 뱀은 한 마리의 뱀의 꼬리와 같다. 또는 한 사람의 나는 한 사람의 나의 부친과 같다.

피는 뼈에는 스며들지 않으니까 뼈는 언제까지나 희고 체온이 없다.

안구에 아무리 해도 보이지 않는 것은 안구뿐이다.
고향의 산은 털과 같다. 문지르면 언제나 빨갛게 된다.

1) 「무제·4」 「1931년」 「습작 쇼윈도 수점」 「회한의 장」 「요다 준이치」 「쓰키하라 도
   이치로」 등 6편은 미발표 창작 노트의 글이다.

1931년— 작품 제1번

1

나의 폐가 맹장염을 앓다. 제4병원에 입원. 주치의 도난—망명의 소문나다.

철 늦은 나비를 보라. 간호부 인형 구입. 모조 맹장을 제작하여 한 장의 투명유리의 저편에 대칭점을 만들다. 자택치료의 묘妙를 다함.

드디어 위병 병발하여 안면 창백. 빈혈.

2

심장의 거처 불명. 위에 있느니, 가슴에 있느니, 이설 분분하여 걸 잡을 수 없음.

다량의 출혈을 보다. 혈액 분석의 결과, 나의 피가 무기질의 혼합이라는 것 판명함.

퇴원. 거대한 샤프트의 기념비 서다. 백색의 소년, 그 전면에서 협심증으로 쓰러지다.

3

나의 안면에 풀이 돋다. 이는 불요불굴의 미덕을 상징한다.

나는 내 자신이 더할 나위 없이 싫어져서 등변형 코스의 산보를 매일같이 계속했다. 피로가 왔다.

아니나다를까, 이는 1932년 5월 7일(부친의 사일死日) 대리석 발아 사건의 전조였다.

허나 그때의 나는 아직 한 개의 방정식무기론方程式無機論의 열렬한 신봉자였다.

4

뇌수 교체 문제 드디어 중대화되다.

나는 남몰래 정충의 일원론을 고집하고 정충의 유기질의 분리 실험에 성공하다.

유기질의 무기질 문제 남다.

R청년 공작公爵과 해후邂逅하고 CREAM LEBRA[1]의 비밀을 듣다. 그의 소개로 이 양孃과 알게 되다.

예例의 문제에 광명 보이다.

5

혼혈아 Y, 나의 입맞춤으로 독살되다. 감금당하다.

6

재차 입원하다. 나는 그다지도 암담한 운명에 직립하여 자살을 결의하고 남몰래 한 자루의 비수(길이 3척)를 입수하였다.

야음을 타서 나는 병실을 뛰쳐나왔다. 개가 짖었다. 나는 이쯤이면 비수를 나의 배꼽에다 찔러 박았다.

불행히도 나를 체포하려고 뒤쫓아온 나의 모친이 나의 등에서 나를 얼싸안은 채 살해되어 있었다. 나는 무사하였다.

7

지구의地球儀 위에 곤두섰다는 이유로 나는 제3인터내셔널[2) 당원들한테 서몰매를 맞았다.

그래선 조종사 없는 비행기에 태워진 채로 공중에 내던져졌다. 혹형을 비웃었다.

나는 지구의에 접근하는 지구의 재정이면財政裏面을 이때 엄밀존세嚴密存細히 검산하는 기회를 얻었다.

8

창부가 분만한 사아死兒의 피부 전면에 문신이 들어 있었다. 나는 그 암호를 해제解題하였다.

그 사아의 선조는 옛날에 기관차를 치어서 그 기관차로 하여금 유혈임리, 도망치게 한 당대의 호걸이었다는 말이 기록되어 있었다.

9

나는 제3번째의 발과 제4번째의 발의 설계중, 혁으로부터의 '발을 자르다'라는 비보에 접하고 악연愕然해지다.

10

나의 방의 시계 별안간 13을 치다. 그때 호외의 방울소리 들리다. 나의 탈옥의 기사.

불면증과 수면증으로 시달림을 받고 있는 나는 항상 좌우의 기로에 섰다.

나의 내부로 향해서 도덕의 기념비가 무너지면서 쓰러져 버렸다. 중상. 세상은 착오를 전한다.

12 + 1＝13 이튿날(즉 그때)부터 나의 시계의 침은 3개였다.

11

3차각의 여각을 발견하다. 다음에 3차각과 3차각의 여각과의 화和는 3차각과 보각이 된다는 것을 발견하다.

인구문제의 응급수당 확정되다.

12

거울의 굴절반사의 법칙은 시간방향유임문제를 해결하다(궤적의 광년 운산運算).

나는 거울의 수량을 빛의 속도에 의해서 계산하였다. 그리고 로켓의 설계를 중지하였다.

별보別報—이 양, R청년 공작 가전家傳의 발[簾]에 감기어서 참사하다.

별보—상형문자에 의한 사도死都 발굴탐사대 그의 기관지를 가지고 성명서를 발표하다.

거울의 불황과 함께 비관설 대두하다.

—주

1) CREAM LEBRA: 조어. '정충情蟲'으로 보는 견해도 있다.

2) 제3인터내셔널: 1919년에 설립된 각국 공산당들의 연합. 별칭은 코민테른 Comintern.

습작 쇼윈도 수점數點

북을 향하여 남으로 걷는 바람 속에 멈춰 선 부인

영원의 젊은 처녀

지구는 그와 서로 스칠 듯이 자전한다.

운명이란

인간들은 1만 년 후의 어느 해 달력조차 만들어낼 수 있다.

태양아 달아 한 장으로 된 달력아

달밤의 기권氣圈은 냉장한다.

육체가 식을 대로 식는다

혼백만이 달의 광도로써 충분히 연소한다.

회한의 장

가장 무력한 사내가 되기 위해 나는 얼금뱅이[1]었다.

세상에 한 여성조차 나를 돌아보지는 않는다.

나의 나태는 안심이다.

양팔을 자르고 나의 직무를 회피한다.

이제는 나에게 일을 하라는 자는 없다.

내가 무서워하는 지배는 어디서도 찾아볼 수 없다.

역사는 무거운 짐이다.

세상에 대한 사표 쓰기란 더욱 무거운 짐이다.

나는 나의 문자들을 가두어 버렸다.

도서관에서 온 소환장을 이제 난 읽지 못한다.

나는 이젠 세상에 맞지 않는 옷이다.

봉분보다도 나의 의무는 적다.

나에겐 그 무엇을 이해해야 하는 고통은 완전히 사라져 버렸다.

나는 아무 때문도 보지는 않는다.

그렇기 때문에 나는 아무것에게도 또한 보이지 않을 게다.

처음으로 나는 완전히 비겁해지기에 성공한 셈이다.

— 주

1) 얼금뱅이: 얼굴이 얼금얼금 얽은 사람을 낮잡아 이르는 말.

요다 준이치[1]

해병海兵이 범람했다 해병이—

군함이 구두짝처럼 빗어 던져져 있었다.

── 주

1) 요다 준이치(與田準一, 1905~): 1930년대에 활동한 일본의 동요 시인.

쓰키하라 도이치로[1]

　장어를 처음 먹은 건 누구냐 계란을 처음 먹은 건 누구냐 어쨌든 아주 배가 고팠던 모양이다.

　돌과 돌이 맞비비어 오랜 동안엔 역시 아이가 생겨나나 보다 돌은 좋아하는 돌에게 갈 수가 없다.

　나의 길 앞에 하나의 팻말이 박혀 있다.

　나의 부도덕이 행형行刑[2]되고 있는 증거이다.

　나의 마음이 죽었다고 느끼자 나의 육체는 움직일 필요도 없겠다 싶었다.

　달이 둥그래지는 내 잔등을 흡사 묘분을 비추듯 하는 것이다.

　이것이 내가 참살당한 현장의 광경이었다.

── **주**

1) 쓰키하라 도이치로(月原橙一郞, 1902~): 1930년대에 활동한 일본의 현대 시인.

2) 행형行刑: 형벌이 집행됨.

수필

이상
전집

혈서삼태血書三態

오스카 와일드

내가 불러 주고 싶은 이름은 '욱旭'은 아니다. 그러나 그 이름을 욱이라고 불러 두자. 1930년만 하여도 욱이 제 여형단발女形斷髮과 같이 한없이 순진하였고 또 욱이 예술의 길에 정진하는 태도, 열정도 역시 순진하였다. 그해에 나는 하마터면 죽을 뻔한 중병에 누웠을 때 욱은 나에게 주는 형언하기 어려운 애정으로 하여 쓸쓸한 동경 생활에서 몇 개월이 못 되어 하루에도 두 장 석 장의 엽서를 마치 결혼식장에서 화동이 꽃 이파리를 걸어가면서 흩뜨리는 가련함으로 나에게 날려 주며 연락선 갑판상에서 홍분하였느니라.

그러나 욱은 나의 병실에 나타나기 전에 그 고향 군산에서 족부足部[1]에 꽤 위험한 절개수술을 받고 그 또한 고적한 병실에서 그 몰락 하여가는 가정을 생각하며 그의 병세를 근심하며 끊이지 않고 그 화변花瓣[2] 같은 엽서를 나에게 주었다.

네가 족부의 완치를 얻기도 전에 너는 너의 풀죽은 아버지를 위하여 마음에 없는 심부름을 하였으며 최후의 추수를 수위守衛하면서 고로운 격난도 많이 하였고 그것들 기억이 오늘 네가 그때 나에게 준 엽서를 끄집어내어 볼

것까지도 없이 나에게는 새롭다. 그러나 그 추우비비秋雨霏霏[3]거리는 몇 날의 생활이 나에게서부터 그 플라토닉한 애정을 어느 다른 한군데다 옮기게 된 첫 원인이었는가 한다.

욱은 그후 머지아니하야 손바닥을 툭툭 털듯이 가벼운 몸으로 화구畵具의 잔해를 짊어지고 다시 나의 가난한 살림 속으로 또 나의 애정 속으로 기어들어오는 것같이 하면서 섞여 들어왔다. 우리는 그 협착한 단칸방 안에 100호나 훨씬 넘는 캔버스를 버티어 놓고 마음 가는 데까지 자유로이 분방스러히 창작생활을 하였으며 혼연한 영靈의 포옹 가운데에 오히려 서로를 잇는 몰아의 경시에 놀 수 있었느니라.

그러나 욱 너도 역시 그부터 올라오는 불 같은 열정을 능히 단편 단편으로 토막쳐 놓을 수 있는 냉담한 일면을 가진 영리한 서생書生이었다.

관능 위조官能僞造

생활에 면허가 없는 욱의 눈에 매춘부와 성모의 구별은 어려웠다. 나는 그때 창작도 아니요 수필도 아닌 〈목로의 마리아〉라는 글을 퍽 길게 써보던 중이요 또 그 중에 서경적인 것의 몇 장을 욱에게 보낸 일도 있었다. 항간에서 늘 목도하는 '언쟁하는 마리아 군상'보다도 훨씬 청초하여 가장 대리석에 가까운 마리아를 마포강변 목로술집에서 찾았다는 이야기다. 이 〈목로의 마리아〉 수장數章이 욱에게 그 풍전등화 같은 비밀을 이야기하여도 좋은 이유와 용기와 안심을 주었던지 그는 밤이 으슥하도록 나를 함부로 길거리로 끌고 다니면서 그 길고도 사정 많은 이야기를 나에게 들려 주었다. 그것은 너무도 끔찍하여서 나에게 발광發狂의 종이 한 장 거리에 접근할 수 있게 한 그런 이야기인데 요컨대 욱의 동정이 천생 매춘부에게 헌상되고 말았다는 해피엔드, 집에 돌아와서 우표딱지만한 사진 한 장과 삼팔수건三八手巾[4]에 적힌 혈서 하나와 싹둑 잘라낸 머리카락 한 다발을 신중한 태도로 나에게 보여주었다.

사진은 너무 작고 희미하고 하얘서 그 인상을 재현시키기도 어려운 것이었고 머리는 흡사 연극할 때 쓰는 채플린의 수염보다는 조금 클까말까한 것이었고 그러나 혈서만은 썩 미술적으로 된 것인데 욱의 예술적 천분이 충분히 나타났다고 볼 만한 가위 걸작의 부류에 들어갈 수 있었다. 물론 그것은 그 매춘부 씨의 작품은 아니고 욱 자신의 자작자장自作自藏[5]인 것이었다. 삼팔 행커치프 한복판에다가 선명한 예서로 '罪(죄)' 이렇게 한 자를 썼을 따름 물론 낙관도 없었다.

이것이 내가 이 세상에 탄생하여서 참 처음으로 목도한 혈서였고 그런 후로 나의 욱에 대한 순정적 우애도 어느덧 가장 문학적인 태도로 조금씩 변하여 갔다. 다섯 해 세월이 지나간 오늘 엊그제께 하마터면 나를 배반하려 들던 너를 나는 오히려 다시 그리던 날의 순정에 가까운 우정으로 사랑하고 있다. 그만큼 너의 현재의 환경은 너로 하여금 너의 결백함과 너의 무고함을 여실히 나에게 이야기하여 주고 있는 까닭이다.

하이드 씨

내가 부를 이름은 물론 소하小霞는 아니올시다. 그러나 소하라고 부른들 어떻겠습니까? 소하! 운명에 대하여는 마조히스트들에게 성욕이란 무엇이겠습니까? 성욕! 성욕은 그럼 농담입니까? 성욕에게 정말 스토리가 없습니까? 태고에는 정말 인류가 장수하였겠습니까?

소하! 나에게는 내가 예술의 길을 걷는데 소위 후견인이 너무 없었습니다. 그래서 내가 일찍이 사디슴을 알았을 적에 벌써 성욕을 병발적竝發的[6]으로 알았습니다. 이 신성한 파편이요 대타對他에 실례적인 자존심을 억제할 만한 아무런 후견인의 감시가 전연 없었습니다.

매춘부에게 대한 사사로운 사상, 그것은 생활에서 얻는 노련에 편달되어

가며 몹시 잠행적으로 진화하여 가는 것이었습니다. 그러기에 영화로 된 스티븐슨의 〈지킬 박사와 하이드 씨〉 1편이 그 가장 수단적인 데 그칠 예술적 향기 수준이 퍽 낮은 것이라고 해서 차마 '옳다, 가하다'소리를 입 밖에 못 내어놓는 것이 아니겠습니까? 사실에 소하의 경우를 말하지 않고 나에게는 가장 적은 '지킬 박사'와 훨씬 많은 '하이드 씨'를 소유하고 있다고 고백하고 싶습니다. 나는 물론 소하의 경우에서도 상당한 '지킬 박사'와 상당한 '하이드'를 보기는 봅니다만 그러나 소하가 퍽 보편적인 열정을 얼른 단편으로 사사오입식 종결을 지어 버릴 수 있는 능한 수완이 있는데 반대로 나에게는 윤론倫敦 시가에 끝없이 계속되는 안개와 같이 거기조차 콤마나 피리어드를 찍을 재주가 없습니다.

일상생활의 중압이 나에게 교양의 도태를 부득이하게 하고 있으니 또한 부득이 나의 빈약한 이중성격을 '지킬 박사'와 '하이드 씨'에서 '하이드 씨'와 '하이드 씨'로 이렇게 진화시키고 있습 니다.

악령의 감상感傷

발광에서 종이 한 장 거리에 접근할 수 있는 기회를 어린애 같은 의지밖에 소유하지 못한 나는 퍽 싫어합니다. 그러나 거기 혹사酷似한 농담을 즐겨합니다. 이것은 소하! 자속自贖인가요? 의미의 연장 이 조금도 없는 단순하고도 정직한 농담·성욕! 외국인의 친절을 생리적으로 조금 더 즐거워하는 나는 매춘부에서 국제적인 친절과 호의를 느낍니다. 소하! 소하도 그런 간단한 농담과 외교는 즐기십디다그려.

교양은 우리들에게 여분의 상식을 부여하였습니다. 그래서 그 3인의 매춘부의 손에 묻은 붉은 잉크에 대하여서 너무 무관심하였습니다. 나중에 붉은 잉크가 혈액의 색상과 흡사한가 아닌가를 시험한 것인 줄 알았을 때에 폭소를 금치 못하는 가운데에도 그들의 그런 상식과 우리의 이런 상식과는 영원히 교섭이 있을 수 없다는 것을 깨달으면서 요사이 더욱이 이렇게 나와 훨씬 다른 세계에 사는 사람의 심리에 예술적 관심을 퍽 가지게 된 나로서 절망적인 한심을 느꼈습니다.

물론 붉은 잉크와 피와는 근사하지도 않은 것이니까 그네들도 대개는 그 혈서가 붉은 잉크는 아닌 무슨 가장 피에 가까운(위조라고 치고 보아도) 재료로 씌어진 것이라는 것은 깨달았을 것인데도 핏빛나는 잉크가 있느냐는 둥 다른 짐승, 예를 들면 쥐나 닭이나 그런 것들의 피도 사람 피와 빛깔이 같으냐는 둥 그때에 내 마음은 하여튼 소하의 마음은 어떠하셨습니까? 자─이것 좀 보세요, 하고 급기야 집어내어 온 것이 봉투 속에 든한장 백지. 우리들이 감정하기도 전에 역시 그네들은 의논이 분분하지 않습디까? 그 혈서는 과연 퍽 문학적인 것으로 천결闡潔[7] 명확, 실로 점 하나 찍을 여유가 없는 완전한 걸작이라고 나는 보았습니다. 왈,

"사랑하는 장귀남 씨 / 나의 타는 열정을 / 당신에게 바치노라 / 계유세[8] 정월 모일."

나는 그때 우리들의 농담이 얼마나 봉욕逢辱을 당하고 있는가를 느꼈습니다.

소하! 소하는 그때 퍽 신사적인 겸손을 보이십디다만 소하의 입맛이 쓴 것쯤은 나도 알 수 있읍디다. 하여간 이 '앨리스'[9] 나라 같은 불가사의한 나라에 제출된 외교 문서에 우리들이 가지고 있는 법률을 적용하려고 하는 것은 도로요 무효일 줄 압니다.

그네들은 입을 모아 그 이튿날 그 발신인이 살고 있고 또 경영하고 있는 점포에 왕림하시겠다는 결의를 하고 있는 것을 보았는데 좀 나도 따라가서 그 천재의 얼굴을 좀 싫토록 보고 오고 싶었습니다. 그런데 그 천재는(그중의 한 분이 그것이 확실히 사람의 피라는 감정을 받은 다음 별안간 막 술을 퍼붓듯이 마시는 것을 나는 말릴까말까 하고 있다가 흐지부지 그만두었습니다만) 나이 마

흔 가량이나 되는 어른이시라고 그러지 않습디까?

우리들의 예술적 실력은(표현 정도는) 수박 겉핥기 정도밖에 아니 되나 보
더이다. 나는 거리로 쫓겨 나와서 엉엉 울고 싶은 것을 참 억지로 참았습니
다.

혈서기삼血書其三

이것이 내가 평생에 세 번째 구경한 혈서인데 나는 이런 또 익살 맞은 요
절할 혈서는 일찍이 이야기도 못 들어 보았다. W카페 주인이 "글쎄, 이것 좀
보세요"하고 보여주면서 하는 말이 그 한강에 가 빠져 자살한 여급은 자기
아내(첩)인데 마음이 양처럼 순하고 부처님처럼 착하고 또 불쌍하고 또 자
기를 다시없이 사랑하였고 한데 자동차 운전수 하나가 뛰어들어와 살살 꾀
이다가 말을 잘 안 들으니까 이따위 위조 혈서를 보내서 좀 놀라게 한다는
것이 그만 마음 이 약한 Y자子가 보고 너무 지나치게 놀라서 그가 정말 죽
는다는 줄 알고 그만 겁결에 저렇게 제가 먼저 죽어 버렸으니 생사람만 하
나 잡고 그는 여전히 뻔뻔히 살아서 자동차를 뿡뿡거리고 다니니 이런 원통
하고 분할 데가 어디 또 있습니까? 그러면서 글쎄 이게 무슨 혈섭니까, 하고
하얀 봉투 속에서 꺼내는 부기지簿記紙[10]던가 무지無地[11]던가 편지 한 장을
끄집어내어 보여준다. 펜으로 잘디잘게 만리 장서 삐뚤삐뚤 시비곡직이 썩
장관이었다.

나는 첫머리 두어 줄 읽어 내려가다가 욕지거리가 나서 그만두고 대체 피
가 어디 있느냐고, 이것은 펜 글씨지 어디 혈서냐고 그랬더니 이게 즉 혈서라
는, 즉 피를 내었다는 증거란 말이지요, 하며 저 끄트러미 찍혀 있는 서너 방
울 떨어져 있는 지문 묻은 핏자국을 가리킨다. 코피가 났는지, 코피치고도
너무 분량이 적고 빈대 지나가는 것을 아마 터뜨려 죽인 모양인지 정체 자못
불명이다. 그런데 그 장말章末에 왈曰이, 혈서가 당신에게 배달되는 때는 나

는 벌써 이 세상 사람이 아니고 낙원에 가 있을 것이라고……. 요컨대 낙원 회관에 애인이 하나 생겼단 말인지도 모를 일이다.

그런데 Y자는 죽었다. 정말 그 편지가 배달되자 죽었다. 그래 이 편지 한 장이 ○○코─사람 하나를 죽일 수가 있을까? 정말 이 편지에 무섭고 겁이 나고 깜짝 놀라서 죽었을까? 나는 또 다른 ○○코들에게서…….

두 사람은 정사를 약속하고 자동차로 한강 인도교 건너까지 나갔다. 자동차는 도로 돌이갔다. 인도교를 걸어오며 두 사람은 사死의 법열을 마음껏 느꼈겠지. 마지막으로 거행되는 달콤한 눈물의 키스. Y자는 먼저 신발을 벗고 스프링오버를 벗고 정말 물로 뛰어들었다. 그 무시무시한 낙하, 그 끔찍끔찍한 물결 깨어지는 소리, 죽음이라는 것은 무섭다. 무섭다. 그 번개 같은 공포가 순간 그 남자의 머리에 스치며 그로 하여금 Y자의 뒤를 따라 떨어지는 용기를 막았다. 반쪽만 남은 것 같은 어떤 남자 한 사람이 구두와 외투를 파출소에 계출届出하였다. 그 사람은 이 무서운 농담을 소消하려고 자기적自棄的으로 자동차에 속력을 놓는다.

그도 그럴 것이지 W카페 주인은 Y자의 동생 ○○학교 재학하는 근면한 소년학도에게 참 아름다운 마음으로 학자學資를 지출하여 주고 있다 한다.

— 주

1) 족부足部: 발에서부터 발목까지의 부분.

2) 화변花瓣: 꽃잎.

3) 추우비비秋雨霏霏: 가을비가 부슬부슬 내리는 모양.

4) 삼팔수건三八手巾: 중국에서 생산되는 올이 고운 명주인 삼팔주三八紬로 만든 수건.

5) 자작자장自作自藏: 스스로 짓고 스스로 감춤.

6) 병발적竝發的: 두 가지 이상의 일이 한꺼번에 일어나거나 또는 그 일.

7) 천결闡潔: 간결.

8) 계유세癸酉歲: 계유년癸酉年.

9) 앨리스 : 영국의 작가 루이스 캐럴(Lewis Carroll, 1832~1898)이 쓴 장편동화 「이상한 나라의 앨리스」에 나오는 주인공.

10) 부기지簿記紙: 자산, 자본, 부채의 수지·증감 따위를 적는 종이.

11) 무지無地: 무늬가 없이 전체가 한 가지 빛깔로 되거나 또는 그런 물건.

산촌여정山村餘情— 성천 기행 중의 몇 절

1

향기로운 MJB[1]의 미각을 잊어버린 지도 20여 일이나 됩니다. 이 곳에는 신문도 잘 아니 오고 체전부遞傳夫[2]는 이따금 하드롱[3] 빛소식을 가져옵니다. 거기는 누에고치와 옥수수의 사연이 적혀 있습니다. 마을 사람들은 멀리 떨어져 사는 일가 때문에 수심이 생겼나 봅니다. 나도 도회에 남기고 온 일이 걱정이 됩니다.

건너편 팔봉산에는 노루와 멧돼지가 있답니다. 그리고 기우제 지내던 개골창까지 내려와서 가재를 잡아먹는 곰을 본 사람도 있습니다. 동물원에서밖에 볼 수 없는 짐승, 산에 있는 짐승들을 사로잡아다가 동물원에 갖다 가둔 것이 아니라, 동물원에 있는 짐승들을 이런 산에다 내어 놓아준 것만 같은 착각을 자꾸만 느낍니다. 밤이 되면 달도 없는 그믐 칠야에 팔봉산도 사람이 침소로 들어가듯이 어둠 속으로 아주 없어져 버립니다.

그러나 공기는 수정처럼 맑아서 별빛만으로라도 넉넉히 좋아하는 「누가복음」도 읽을 수 있을 것 같습니다. 그리고 또 참 별이 도회에서보다 갑절이나 더 많이 나옵니다. 하도 조용한 것이 처음으로 별들의 운행하는 기척이

들리는 것도 같습니다.

객주집 방에는 석유 등잔을 켜 놓습니다. 그 도회지의 석간夕刊과 같은 그윽한 냄새가 소년 시대의 꿈을 부릅니다. 정형! 그런 석유 등잔 밑에서 밤이 이슥하도록 '호까'(연초갑지煙草匣紙) 붙이던 생각이 납니다. 배짱이가 한 마리 등잔에 올라앉아서 그 연둣빛 색채로 혼곤한 내 꿈에 마치 영어 'T'자를 쓰고 건너 긋듯이 유다른 기억에다는 군데군데 언더라인을 하여 놓습니다. 슬퍼하는 것처럼 고개를 숙이고 도회의 여차장이 차표 찍는 소리 같은 그 성악을 가만히 듣습니다. 그러면 그것이 또 이발소 가위 소리와도 같아집니다. 나는 눈까지 삼고 가만히 또 자세히 들이 봅니다.

그리고 비망록을 꺼내어 머루빛 잉크로 산촌의 시정을 기초합니다.

그저께신문을찢어버린

때묻은흰나비

봉선화는아름다운애인의귀처럼생기고

귀에보이는지난날의기사

얼마 있으면 목이 마릅니다. 자리물[4]—심해처럼 가라앉은 냉수를 마십니다. 석영질 광석 냄새가 나면서 폐부에 한난계寒暖計[5] 같은 길을 느낍니다. 나는 백지 위에 그 싸늘한 곡선을 그리라면 그릴 수도 있을 것 같습니다.

청석 얹은 지붕에 별빛이 내려쬐면 한겨울에 장독 터지는 것 같은 소리가 납니다. 벌레 소리가 요란합니다. 가을이 이런 시간에 엽서 한 장에 적을 만큼씩 오는 까닭입니다. 이런 때 참 무슨 재조로 광음을 헤아리겠습니까? 맥박 소리가 이 방 안을 방채 시계로 만들어 버리고 장침과 단침의 나사못이 돌아가느라고 양쪽 눈이 번갈아 간질간질합니다. 코로 기계 기름 냄새가 드나듭니다. 석유 등잔 밑에서 졸음이 오는 기분입니다.

파라마운트[6] 회사 상표처럼 생긴 도회 소녀가 나오는 꿈을 조금 꿉니다. 그러다가 어느 도회에 남겨 두고 온 가난한 식구들을 꿈에 봅니다. 그들은 포로들의 사진처럼 나란히 늘어섭니다. 그리고 내게 걱정을 시킵니다. 그러면 그만 잠이 깨어 버립니다.

죽어 버릴까 그런 생각을 하여 봅니다. 벽 못에 걸린 다 해진 내 저고리를 쳐다봅니다. 서도천리西道千里를 나를 따라 여기 와 있습니다그려!

2

등잔 심지를 돋우고 불을 켠 다음 비망록에 철필로 군청빛 '모'를 심어 갑니다. 불행한 인구人口가 그 위에 하나하나 탄생합니다. 조밀한 인구가……

내일은 진종일 화초만 보고 놀리라, 탈지면에다 알코올을 묻혀서 온갖 근심을 문지르리라, 이런 생각을 먹습니다. 너무도 꿈자리가 뒤숭숭하여서 그러는 것입니다. 화초가 피어 만발하는 꿈 그라비어[7] 원색판 꿈 그림 책을 보듯이 즐겁게 꿈을 꾸고 싶습니다. 그러면 간단한 설명을 위하여 상쾌한 시를 지어서 7포인트 활자로 배치하는 것도 좋습니다.

도회에 화려한 고향이 있습니다. 활엽수만으로 된 산이 고향의 시각을 가려 버린 이 산촌에 팔봉산 허리를 넘는 철골 전신주가 소식의 제목만을 부호로 전하는 것 같습니다.

아침에 볕에 시달려서 마당이 부스럭거리면 그 소리에 잠을 깹니다. 하루라는 짐이 마당에 가득한 가운데 새빨간 잠자리가 병균처럼 활동합니다. 끄지 않고 잔 석유 등잔에 불이 그저 켜진 채 소실된 밤의 흔적이 낡은 조끼 단추처럼 남아 있습니다. 작야昨夜를 방문할 수 있는 요비링[8]입니다. 지난밤의 체온을 방 안에 내던진 채 마당에 나서면 마당 한 모퉁이에는 화단이 있습니다. 불타 오르는 듯한 맨드라미 꽃 그리고 봉선화.

지하에서 빨아 올리는 이 화초들의 정열에 호흡이 더워 오는 것 같습니다. 여기 처녀 손톱 끝에 물들일 봉선화 중에는 흰 것도 섞였습니다. 흰 봉선화도 붉게 물들까…… 조금 이상스러울 것 없이 흰 봉선화는 꼭두서니[9] 빛으로 곱게 물듭니다.

수수깡 울타리에 오렌지 빛 여주[10]가 열렸습니다. 당콩[11] 넝쿨과 어우러져서 세피아 빛을 배경으로 하는 일폭의 병풍입니다. 이 끝으로는 호박 넝쿨 그 소박하면서도 대담한 호박꽃에 스파르타 식 꿀벌이 한 마리 앉아 있습니다. 농황색에 반영되어 세실 B. 데밀[12]의 영화처럼 화려하며 황금색으로 치사侈奢합니다. 귀를 기울이면 르네상스 응접실에서 들리는 선풍기 소리가 납니다.

야채 사라다에 놓이는 아스파라거스 입사귀 같은 또 무슨 화초가 있습니다. 객주집 아해에게 물어 봅니다. '기상꽃'—기생화妓生花란 말입니다.

무슨 꽃이 피나—진홍 비단꽃이 핀답니다.

선조先祖가 지정하지 아니한 조셋트[13] 치마에 웨스트민스터 궐련[14]을 감아 놓은 것 같은 도회의 기생의 아름다움을 연상하여 봅니다. 박하보다도 훈훈한 리그레추잉껌[15] 냄새 두꺼운 장부를 넘기는 듯한 그 입맛 다시는 소리—그러나 아마 여기 필 기생꽃은 분명히 혜원蕙園[16] 그림에서 보는 것 같은—혹은 우리가 소년 시대에 보던 떨떨 인력거에 홍일산紅日傘 받은 지금은 지난날의 삽화인 기생일 것 같습니다.

청둥호박이 열렸습니다. 호박 고자리[17]에 무 시루떡…… 그 훅훅 끼치는 구수한 김에 좇아서 증조할아버지의 시골뜨기 망령들은 정월 초하룻날 한식날 오시는 것입니다. 그러나 저 국가 백년의 기반을 생각게 하는 넓적하고도 묵직한 안정감과 침착한 색채는 럭비구를 안고 뛰는 이 제너레이션의 젊은 용사의 굵직한 팔뚝을 기다리는 것도 같습니다.

유자가 익으면 껍질이 벌어지면서 속이 비어져 나온답니다. 하나를 따서 실 끝에 매어서 방에다가 걸어 둡니다. 물방울져 떨어지는 풍염한 미각 밑에서 연필같이 수척하여 가는 이 몸에 조금씩 조금씩 살이 오르는 것 같습니다. 그러나 이 야채도 과실도 아닌 유머러스한 용적에 향기가 없습니다. 다만 세숫비누에 한 겹씩 한 겹씩 해소되는 내 도회의 육향肉香이 방 안에 배회할 뿐입니다.

3

팔봉산 올라가는 초경 입구 모퉁이에 최〇〇 송덕비와 또 〇〇〇〇 아무개의 영세불망비가 항공우편 포스트처럼 서 있습니다. 듣자니 그들은 다 아직도 생존하여 계시다 합니다. 우습지 않습니까?

교회가 보고 싶었습니다. 그래서 예루살렘 성역을 수만 리 떨어져 있는 이 마을의 농민들까지도 사랑하는 신 앞에서 회개하고 싶었습니다. 발길이 찬송가 소리 나는 곳으로 갑니다. 포플러 나무 밑에 염소 한 마리를 매어 놓았습니다. 구식으로 수염이 났습니다. 나는 그 앞에 가서 그 총명한 동공을 들여다봅니다. 셀룰로이드로 만든 정교한 구슬을 오블라토[18]로 싼 것같이 맑고 투명하고 깨끗하고 아름답습니다. 도색桃色 눈자위가 움직이면서 내 삼정三停[19]과 오악五嶽[20]이 고르지 못한 빈상을 업신여기는 중입니다.

옥수수밭은 일대 관병식觀兵式입니다. 바람이 불면 갑주甲冑 부딪치는 소리가 우수수 납니다. 카민[21] 빛 꼬꼬마가 뒤로 휘면서 너울거립니다. 팔봉산에서 총소리가 들렸습니다. 장엄한 예포 소리가 분명합니다. 그러나 그것은 내 곁에서 소조小鳥의 간을 떨어뜨린 공기총 소리였습니다. 그러면 옥수수밭에서 백, 황, 흑, 회, 또 백, 가지각색의 개가 퍽 여러 마리 열을 지어서 걸어 나옵니다. 센슈얼한 계절의 홍분이 코사크[22] 관병식을 한층 더 화려하게 합니다.

산삼이 풀어져 흐르는 시내 징검다리 위에는 백채白菜 씻은 자취가 있습니다. 풋김치의 청신한 미각이 안약 '스마일'을 연상시킵니다. 나는 그 화성암으로 반들반들한 징검다리 위에 삐뚜러진 N자로 쪼그리고 앉았노라면 시야에 물동이를 이고 주저하는 두 젊은 새악시가 있습니다. 나는 미안해서 일어나기는 났으면서도 일부러 마주보면서 그리로 걸어갑니다. 스칩니다. 하드롱 빛 피부에서 푸성귀 냄새가 납니다. 코코아 빛 입술은 머루와 다래로 젖었습니다. 나를 아니 보는 동공에는 정제된 창공이 간쓰메가 되어 있습니다.

M백화점 미소노 화장품 스위트 걸이 신은 양말은 이 새악시들의 피부색과 똑같은 소맥小麥 빛이었습니다. 삐뚜름히 붙인 초유선형 모자, 고양이 배에 파스너[23]를 장치한 가뿐한 핸드백―이렇게 도회의 참신하다는 여성들을 연상하여 봅니다. 그리고 새벽 아스팔트를 구르는 창백한 공장 소녀들의 회충과 같은 손가락을 연상하여 봅니다. 그 온갖 계급의 도회 여인들 연약한 피부 위에는 그네들의 빈부를 묻지 않고 온갖 육중한 지문을 느끼지 않습니다.

4

그러나 가난하나마 무명같이 튼튼한 피부 위에 오점이 없고 '추잉껌' '초콜릿' 대신에 응어리는 빼어 먹고 달짝지근한 꽈리를 불며 숭굴숭굴한 이 시골 새악시들을 더 나는 끔찍이 알고 싶습니다. 축복하여 주고 싶습니다. 교회는 보이지 않습니다. 도회인의 교활한 시선이 수줍어서 수풀 사이로 숨어

버리고 종소리의 여운만이 근처에 냄새처럼 남아서 배회하고 있습니다. 혹 그것은 안식을 잃은 내 혼이 들은 바 환청에 지나지 않았는지도 모릅니다.

조밭 한복판에 높은 뽕나무가 있습니다. 뽕 따는 새악시가 전공부電工夫처럼 높이 나무 위에 올랐습니다. 순백의 가장 탐스러운 과실이 열렸습니다. 둘이서는 나무에 오르고 하나가 나무 밑에서 다랭이[24]를 채우고 있습니다. 한두 잎만 따도 다랭이가 철철 넘는 민요의 무대면입니다.

조 이삭은 다 발라 죽었습니다. 코르크처럼 가벼운 이삭이 근심스럽게 고개를 숙였습니다. 오— 비야 좀 오려무나, 해면처럼 물을 빨아들이고 싶어 죽겠습니다. 그러나 하늘은 금禁한 듯이 구름이 없고 푸르고 맑고 또 부숭부숭하니 깊지 못한 뿌리의 SOS가 암반 아래를 흐르는 지하수에 다다르겠습니까?

두 소년이 고무신을 벗어 들고 시냇물에 발을 잠가 고기를 잡습니다. 지상의 원한이 스며 흐르는 정맥—그 불길하고 독한 물에 어떤 어족이 살고 있는지—시내는 대지의 신열을 뚫고 벌판 기울어진 방향으로 흐르고 있습니다. 그것은 가을의 풍설風說입니다.

가을이 올 터인데 와도 좋으냐고 쏘근쏘근하지 않습니까? 조 이삭이 초례청 신부가 절할 때 나는 소리같이 부수수 구깁니다. 노회한 바람이 조 잎새에게 난숙爛熟을 최촉催促하는 것입니다. 그러나 조의 마음은 푸르고 초조하고 어립니다.

조밭을 어지러뜨린 자는 누구냐? 기왕 안 될 조이거늘, 그런 마음으로 그랬나요? 몹시 어지러뜨려 놓았습니다. 누에, 호호戶戶에 누에가 있습니다. 조 이삭보다도 굵직한 누에가 삽시간에 뽕잎을 먹습니다. 이 건강한 미각은 왕후와 같이 존경스러우며 치사侈奢스럽습니다. 새악시들은 뽕 심부름하는 것으로 몸의 마지막 광영을 삼습니다. 그러나 뽕이 떨어졌습니다. 온갖 폐백이 동이 난 것과 같이 새악시들의 정열은 허둥지둥하는 것입니다.

야음을 타서 새악시들은 경장輕裝으로 나섭니다. 얼굴의 홍조가 가리키는 방향으로…… 뽕나무에 우승배가 놓여 있습니다. 그리로만 가면 되는 것입니다. 조밭을 짓밟습니다. 자외선에 맛있게 그을은 새악시들의 발이 그대로 조 이삭을 무찌르고 스크럼입니다. 그리하여 하늘에 닿을 지성이 천고 마비 잠실 안에 있는 성스러운 귀족 가축들을 살찌게 하는 것입니다. 콜레트[25] 부인의 「빈묘牝猫」[26]를 생각게 하는 말캉말캉한 로맨스입니다.

5

간이학교 곁집 길가에서 들여다 보이는 방에 틀이 떠들고 있습니다. 편발編髮 처녀가 맨발로 기계를 건드리고 있습니다. 그러면 기계는 허리를 스치는 가느다란 실이 간지럽다는 듯이 깔깔깔깔 대소하는 것입니다. 웃으며 지근대며 명산名産 OO명주가 짜여 나오니 열댓자 수건이 성묘갈 때 입을 때 때를 만들고 시집살이 설움을 씻어 주고 또 꿈과 꿈을 말소하는 쓰레받기도 되고…… 이렇게 실없는 내 환희입니다.

담배가게 곁방 안에는 오늘 황혼을 미리 가져다 놓았습니다. 침침한 몇 갤런의 공기 속에 생생한 침엽수가 울창합니다. 황혼에만 사는 이민 같은 이국 초목에는 순백의 갸름한 열매가 무수히 열렸습니다. 고치―귀화한 마리 아들이 최신 지혜의 과실을 단려端麗한 맵시로 따고 있습니다. 그 아들의 불행한 최후를 슬퍼하며 크리스마스트리를 헐어 들어가는 '피에타'[27] 화폭 전도全圖입니다.

학교 마당에는 코스모스가 피어 있고 생도들은 글을 배우고 있습니다. 그들은 열심히 간단한 산술을 놓아 그들의 정직과 순박을 지혜와 교활로 환산하고 있습니다. 탄식할 이식산利息算이 아니겠습니까? 족보를 찢어 버린 것과 같은 흰 나비가 두어 마리 백묵 냄새 나는 화단 위에서 번복이 무상합니다. 또 연식 테니스 공의 마개 뽑는 소리가 음향의 흔적이 되어서는 둥고

선의 각점 모양으로 남아 있는 것 같습니다. 이 마당에서 오늘 밤에 금융조합 선전 활동사진회가 열립니다. 활동사진? 세기의 총아, 온갖 예술 위에 군림하는 넘버 제8예술의 승리. 그 고답적이고도 탕아적인 매력을 무엇에다 비하겠습니까? 그러나 이곳 주민들은 활동사진에 대하여 한낱 동화적인 꿈을 가진 채 있습니다. 그림이 움직일 수 있는 이것은 참 홍모紅毛 오랑캐의 요술을 배워 가지고 온 것 같으면서도 같지 않은 동포의 부러운 재간입니다.

활동사진을 보고 난 다음에 맛보는 남백한 허무. 장주莊周의 호접몽이 이러하였을 것입니다. 나의 동글납작한 머리가 그대로 카메라가 되어 피곤한 더블 렌즈로나마 몇 번이나 이 옥수수 무르익어가는 초추初秋의 정경을 촬영하였으며 영사하였던가. 플래시백으로 흐르는 엷은 애수, 도회에 남아 있는 몇 고독한 팬에게 보내는 단장斷腸의 스틸이다.

6

밤이 되었습니다. 초열흘 가까운 달이 초저녁이 조금 지나면 나옵니다. 마당에 멍석을 펴고 전설 같은 시민이 모여듭니다. 축음기 앞에서 고개를 갸웃거리는 북극 펭귄 새들이나 무엇이 다르겠습니까? 짧고도 기다란 인생을 적어 내려갈 편전지便箋紙—스크린이 박모薄暮 속에서 바이오그래피의 예비 표정입니다. 내가 있는 건너편 객주집에 든 도회풍 여인도 왔나 봅니다. 사투리의 합음이 마당 안에서 들립니다.

시작입니다. 부산 잔교棧橋가 나타납니다. 평양 모란봉입니다. 압록강 철교가 역사적으로 돌아갑니다. 박수와 갈채. 태서泰西의 명감독이 바야흐로 안색이 없습니다. 10분 휴게시간에 조합이사의 통역부通譯附[28] 연설이 있었습니다.

달은 구름 속에 있습니다. '금연'이라는 느낌입니다. 연설하는 이사 얼굴에 전등의 '스포트'도 비쳤습니다. 산천초목이 다 경동할 일입니다. 전등, 이

곳 촌민들은 OO행 자동차 헤드라이트 외에 전등을 본 일이 없습니다. 그 눈이 부시게 밝은 광선 속에서 창백한 이사는 강단降壇하였습니다. 우매한 백성들은 이 이사의 웅변에 한 사람도 박수 치지 않았습니다. 물론 나도 그 우매한 백성 중의 하나일 수밖에 없었습니다만…….

밤 11시나 지나서 영화감상의 밤은 해피엔드였습니다. 조합원들과 영사기사는 이 촌 유일의 음식점에서 위로회를 열었습니다. 나는 객사로 돌아와서 죽어 가는 등잔 심지를 돋우고 독서를 시작하였습니다. 그것은 이웃방에 묵고 계신 노신사께서 내 나타懶惰와 우울을 훈계하는 뜻으로 빌려 주신 고다 로한[29] 박사의 지은 바 「인人의 도道」라는 진서珍書입니다. 개가 멀리서 끊일 사이 없이 이어 짖어 댑니다. 그윽한 하이칼라 방향芳香을 못 잊어 군중은 아직도 헤어지지 않았나 봅니다.

구름이 걷히고 달이 나왔습니다. 벌레가 무답회舞踏會의 창문을 열어 놓은 것처럼 와짝 요란스럽습니다. 알지 못하는 노방路傍의 인人을 사모하는 도회인적인 향수가 있습니다. 신간잡지의 표지와 같이 신선한 여인들—'넥타이'와 동갑인 신사들 그리고 창백한 여러 동무들—나를 기다리지 않는 고향—도회에 내 나체의 말씀을 번안하여 보내 주고 싶습니다. 잠—성경을 채자採字하다가 엎질러 버린 인쇄직공이 아무렇게나 주워 담은 지리멸렬한 활자의 꿈. 나도 갈갈이 찢어진 사도가 되어서 세 번 아니라 열 번이라도 굶는 가족을 모른다고 그럽니다.

근심이 나를 제한 세상보다 큽니다. 내가 갑문閘門을 열면 폐허가 된 이 육신으로 근심의 호수가 스며들어 옵니다. 그러나 나는 나의 마조히스트 병마개를 아직 뽑지는 않습니다. 근심은 나를 싸고 돌며 그러는 동안에 이 육신은 풍마우세風磨雨洗로 다 말라 없어지고 말 것입니다.

밤의 슬픈 공기를 원고지 위에 깔고 창백한 동무에게 편지를 씁니다. 그 속에는 자신의 부고訃告도 동봉하여 있습니다.

─ 주

1) MJB: 커피의 한 종류.

2) 체전부遞傳夫: 우편집배원.

3) 하드롱: hard-rolled paper. 다갈색 종이로서 편지봉투나 포장지를 만듦.

4) 자리물: 자리끼.

5) 한난계寒暖計: 온도계.

6) 파라마운트paramount: 미국의 영화사.

7) 그라비어gravure: 사진 제판법에 의한 오목판 인쇄의 하나. 원색 인쇄에 알맞다.

8) 요비링: '초인종'을 가리키는 일어.

9) 꼭두서니: 여러해살이 덩굴풀. 뿌리는 붉은 물감의 원료로 쓰인다.

10) 여주: 박과의 한해살이풀. 여름과 가을에 노란 꽃이 핀다.

11) 당콩: 강낭콩.

12) 세실 B. 데밀(Cecil Blount deMille, 1881~1959): 미국의 영화감독·제작자. 〈십계〉〈삼손과 들릴라〉 등을 제작했다.

13) 조셋트: 여름 옷감의 한 가지.

14) 웨스트민스터 필터: 영국제 고급 필터 담배.

15) 리그레추잉껌: 미국제 껌 이름.

16) 혜원蕙園: 조선 후기의 화가 혜원蕙園 신윤복(申潤福, 1758~?).

17) 고자리: 무나 호박 따위의 살을 길게 오리거나 썰어서 말린 것.

18) 오블라토oblato: 녹말로 만든 반투명의 얇은 종이 모양의 물건. 맛이 써서 먹기 어려운 가루약이나 끈적거리는 과자 따위를 싸서 먹기 좋게 만드는 데 쓴다.

19) 삼정三停: 상정(머리와 이마의 경계)·중정(코끝)·하정(턱끝)을 이르는 말.

20) 오악五岳: 이마·코·턱·좌우 광대뼈를 이르는 말.

21) 카민carmine: 연지벌레의 암컷에서 뽑아 정제한 붉은 색소.

22) 코사크Cossack: '카자흐스탄'의 영어식 이름.

23) 파스너fastener: 지퍼·클립 등 분리되어 있는 것을 잠그는 데 쓰는 기구.

24) 다랭이: '다래끼'의 방언.

25) 콜레트(Sidonie Gabrielle Colette, 1873~1954): 20세기 전반 프랑스 문단에서 두각을 나타냈던 여성작가.

26) 「빈묘牝猫」: 암코양이. 콜레트가 쓴 소설 제목.

27) 피에타Pieta: 죽은 예수의 몸을 떠받치고 비탄에 잠긴 성모 마리아의 모습을 묘사한 기독교 미술에서 자주 등장하는 주제.

28) 통역부通譯附: 통역에 의지해서.

29) 고다 로한(幸田露伴, 1867~1947): 일본의 소설가·수필가.

서망율도西望栗島

삼동에 배꽃이 피었다는 동리에는 마른 나무에 까마귀가 간수처럼 앉아 있을 뿐이었다.

비탈에서는 적토빛 죄수들이 적토를 헐어 낸다. 느끼하니 냄새 풍기는 진창길에 발만 성가시게 적시고 그만 갈 바를 잃었다.

강으로나 가볼까. 울면서 수채화 그리던 바위 위에서 나는 도度 없는 안경알을 닦았다. 바위 아래 갈피를 잡지 못하는 3월 강물이 충충하다. 시원찮은 볕이 들었다 났다 하는 밤섬을 서西에 두고 역청 풀어 놓은 것 같은 물결을 나는 몇 번이나 몇 번이나 내려다보았다.

향방鄕邦의 풍토는 모발 같아
건드리면 새빨개진다.

갯가에서 짐 푸는 소리가 한가하다. 개흙 묻은 장작더미 곁에서 낮닭이 거웁고 배들은 다 돛폭을 내렸다. 벌써 내려놓은 빨래방망이 소리가 얼마만에야 그도 등 뒤에서 들려왔다. 나는 별안간 사람이 그리워졌다.

갯가에서 한 집 목로를 들렀다. 손이 없다.

무명조개 껍질이 너덧 석쇠 놓인 화롯가에 헤뜨려져 있을 뿐. 목로 뒷방에서 아주먼네가 인사 없이 나온다. 손 베어질 것 같은 소복에 반지는 끼지 않았다.

얼큰한 달래 나물에 한잔 술을 마시며 나는 목로 위에 싸늘한 성모聖母를 느꼈다. 아픈 혈족의 '저'를 느꼈다.

향방의 풍토는 모발 같아
건드리면 새빨개진다.

그리고 나서는,

혈족이 저물도록 내 아픈 데가 닿아서
부드러운 구두 속에서도 일마다 아리다.

밤섬이 싹을 틔우려나 보다. 걸핏하면 뺨 얻어맞는 눈에 강 건너 일판이 그냥 노오랗게 헝클어져서는 흐늑히늑해 보인다.

조춘점묘早春點描

보험 없는 화재

격장隔墻[1]에서 불이 났다. 흐린 하늘에 눈발이 성기게 날리면서 화염은 오적어烏賊魚[2] 모양으로 덩어리 먹을 퍽퍽 토한다. 많은 약품을 취급하는 큰 공장이란다. 거대한 불더미 속에서는 간혈적으로 재채기하듯이 색다른 연기 뭉텅이가 내뿜긴다. 약품이 폭발하나 보다.

역 송구스러운 말이나 불구경 싫어하는 사람은 없는 것 같다. 뒤꼍으로 돌아가서 팔짱을 끼고 서서 턱살 밑으로 달겨드는 화광火光을 쳐다보고 섰자니까 얼굴이 후끈후끈해 들어오는 것이, 꽤 할 만 하다. 잠시 황홀한 엑스터시[3] 속에 놀아 본다.

불을 붙여 놓고 보니까 뜻밖에 너무도 엉성한 그 공장 바라크[4]는 삽시간에 불길에 휘감겨 버리고 그리고 그 휘말린 헛바닥이 인접한 궤딱지 같은 빈민굴을 향하여 널름거리기 시작해서야 겨우 소방대가 달려왔다. 인제 정말 재미있다, 삼방三方으로 호스를 들이대고는 빈민굴 지붕 위에 올라서서 야단들이다. 하릴없이 깝친다.

이만큼 떨어져서 얼굴이 뜨거워 못 견디겠으니 거진 화염 속에 들어서다시피 바싹 다가선 소방대들은 어지간하렷다 하면서 여전히 점점 더 사나워 오는 훈훈한 불길을 쬐고 있자니까 인제는 게서 더 못 견디겠는지 호스 꼭지를 쥔 채 지붕에서 뛰어내려온다. 그러면 그렇지, 하고 그 실오라기만도 못한 물줄기를 업신여기자니까 이번에는 호스를 화염 쪽에서 돌려서 잇닿은 빈민굴을 막 축이기 시작이다. 이미 화염에 굴뚝 빨래 널어 놓은 장대를 그슬리기 시작한 집에서들은 세간기명을 끌어내느라고 허겁지겁들 법석이다─하더니 헐어 내기 시작이다.

타는 것에서는 손을 떼고 성한 집을 헐어 내는 이유는 이 좀 심한 서북풍에 화염의 진로를 차단하자는 속일 것이다. 그러나 아직 불은 붙지도 않았는데 덮어놓고 헐리고 물을 끼얹고 해서 세간기명을 그냥 엉망을 만들어 버린 빈민굴 주민들로 치면 또 에서 더 억울할 데가 없을 것이다.

하도들 들이몰리고 내몰리고들 좁은 골목 안에서 복닥질들을 치길래 좀 내다보니까 3층장, 의거리[5], 양푼, 납세 독촉장, 바이올린, 여우 목도리, 다 해진 돗자리, 단장, 스파이크 구두, 구공탄, 풍로, 뭐 이따위 나부랭이가 장이 서다시피 내쌓였다. 그 중에도 이부자리는 물벼락을 맞아서 결딴이 난 것이 보기 사납다.

그제서야 예까지 타들어 오려나 보다 하고 선뜩 겁이 난다. 집으로 얼른 들어가 보니까 어머니가 덜덜 떨면서 때 묻은 이불 보퉁이를 뭉쳤다 끌렀다 하면서 갈팡질팡하신다. 코웃음이 문득 나오는 것을 참으면서 "그건 그렇게 싸서 어따가 내놀 작정이십니까?"하고 묻는다. 생각하여 보면 남의 셋방 신세이니 탄들 다 탄대야 집 한 채 탄 것의 몇 분의 일도 못 되리라.

불길은 인제는 서향 유리창에 환하다. 타려나 보다. 타면 탔지, 하는 일종 비유하기 어려운 허무한 생각에서 다시 뒤꼍으로 돌아가서 불구경을 계속한다.

그동안에도 만일 불이 정말 이 일대를 소진하고야 말 작정이라면 제일 먼

저 꺼내 와야 할 것이 무엇일까를 생각하여 보았다.

그러나 아무것도 선뜻 떠오르는 게 없다. 그럼 다 타도 좋다는 심리인가? 아마 그런 게다. 그러나 어머니는 그 다 떨어진 포대기와 빈대투성이 반닫이가 무한히 아까운 모양이었다.

또 저 걸레 나부랭이를 길에 내놓았다가 그것들을 줄레줄레 들고 찾아갈 곳이 있나 그것도 생각해 보았으나 그 역시 없다. 일가 혹은 친구—내 한 몸뚱이 같으면 몰라도 이 때 붙은 가족들을 일시에 말없이 수용해 줄 곳은 암만해도 없는 것이다.

불행히 불은 예까지는 오기 전에 꺼졌다. 그 좋은 불구경이 너무 하잘것 없이 끝난 것도 섭섭했지만 그와는 달리 무엇이라고 형언할 수 없는 적막을 느꼈다.

들자니 공장은 화재보험 덕에 한 파운드짜리 알코올 병 하나 꺼내 놓지 않고 수만 원의 보상을 받으리라 한다. 화재보험, 참 이것은 어떤 종류의 고마운 하느님보다도 훨씬 더 고마운 하느님에 틀림없다.

어머니는 어찌 되든지 간에 그때 마음 같아서는 "빌어먹을! 몽탕 다 타나 버리지"하고 실없이 심술이 났다. 재산도 그 대신 걸레 조각도 없는 알몸뚱이가 한번 되어 보고 싶었던 게다. 물론 '화재보험 하느님'이 내게 아무런 보상도 끼칠 바는 아니련만…….

단지斷指한 처녀

들판이나 나무에 핀 꽃을 똑 꺾어본 일이 없다. 그건 무슨 제법 야생 것을 더 귀애 한답시고 해서 그런 게 아니라 대체가 성격이 비겁하게 생겨먹은 탓이다.

못 꺾는 축보다는 서슴지 않고 꺾을 수 있는 사람이 역시(매사에 잔인하다는 소리를 듣는 수는 있겠지만) 영단英斷이란 우수한 성격적 무기를 가진 게 아닌가 한다.

끝엣누이 동무 되는 새악시가 그 어머니 임종에 왼손 무명지를 끊었다. 과연 동양도덕의 최고 수준을 건드렸대서 무슨 상인지 돈 3원을 탔단다. 세월이 세월 같으면 번듯한 홍문이 서야 할 제제에 돈 3원이란 어떤 도랑형법으로 산출한 액수인지는 알 바가 없거니와 그보다도 잠깐 이 단지한 새악시 자신이 되어 생각을 해보니 소름이 끼친다. 사뭇 식도로다 한 번 찍어 안 찍히는 것을 두 번 찍고 세 번 찍고 열 번 찍어 안 넘어가는 나무가 없다는 격으로 기어이 찍어 떨어뜨렸다니 그 하늘이 동할 효성도 효성이지만 우선 이 끔찍끔찍한 산인성은 상상만 해도 몸서리가 치고 오히려 남음이 있는가 싶다. 이렇게 해서 더러 죽은 어머니를 살리는 수가 있다니 그것을 의학이 어떻게 교묘하게 설명해 줄지는 모르나 도무지 신화 이상의 신화다.

원체가 동양도덕으로는 신체발부身體髮膚에 창이瘡痍[6]를 내는 것을 엄중히 취체取締한다고 과문寡聞이 들어왔거늘 그럼 이 무시무시한 훼상을 왈, 중中에도 으뜸이라는 효도의 극치로 대접하는 역설적 이론의 근거를 찾기 어렵다.

무슨 물질적인 문화에 그저 맹종하자는 게 아니라 시대와 생활 시스템의 변천을 좇아서 거기 따르는 역시 새로운 즉, 이 시대와 이 생활에 준거되는 적확한 윤리적 척도가 생겨야 할 것이고가 아니라 의식적으로 입법해 내어야 할 것이다.

단지斷指. 이 너무나 독한 도덕행위는 오늘 우리가 짊어지고 있는 어떤 종류의 생활 시스템이나 사상적 프로그램으로 재어 보아도 송구스러우나 일종의 무지한 만적蠻的 사실인 것을 부정하기 어려운 외에 아무 취할 것이 없다.

알아보니까 학교도 변변히 못 가본 규중처녀라니 물론 학교에서 얻어 배운 것은 아니겠고, 그렇다면 어른들의 호랑이 담배 먹던 옛 이야기나 그렇지 않으면 울긋불긋한 각설이떼 체효자충신전體孝子忠臣傳이 트여준 것임에 틀림없을 것이다. 그밖에 손가락을 잘라서 죽는 부모를 살릴 수 있다는 가엾은 효법을 이 새악시에게 여실히 가르쳐 줄 수 있을 만한 길이 없다. 아, 전설의 힘의 이렇듯 큼이여.

그러자 수삼일 전에 이 새악시를 보았다. 어머니를 잃은 크나큰 슬픔이 만면에 형언할 수 없는 수색愁色을 빚어내는 새악시의 인상은 독하기는커녕 어디 한 군데 험잡을 데조차 없는 가련한 온순한 하디[7]의「테스」같은 소녀였다. 누이는 그냥 제 일같이 붙들고 울고 하는 곁에서 단지에 대한 그런 아포리즘과는 딴 감격과 슬픔을 느끼지 않을 수 없었다. 기적으로 상처는 도지지도 않고 그냥 아물었으니 하늘이 무심치 않구나 했다.

하여간 이 양이나 다름없이 부드럽게 생긴 소녀가 제 손가락을 넙적한 식도로다 데꺽 찍어 내었거느는 꿈에도 생각할 수 없다.

다만 그의 가련한 무지와 가증한 전통이 이 새악시로 하여금 어머니를 잃고 또 저는 종생의 불구자가 되게 한 이중의 비극을 낳게 한 것이다.

극구 칭찬하는 어머니와 누이에게 억제하지 못한 슬픔은 슬쩍 감추고 일부러 코웃음을 치고—여자란 대개가 도무지 잔인하게 생겨 먹었습네. 밤낮으로 고기도 썰고 두부도 썰고 생선 대가리도 족치고 나물도 뜯고 버들가지를 꺾어서는 피리도 만들고 피륙도 찢고 버선감도 싹뚝싹뚝 썰어 내고 허구헌 날 하는 일이 일일이 잔인하기 짝이 없는 것뿐이니 아마 제 손가락 하나쯤 비웃 한 마리 토막 치는 셈만 치면 찍히지—하고 흘려 버린 것은 물론 궤변이요, 속으로는 역시 그 갸륵한 지성과 범하기 어려운 일편단심에 아파하지 않을 수 없었고 존경하는 마음으로 하여 머리 수그리지 않을 수는 없었다.

불행히 시대에서 비켜선 지고한 효녀 그 새악시! 그래 돈 3원에다 어느 신문 사회면 저 아래에 칼표딱지만한 우메구사[8]를 장만해 준 밖에 무엇이 소저 小姐의 적막해진 무명지 억울한 사정을 가로맡아 줍디까. 당신을 공경하면서 오히려 단지를 미워하는 심사 저 뒤에는 아주 근본적으로 미워해야 할 무엇이 가로놓여 있는 것을 소저! 그대는 꿈에도 모르리라.

차생윤회此生輪廻

길을 걷자면 '저런 인간을랑 좀 죽어 없어졌으면'하고 골이 벌컥 날 만큼 이 세상에 살아 있지 않아도 좋을, 산댔자 되려 가지가지 해독이나 끼치는 밖에 재주가 없는 인생들을 더러 본다. 일전 영화 〈죄와 벌〉에서 얻어들은 '초인법률초월론超人法律超越論'이라는 게 뭔지는 모르지만 진보된 인류 우생학적 위치에서 보자면 가령 유전성이 확실히 있는 불치의 난병자, 광인, 주정酒精 중독자, 소所[9] 유전의 위험이 없더라도 접촉 혹은 공기전염이 꼭 되는 악저惡疽[10]의 유자有子, 또 도무지 어떻게도 손을 댈 수 없는 절대 걸인 등 다 자진해서 죽어야 하든지 그렇지 않으면 모종의 권력으로 일조일석에 깨끗이 소탕을 하든지 하는 게 옳을 것이다. 극흉 극악의 범죄인도 물론 그 종자를 절멸시켜야 옳을 것인데 이것만은 현행의 법률이 잘 행사해 준다. 그러나(법률에 대한 어려운 이론을 알 바 없거니와) 물론 충분한 증거와 함께 범죄 사실이 노현露顯한 경우에 한하여서이다. 영화 〈프랑켄슈타인〉에 나오는 지상 최대의 흉악한 용모의 소유자가 여기도 있다면 그 흉리胸裏에는 어떤 극악의 범죄 계획을 내함內含하고 있다 하더라도 다만 그의 그 용모 골상이 흉악하다는 이유만으로는 법률이 그에게 판재判裁나 처리를 할 수는 없으리라. 법률은 그런 경우에 미행을 붙여서 차라리 이 자의 범죄현장을 탐탐耽耽히 기다릴 것이다. 의아한 자는 벌하지 않는다니 그럴 법하다.

그러나 또 생각해 보면 걸인도 없고 병자도 없고 범죄인도 없고 하여간 오늘 우리 눈에 거슬리는 온갖 것이 다 깨끗이 없어져 버린 타작마당 같은 말쑥한 세상은 만일 그런 것이 지상에 실현할 수 있다면 지상은 그야말로 심심하기 짝이 없는 권태 그것과 같은 세상일 것이다. 그러니까 자선가의 허영심도 채울 길이 없을 것이고 의사도 변호사도 아니 재판소도 온갖 것이 다 소용이 없어질 것이고 따라서 그날이 그날 같고 이럴 것이니 이래서야 참 정말 속수무책으로 바야흐로 할 일이 없어질 것이다. 이런 춘풍태탕春風駘蕩한 세월 속에서 어쩌다가 우연히 부스럼이라도 좀 나는 사람이 하나 있다면 참괴慙愧 이것을 이기지 못하여 천하만민 앞에서 아주 깨끗하게 일신을 자결할 것이고 또 그런 세상의 도덕이 그러기를 무언중에 요구해 놓아둘 것이다.

그게 겁이 나서 그런지는 모르지만 천하의 어떤 우생학자도 초인법률초월론자도 행정자에게 대하여 정말 이 '살아 있지 않아도 좋을 인간들'의 일제一齊한 학살을 제안하거나 요구하지는 않나 보다. 혹 요구된 일이 전대에 더러 있었는지는 모르지만 일찍이 한 번도 이런 대영단적大英斷的 우생학을 실천한 행정자는 없는가 싶다. 없을 뿐만 아니라 나환자 사구금救救金이니 빈민 구제기관이니 시료병실施療病室이니 해서 어쨌든 이네들의 생명에 대하여 아무런 위협도 가하지 않을 뿐 아니라 한편 그윽히 보호하는 기색이 또한 무르 녹는다. 가령 종로에서 전차를 기다리자면 "나리 한푼 줍쇼"하고 달겨든다. 더러 준다. 중에는 "내 10전 줄게 다시는 거지 노릇을 하지 마라" 한 부인이 있다니 구복拘腹[11]할 일이다. 또 점두店頭에그 호화 장려한 풍모로 나타나서 "한푼 줍쇼" 소리를 될 수 있는 대로 듣기 싫게 연발하는 인간에게도 불성문不成文으로 한푼 주어 보내기로 되어 있다. 그래서 암암리에 사람들은 이 지상의 암癌을 잘기를 뿐만 아니라 은연히 엄호한다. 역亦 눈에 띄지 않는 모순이다.

즉 그런 그다지 많지 않은 그러나 결코 적지 않은 한 층層을 길러서 이쪽이 제 생활의 어떤 원동력을 게서 얻자는 것인지도 모른다.

목숨이 끊어지지 않을 만큼만 먹여 살려서는 그런 것이 역연히 지상에 있다는 것을 사실로 지적헤서는 제 인생 생활의 가지와 레종 데트르[12]를 교만하게 긍정하자는 기획일 것이다. 그러면서 부절히 이 악저로 하여 고통과 협위脅威를 느끼는 중에 '네놈이 어디 나 같은 인간이 될 수 있나 해보아라'하는 형언할 수 없는 무슨 투쟁심을 흉중에 축적시켜서는 '저게 겨울 내 안 죽고 또 살앗'하는 의외에도 생활의 원동력을 급취汲取하자는 것일 게다.

하루 종로를 오르내리는 동안에 세 번 적선을 베푼 일이 있다. 파破 기록적 사실임에 틀림없다. 한푼 받아들고 연해 고개를 끄덕이고 꽁무니를 빼는 꼴을 보면서 '네놈 덕에 내가 사람 노릇을 하는 것이다. 알기나 아니?'하고 심히 궁한 허영심에서 고소苦笑하였다. 자신 역 지상에 살 자격이 그리 없다는 것을 가끔 느끼는 까닭이다. 그러나 다음 순간 '나를 먹여 살리는 내 바로 상부구조가 또 이렇게 만족해하겠지'하고 소름이 연聯 쫙 끼쳤다. 그때의 나는 틀림없이 어떤 점잖은 분들의 허영심과 생활 원동력을 제공하기 위하여 꾸멀 꾸멀하는 '거지적 존재'구나, 눈의 불이 번쩍 나지 않을 수 없었다.

공지空地에서

얼음이 아직 풀리기 전 어느 날 덕수궁 마당에 혼자 서 있었다. 마른 잔디 위에 날이 따뜻하면 여기저기 쌍쌍이 벌려 놓일 사람 더미가 이날은 그림자도 안 보인다. 이렇게 넓은 마당을 텅 이렇게 비워 두는 뜻이 알 길 없다. 땅이 심심할 것 같다. 땅도 인제는 초목이 우거지고 기암괴석이 배치되는 데만 만족해하지는 않을 게다. 차라리 초목이 없고 괴석이 없더라도 집이 서고 집 속에 사람들이 북적북적하고 또 집과 집 사이에 참 아끼고 아껴서 남겨 놓은 가늘고 길고 요리 휘고 조리 휜 얼마간의 지면—즉 길에는 늘 구두 신은 남녀가 뚜걱뚜걱 오고 가고 여러 가지 차량들이 굴러가고 하기를 희망할 것이다. 이렇게 땅의 성격도 기호도 변하였을 것이다.

그래 이건 아마 겨울 동안에는 인마의 통행을 엄금해 놓은 각별한 땅이나 아닌가 하고 대단히 겸연쩍어서 부리나케 대한문으로 내달으려니까 하늘에 소리 있으니 사람의 소리로다. 그러나 역시 잔디밭 위에는 아무도 없고 지난 가을에 헤뜨리고 간 캐러멜 싸개가 바람에 이리 날고 저리 날고 할 뿐이다.

그러나 다음 순간 반드시 덕수궁에 적을 둔 금리金鯉[13]떼나 놀아야 할 연못 속에 겨울 차림을 한 남녀가 무수히 헤어져 놀고 있는 것이 눈에 띄었다. 하나도 육지에 올라선 이가 없이 말짱 그 손바닥만한 연못에 들어서서는 스마트한 스케이팅을 즐기는 것이 아닌가.

요컨대 새로 발견된 공지로군, 하고 경이의 눈을 옮길 길이 없어 가까이 다가서서는 그 새로 점령된 미끈미끈한 공지를 조심성스러이 좀 들여다보았다. 그러니 금리어金鯉魚들은 다 어디로 쫓겨 갔을까? 어족은 냉혈동물이라니 물이 얼어도 밑바닥까지만 얼지 않으면 그 얼음장 밑 냉수 속에서 족히 살아갈 수 있다는 것인가. 그러나 그 에리한 스케이트 날로 너무 걸커밀어[14] 놓아서 얼음은 영 불투명하다. 투명만 하면 불그스레한 금리어 꽁지가 더러 들여다보이기도 하련만(하여간 이 손바닥만한 연못이 깊으면 얼마나 깊을까) 바탕까지 다 꽝꽝 얼었다면 어족은 일거에 몰사하였을 것이고 얼음장 밑에 물이 흐르고 있다면 이 까닭 모를 소요에 얼마나 어족들이 골치를 앓을까? 이 신기한 공지를 즐기기 위하여는 물론 그들은 어족의 두통 같은 것은 가산하지 않았을 것이다.

그날 황혼 천하에 공지 없음을 한탄하며 뉘집 이층에서 저물어가는 도회를 내려다보고 있었다. 그때 실로 덕수궁 연못 같은 날만 따뜻해지면 제 출몰에 해소될 엉성한 공지와는 비교가 안 되는 참 훌륭한 공지를 하나 발견하였다.

OO보험회사 신축용지라고 대서특서한 높다란 판장板墻으로 둘러 막은 목산目算[15] 범凡 1,000평 이상의 명실상부의 공지가 아닌가.

잡초가 우거졌다가 우거진 채 말라서 일면이 세피아 빛으로 덮인 실로 황량한 공지인 것이다. 입추의 여지가 가히 없는 이 대도시 한복판에 이런 인외경人外境의 감을 풍기는 적지 않은 공지가 있다는 것은 기적 아닐 수 없다.

인마의 발자취가 끊인 지(아니 그건 또 처음부터 없었는지도 모르지만) 오랜 이 공지에는 강아지가 서너 마리 모여 석양의 그림자를 끌고 희롱한다. 정말 공지—참말이지 이 세상에는 인제는 공지라고는 없다. 아스팔트를 깐 뻔질한 길도 공지가 아니다. 질펀한 논밭, 임야, 석산, 다 아무개의 소유답所有畓이요, 아무개 소유의 산갓[16]이요, 아무개 소유의 광산인 것이다. 생각하면 들에 나는 풀 한 포기가 공지에 뿌리를 내리지 못한다. 이치대로 하자면 우리는 소유자의 허락이 없이 일보의 반보를 어찌 옮겨 놓으리오. 오늘 우리가 제법 교외로 산보도 할 수 있는 것은 아직도 세상 인심이 좋아서 모두들 묵허默許를 해주니까 향유할 수 있는 치사侈奢다. 하나도 공지가 없는 이 세상에 어디로 갈까 하던 차에 이런 공지다운 공지를 발견하고 저기 가서 두 다리 쭉 뻗고 누워서 담배나 한 대 피웠으면 하고 나서 또 생각해 보니까 이것도 역 OO보험회사가 이윤을 기다리고 있는 건조물인 것을 깨달았다. 다만 이 건조물은 콘크리트로 여러 층을 쌓아 올린 것과 달라 잡초가 우거진 형태를 하고 있을 뿐인 것이다.

봄이 왔다. 가난한 방 안에 왜倭 꽈리 분盆 하나가 철을 찾아서 요리조리 싹이 튼다. 그 닷곱[17] 한 되도 안 되는 흙 위에다가 늘 잉크병을 올려놓고 하다가 싹 트는 것을 보고 잉크병을 치우고 겨우내 그대로 두었던 낙엽을 거두고 맑은 물을 한 주발 주었다. 그리고 천하에 공지라곤 요 분 안에 놓인 땅 한 군데밖에는 없다고 좋아하였다. 그러나 두 다리를 뻗고 누워서 담배를 피우기에는 이 동글납작한 공지는 너무 좁다.

도회의 인심

도회의 인심이란 어느 만큼이나 박해 가려는지 알 길이 없다.

이런 이야기를 들은 일이 있다. 상해에서는 기아棄兒를(그것도 보통 죽은 것을) 흔히 쓰레기통에다 한다. 새벽이면 쓰레기를 쳐가는 인부가 와서는 휘파람을 불어 가며 쓰레기를 치는데 그는 이 흉악한 기아를 보고도 별반 놀라지 않을 뿐만 아니라 그 애총[18]을 이리 비켜 놓고 저리 비켜 놓고 해서 쓰레기만 쳐지고 잠자코 돌아간다는 것이다. 요컨대 기아야 뭐이 그리 이상하랴. 다만 이것은 쓰레기는 아니니까 내가 쳐가지 않을 따름 어떻게 되는 걸 누가 알겠소, 이 뜻이다.

설마 했지만 또 생각해 보면 있을 법도 한 일이다. 참 도회의 인심은 어느 만큼이나 박하고 말려는지 종잡을 수가 없다.

이 나가야[19]로 이사온 지도 벌써 돌이 가까워 오나 보다. 같은 들보 한 지붕 밑에 죽 칸칸이 산다. 박 서방, 김씨, 이상, 최 주사, 이렇게 크고 작은 문패가 칸칸이 붙었다. 그러나 그들은 서로 사귀지 않는다. 그 중에도 직업은 서로 절대 비밀이다. 남편 혹은 나 같은 아내 없는 장성한 아들들은 앞문으로 드나든다. 그러나 아내 혹은 말만한 누이동생들은 뒷문으로 드나든다. 남편은 아침 혹 낮에 나가면 대개 저녁 혹은 밤에나 들어온다.

그러나 아낙네들은 집에 있다. 저녁때가 되면 자연 쌀을 씻어야겠으니까 수도로 모여든다. 모여들면 남자들처럼 서로 꺼리고 기피하지 않고 곧잘 언어 노출증을 나타낸다. 그래서는 잠자코 있었으면 모를 이야기, 안 해도 좋을 이야기, 흉아잡이[20] 무릎맞춤이 시작되어서 가끔 여류 무용전武勇傳을 만들기도 한다. 그리하여 힘써 감추는 남편씨의 직업도 탄로가 나고 해서 바깥양반의 자존심을 여지없이 분쇄하고 마는 것이다. 그러나 기압은 대체로 보아 무풍 상태다.

우리 집 변소 유리창에 똑바로 보이는 제2열 나가야 O호 칸에 들은 젊은 세대는 작하昨夏 이래 내외 싸움이 끊일 사이가 없더니 가을로 들어서자 추풍낙엽과 같이 남편이 남편직에서 떨어졌다. 부인은 OO카페 화형花形[21] 여급이라는 것이다. '메리 위도[22]'가 된 '화형'은 남편을 경질하기에는 환경의 이롭지 못함을 깨달았던지 떠나 버리고 그 칸은 빈 채다. 물론 이사를 하는 경우에도 이웃에 인사를 하는 수고스러운 미덕은 이 나가야 규정에 없다. 그 바로 이웃 칸에 든 젊은이의 감상담에 의하면 앓던 이 빠진 것 같다고……. 왜냐하면 그 풍기를 문란케 하는 종류의 레코드 소리를 안 듣게 되었다는 것이다. 그러자 또 그 이웃 아주 지방분이 잘 침착沈着한 젊은이는 젖먹이를 잃어버렸다. 그와 동시에 그 죽은 아이 체중보다도 훨씬 더 많을 지방분도 깨끗이 잃어버렸다. 그러나 그 어린애를 위해서 나, 애어머니 지방분을 위해서나 부의 한푼 있을 리 없다. 나도 훨씬 뒤에야 알았으니까…….

날이 훨씬 추워지자 우리 바로 격장에 4남매로 조직된 가족이 떠나 왔다. B전문학교 다니는 오빠가 한 쌍, W여고보에 다니는 매씨妹氏가 한 쌍—매양 석각夕刻이면 혼성사중창 유행가가 우리 아버지 완고한 사상을 고롭힌다 한다. 그렇건만 나는 한 번도 그 오빠들을 본 일이 없고 누이는 한 번도 그 매씨들과 말을 바꾸어 본 일이 없는 것이다.

정월에 반대편 이웃집에서 흰떡을 했다. 한 가락 주겠지 했더니 과연 한 가락도 안 준다. 우리는 지짐이만 부쳤다. 좀 줄까 하다가 흰떡한 가락 안 주는걸 뭘, 하고 혼자 먹었다. 4남매 집은 원래 계산에 넣지 않은 이유가 그믐날 밤까지도 아무것도 부치지도 지지지도 않았기 때문이다. 그것은 전혀 흰떡과 지짐이를 그 이웃집에 기대하고 있는 수작이 아닌가 해서 미워서 그런 것이다. 물론 이것은 내 오해인지도 모르지만…….

해토解土하면서 막다른 칸에 든 젊은이가 본처에서 일약 첩으로 실격한

사건이 생겼다. 그러나 아무도 그 젊은이를 동정하지는 않고 그 남편이 배불뚝이라고 험담들만 실컷 하다 나자빠졌다. 그리고 우리 집에는 나날이 찾아오는 빚쟁이 수효가 늘어가기 시작이다. 그러다가 건물회사에서 집달리執達吏[23]를 데리고 나와 세간기명 등속에다가 딱지를 붙이고 갔다. 집세가 너무 많이 밀렸다는 이유다. 이런 뒤법석이 일어난 것을 4남매는 모두 학교에 갔으니 알 길이 없고 이쪽 이웃 역亦 어느 장님이 눈을 떴누 하는 식이다. 차라리 나는 다행하다 생각하였다. 동네방네가 죄다 알고 야단들을 치면 더 창피다.

"이리 오너라" "누굴 찾으시오" "O씨 집이오?" "아뇨!" "그럼 어디요?" "그걸 내가 아오?" 하는 문답이 우리 집 문간에서 있나 보더니 아버지 말씀이 "알아도 안 가르쳐 주는 게 옳아!" "왜요?" "아, 빚쟁일시 분명하니 거 남 못할 노릇 아니냐" 하신다. 도회의 인심은 대체 얼마나 박하고 말려고 이러나?

골동벽骨董癖

가령 신라나 고려적 사람들이 밥상에다 콩나물도 좀 담고 또 장조림도 담고 또 약주도 따르고 해서 조석으로 올려놓고 쓰던 식기 나부랭이가 분묘 등지에서 발굴되었다고 해서 떠들썩하나 대체 어쨌다는 일인지 알 수 없다. 그게 무엇이 그리 큰일이며 그 사금파리 조각이 무엇이 그리 가치 높이 평가되어야 할 것이냐는 말이다. 황차 그렇지도 못한 이조 항아리 나부랭이를 가지고 어쩌니어쩌니 하는 것들을 보면 알 수 없는 심사이다.

우리는 선조의 장한 일들을 잊어버려서는 못쓴다. 그러나 오늘 눈으로 보아서 그리 값도 나가지 않는 것을 놓고 얼싸안고 혀로 핥고 하는 꼴은 진보한 커트 글라스[24] 그릇 하나를 만들어 내는 부지런함에 비하여 그 태타怠惰의 극을 타기唾棄하고 싶다.

가끔 아는 이에게서 자랑을 받는다. "내 이조 항아리 좋은 것 우연히 싸게 샀으니 와 보시오"다. 싸다는 그 값이 결코 싸지도 않을 뿐만 아니라 가보면 대개는 아무 예술적 가치도 없는 태작인 경우가 많다. 그야 오늘 우리가 미쓰코시三越 백화점 식기부에서 살 수 없는 물건이니 볼 점이야 있겠지. 하지만 그 볼 점이라는 게 실로 하찮은 것이다.

항아리 나부랭이는 말할 것도 없이 그 시대에 있어서 의식적으로 미술품으로 만들어진 것은 아니다. 간혹 꽤 미술적인 요소가 풍부히 섞인 것이 있기는 있으되 역시 여기餘技 정도요 하다못해 꽃을 꽂으려는 실용이라도 실용을 목적으로 된 것임에 틀림없다. 이것이 오랜 세월을 지하에 파묻혔다가 시대도 풍속도 영 딴판인 세상인世上人 눈에 뜨이니 위선爲先 역설적으로 신기해서 얼른 보기에 교묘한 미술품 같아 보인다. 이것을 순수한 미술품으로 알고 와자지껄들 하는 것은 가경可驚할 무지다.

어느 박물관에서 허다한 점수點數의 출토품을 연대순으로 진열해 놓고 또 경향이며 여러 가지 분류 방법을 적확히 구분해서 일목 요연토록 해놓은 것을 구경하고 처음으로 그런 출토품의 아름다움과 가치 있음을 느꼈다.

결국 골동품의 가치는 그런 고고학적인 요구에서 생기는 것일 것이다. 겸하여 느끼는 아름다운 심정은 즉 선조에 대한 그윽한 향수에서 오는 것이 아닐까. 역사라는 학문을 부정할 수는 없으리라. 어느 시대의 생활양식, 민속, 민속예술 등을 알고자 할 때에 비로소 골동품의 위치가 중대해지는 것이지, 그러니까 골동품은 골동품만을 모아 놓는 박물관과 병존하지 않고는 그 존재이유가 소멸할 뿐 아니라 하등의 구실을 못한다. 같은 시대 것, 같은 경향 것을 한데 모아 놓고 봄으로 해서 과연 구체적인 역사적인 지식을 얻을 수 있는 것이지(그러니까 물론 많을수록 좋다) 그렇지 않고 외따로 떨어진 한 파편은 원인猿人 피테칸트로푸스의 단 한 개의 골편처럼 너무 짐작을 세울 길에 빈곤하다. 그것을 항아리 한 개, 접시 두 조각, 해서 자기 침두枕頭에 늘어놓고 그 중에 좋은 것은 누가 알까봐 쉬쉬 숨기기까지 하는 당세 골동인 기질은 위선 아까 말한 고고학적 의의에서 가중한 일이요, 둘째 그 타기할 수전노적 사유관념이 밉다.

그러나 이 좋은 것을 쉬쉬 하는 패쯤은 양민이다. 전혀 5전에 사서 100원에 파는 것으로 큰 미덕을 삼는 골동가가 있으니 실로 경탄할 화폐제도의 혼란이다.

모씨는 하루 이런 이야기를 한다. "요전에 샀던 것 깜빡 속았어. 그러나 5원만 밑지고 겨우 다른 사람한테 넘겼지 큰일날 뻔했는걸" 이다. 위조골동을 모르고 고가에 샀다가 그것이 위조라는 것을 알자 산 값에서 5원만 밑지고 딴 사람에게 팔아먹었다는 성공미담이다.

재떨이로 쓸 수도 없다는 점에 있어서 위선 제로에 가까운 가치 밖에 없는 한 개 접시를 위조하는 심사를 상상하기 어렵거니와 그런 이망량魍魎魑魅[25]이 이렇게 교묘하게 골동 세계를 유영하고 있거니 생각하면 소름이 끼칠 일이다. 누구는 수만 원의 명도名刀를 샀다가 위조라는 것을 알고 눈물을 머금고 장사를 지내 버렸다 한다. 그러나 이 가짜 항아리, 접시 나부랭이는 속은 사람이 또 속이고 또 속은 사람이 또 속이고 해서 잘하면 몇 백 년도 견디리라. 하면 그동안에 선대에는 이런 위조 골동품이 있었담네, 하고 그것마저가 유서 깊은 골동품이 되고 말 것이다.

이런 타기할 괴취미밖에 가지지 않은 분들에게 위조이걸랑은 눈에 띄는 대로 때려 부수시오, 하고 권하기는커녕 골동품(물론 이 경우에 순수한 미술품 말고 항아리 나부랭이를 말함)은 고고학적 민속학적 요구에서 박물관에 모여서만 값이 있는 것이지 그렇지 않곤 의미 없소, 허니 죄다 박물관에 기부하시오, 하고 권하면 권하는 이더러 천한 놈이라고 꾸지람을 하실 것이 뻔하다.

동심 행렬
아침길이 똑 보통학교 학동들 등교시간하고 마주치는 고로 자연 허다한 어린이들을 보게 된다. 그네들의 일거수일투족 눈 한번 끔벅하는 것, 말 한 마디가 모두 경이다. 경이인 것이 우선 자신이 그런 어린이들과 너무 멀고 또 제 몸이 책보를 끼는 생활을 그만둔 지 너무 오래고 또 학교 다니던 어린 동생들도 다 성장해서 집안이 그런 학동을 기르는 집안 분위기에서 퍽 멀어진 지가 오래되기 때문일 것이다. 그저 먼 꿈의 세계를 너무나 똑똑히 눈앞에 보는 것 같아서 가슴이 뿌듯할 적이 많다.

학동들은 7, 8세로 여남은 살까지 남녀가 뒤섞인 현란한 행렬이다. 이것도 엄격한 중고中古 교육을 받은 우리로는 경이다. 자전거가 멋모르고 좁은 골목에 들어섰다가 혼이 난다. 암만 벨을 울려도 이 아침거리의 폭군들은 길을 비켜 주지는 않는다. 자전거는 하는 수 없이 하마下馬를 하고 또 뭐라고 중얼거려도 보나 그런 것에 귀를 기울이는 사심이 없다. 저희끼리 이야기가 너무나 재미있어 견딜 수가 없는 것이다. 물론 누구하고 동무도 없고 행렬에도 끼지 못 하고 화제도 없는 인물은 골목 한편 인가 담벼락에 비켜서서 이 화려한 행렬에 공손히 길을 치워 주어야 한다.

우리는 구경도 못한 란도셀[26]이란 것을 하나씩 짊어졌다. 그것도 부럽다. 그 속에는 우리는 한 번도 가지고 놀아 보지 못한 찬란한 그림책이 들었다. 12색 크레용도 들었다. 불란서 근대화파들보다도 훨씬 무서운 자유분방한 그들의 자유화를 기억한다. 우리는 일생을 통하여 기어코 완전한 거짓말 속에서 시종하라는 건가 보다. 우리는 이제 시작해서 저런 자유화 한 장을 그릴 수 있을까. 란도셀이라는 것 속에는 하고많은 보배가 들어 있다. 그러나 장난꾼들, 란도셀이란 란도셀이 어쩌면 그렇게 모조리 해져 떨어져서 헌털뱅인구.

단발이 부쩍 늘었다. 여남은 살 먹은 여학동 단발한 것은 깨끗하고 신선하고 7, 8세 여학동 단발한 것은 인형처럼 귀엽다.

남학동들은 일제히 양복이다. 양복에다가 보통학교 아동 이하에는 이행을 불허하는 경편輕便 운동화들을 신었다. 그래서는 좁은 골목 넓은 길을 살과 같이 닫고 또 한군데 한없이 머물러서는 장난한다. 이렇게 등교시간 자체가 그네들에게는 황홀한 것이고 규정 이하의 과정인 것이다.

중에는 셋 혹 넷 무더기가 져서 걸어가면서 무슨 책인지 한 책에 집중되어 열중한다. 안경 쓴 두 학동이 드문드문 끼었다. 유리에 줄이 좍좍 간 것이 제법 근시들이다.

무에 저리 재밌을까고 궁금해서 흘긋 좀 훔쳐본다. 양홍洋紅, 군청 등 현란한 극채색 판의 소년잡지다. 그림은 무슨 군함 등속인가 싶다. 그러나 글자는 그저 줄이 죽죽 가보일 뿐이지 눈에 들어오지 않는다.

보통학교 학동이 안경을 썼다는 것은 실사實事 해괴망측한 일이다.

일인 것이 첫째 깜찍스럽다. 하도 앙증스럽고 해서 처음에는 웃 고 그만두었으나 생각해 보면 웃고 말 일이 아니다. 근시는 무슨 절름발이나 벙어리 같은 유類의 그야말로 불구자라곤 할 수 없으되 불구자는 불구자다. 세상에는 치레로 금테안경을 쓰는 못생긴 백성도 있기는 있으나, 오페라글라스 비행사飛行士의 그툭 불거진 안경 이외에 안경은 없는 게 좋다. 그것을 저런 아직 나이 들지 않은 연골 어린이들에게까지 씌우지 않으면 안 된다는 세상은 그리 고맙지 않은 세상임에 틀림없다.

예는 여러 가지 원인이 있겠으나 현대의 고도화한 인쇄술에도 트집을 아니 잡을 수 없다. 과연 보통학교 교과서만은 활자의 제한이 붙어서 굵직굵직한 것이 괜찮다. 그만만하면 선천적 근시안이 아닌 다음에는 활자 탓으로 눈을 옥지르거나 하는 일은 없을 것 같다.

그러나 학동들이 교과서만 주무르다 그만두느냐 하면 천만에, 우선 참고서라는 것이 대개가 9포인트 활자로 돼먹었다. 급기 소년잡지 등속에 이르른즉은 심지어 6호, 7포인트 반을 사용하여 오히려 태연한 출판업자, 게다가 추악한 극채색을 덮어서 예의 학동들의 동공을 노리고 총공격의 자세를 일각도 게을리하지는 않는다.

아직도 안경 쓴 학동보다 안 쓴 학동의 수효가 더 많은 것으로 보아 한편 괴이도 하나 한편 아직 그들의 독서열이 40도에 이르지 않은 것을 차라리 다행히 생각하고 싶다. 누구에게라도 안경상眼鏡商을 추장推獎하고 싶다. 오늘 같은 부덕한 활자 허무시대에 가하여 불완전한 조명장치밖에 없는 이 땅에 늘어갈 것은 근시안뿐일 터이니 말이다.

주

1) 격장隔墻: 담 하나를 사이에 두고 이웃함.

2) 오적어烏賊魚: 오징어.

3) 엑스터시ecstasy: 감정이 고조되어 무아도취의 상태가 되는 것.

4) 바라크barrack: 가건물.

5) 의거리: '옷가지'란 뜻으로, 몇 벌의 옷.

6) 창이瘡痍: 날카로운 것에 다친 상처.

7) 하디(Thomas Hardy, 1840~1928): 영국의 시인·소설가. 작품으로 유명한 「테스」
   가 있다.

8) 우메구사(埋草): '여백을 채우는 기사'를 뜻하는 일어.

9) 소所 : : 앞에서 말한 바.

10) 악저惡疽: 악성 종기.

11) 구복拘腹: 배를 잡음'. 즉, 배를 움켜잡고 웃을 만한 일.

12) 레종 데트르(Raison d'être): '존재 이유' '존재 근거'라는 뜻의 프랑스어.

13) 금리金鯉: 금잉어.

14) 걸커밀어: 거칠게 밀어.

15) 목산目算: 눈으로 어림셈함.

16) 산갓: 산림.

17) 닷곱: 다섯 홉. 반 되를 이른다.

18) 애총: 아총兒 . 어린아이의 무덤.

19) 나가야(長屋): '연립주택'을 가리키는 일어.

20) 흉아잡이: '흉잡이'라는 뜻인 듯.

21) 화형花形: '젊고 인기 있는 사람'을 가리키는 일본말.

22) 메리 위도(merry widow): 행복한 과부.

23) 집달리執達吏: '집달관'의 옛 용어.

24) 커트 글라스(cut glass): 세공 유리그릇.

25) 이망량魍魎: '이매망량魑魅魍魎'의 준말. 온갖 도깨비를 가리키는 말로서, 산
    천·목석의 정령에서 생겨난다고 함.

26) 란도셀: 네덜란드어 'ransel'에서 나온 말. 초등학생들이 사용하는, 어깨에 메는
    네모난 가방.

여상女像

지난 여름 뒷산 머루를 많이 따먹고 입술이 젖꼭지 빛으로 까맣게 물든 것을 보았습니다. 지금 토실토실한 살 속으로 따끈따끈 포도주가 흐릅니다. 단 한 사람을 위한 잔치 단 한 번 잔치를 위하여 예비된 이 병, 마개를 뽑기는커녕 아무나 만져 보는 것도 아닙니다. 그러나 자색紫色 복스런 피부에서 겨우내 목초牧草 내가 향긋하니 보랍니다.

삼단 같은 머리에 다홍빛 댕기가 고추처럼 열렸습니다. 물동이 물도 가만 있는데 댕기는 왜 이렇게 흔들리나요. 꼭 쥐어야지요. 너무 대롱대롱 흔들리다가 마음이 달뜨기 쉽습니다.

이 봄이 오더니 저고리에 머리 때가 유난히 묻고 묻고 하는 것이 이상합니다. 아랫배가 싸르르 아프다는 핑계로 가야 할 나물 캐러도못 가곤 합니다.

도회와 달라 떠들지 않고 오는 봄, 조용히 바뀌는 아이 어른, 그만해도 다섯 해 전 거상居喪[1] 입은 몸이 서도西道 650리에 이런 처녀를 처음 보았고 그 슬프고도 흐늑흐늑한 소꿉장난을 지금껏 잊으려야 잊을 수는 없습니다.

약수

바른대로 말이지 나는 약수보다도 약주를 좋아하는 편입니다.

술 때문에 집을 망치고 해도 술 먹는 사람이면 후회하는 법이 없지만, 병이 나으라고 약물을 먹었는데 낫지 않고 죽었다면 사람은 이 트집 저 트집 잡으려 듭니다. 우리 백부께서 몇 해 전에 뇌일혈로 작고하셨는데 평소에 퍽 건강하셔서 피를 어쨌든지 내 짐작으로 화인火印[1] 한 되는 쏟았건만 일주일을 버티셨습니다. 마지막에 돈과 약을 물 쓰듯 해도 오히려 구할 길이 없는지라 백부께서 나더러 약수를 길어 오라는 것입니다. 그때 친구 한 사람이 약박골 바로 넘어서 살았는데 그저 밥, 국, 김치, 숭늉 모두가 약물로 뒤범벅이었건만 그의 가족들은 그리 튼튼하지도 못할 뿐 아니라 그 먼저 해에는 그의 막내누이를 폐환으로 잃어버렸습니다. 그래서 나는 이것은 미신이구나, 하고 병을 들고 약박골로 가서 한 병 얻어 가지고 오는 길에 그 친구 집에 들러서 내일은 우리 집에 초상이 날 것 같으니 사퇴 시간에 좀 들러 달라고 그래 놓고 왔습니다.

백부께서는 혼란된 의식 가운데서도 이 약물을 아마 한 종발이나 잡수셨던가 봅니다.

그리고 이튿날 낮에 운명하셨습니다. 임종을 마치고 나는 뒤꼍으로 가서 5월 속에서 잉잉거리는 벌떼, 파리떼를 보고 있었습니다. 한물진 작약꽃이 파리 하나 가만히 졌습니다.

익키! 하고 나는 가만히 깜짝 놀랐습니다. 그래서 또 술이 시작입니다.

백모는 공연히 약물을 잡수시게 해서 그랬느니 마니 하고 자꾸 후회를 하시길래 나는 듣기 싫어서 자꾸 술을 먹었습니다.

"세분 손님 약주 잡수세엇"소리에 어깨를 으쓱거리면시 그 목로 집 마당을 마음에 맞는 친구들과 어우러져서 서성거리는 맛이란 굴비나 암치²⁾를 먹어 가면서 약물을 퍼먹고 급기야 체하여 배탈이 나고 그만두는 프래그머티즘에 견줄 것이 아닙니다.

나는 술이 거나하게 취해서 어떤 여자 앞에서 몸을 비비꼬면서 "나는 당신 없이는 못 사는 몸이오"하고 얼러 보았더니 얼른 그 여자가 내 아내가 되어 버린 데는 실없이 깜짝 놀랐습니다. 얘— 이건 참 땡이로구나, 하고 3년이나 같이 살았는데 그 여자는 3년이나 같이 살아도 이 사람은 그저 세계에 제일 게으른 사람이라는 것밖에는 모르고 그만둔 모양입니다.

게으르지 않으면 부지런히 술이나 먹으러 다니는 게 또 마음에 안 맞았다는 것입니다.

한번은 병이 나서 앓으면서 나더러 약물을 떠오라길래 그것은 미신이라고 그랬더니 뾰로통하는 것입니다.

아내가 가버린 것은 내가 약물을 안 길어다 주었댓서 그런 것 같은데 또 내가 약주만 밤낮 먹으러 다니는 것이 보기 싫어서 그런 것도 같고 하여간 나는 지금 세상이 시들해져서 그날 그날이 심심한데 술 따로 안주 따로 판다는 목로조합 결의가 아주 마음에 안 들어서 못 견디겠습니다.

누가 술만 끊으면 내 위해 주마고 그러지만 세상에 약물 안 먹어도 사람이 살겠거니와 술 안 먹고는 못 사는 사람이 많은 것을 모르는 말입니다.

─ 주

1) 화인火印: 시승市升. 장되. 옛날 시장에서 쓰이던 되. 나라에서 낙인을 찍어 배부한 탓에 이렇게도 불렀다.

2) 암치: 배를 갈라 소금에 절여 말린 민어의 암컷.

에피그램— 아무도 모를 내 비밀

밤이 이슥한데 나는 사실 그 친구와 이런 회화를 했다는 이야기를 염치 좋게 하는 것은 요컨대 천하의 의좋은 내외들에게 대한 통명이다. 친구는,

"여비?"

"보조래도 해줬으면 좋겠다는 말이지만."

"둘이 간다면 내 다 내주지."

"둘이?"

"임이와 결혼해서……."

여자 하나를 두 남자가 사랑하는 경우에는 꼭 싸움들을 하는 법인데 우리들은 안 싸웠다. 나는 결이 좀 났다는 것은 저는 벌써 임이와 육체까지 수수授受하고 나서 나더러 임이와 결혼하라니까 말이다. 나는 연애보다 공부를 해야겠어서 그 친구더러 여비를 좀 꾸어 달란 것인데 뜻밖에 회화가 이 모양이 되고 말았다.

"그럼 다 그만두겠네."

"여비두?"

"결혼두."

"건 왜?"

"싫어!"

그리고 나서는 한참이나 잠자코들 있었다. 두 사람의 교양이 서로 뺨을 친다든지 하고 싶은 충동을 참느라고 그런 것이다.

"왜 내가 임이와 그런 일이 있었대서 그러나? 불쾌해서!"

"뭔지 모르겠네!"

"한 번 꼭 한 번밖에 없네. 독미毒味란 말이 있지."

"순수허대서 자랑인가?"

"부러 그러나?"

"에피그램이지."

암만해도 회화로는 해결이 안 된다. 회화로 안 되면 행동인데 어떤 행동을 하나. 물론 싸워서는 안 된다. 친구끼리는 정다워야 하니까. 그래서 우리는 우리 두 사람의 공동의 적을 하나 찾기로 한다. 친구가,

"이李를 알지? 임이의 첫 남자!"

"자네는 무슨 목적으로 타협을 하려 드나?"

"실연허기가 싫어서 그런다구나 그래 둘까."

"내 고집두 그 비슷한 이유지."

나는 당장에 허둥지둥한다. 내 인색한 논리는 눈살을 찌푸린다. 나는 꼼짝할 수가 없다. 이렇게까지 나는 인색하다.

친구는,

"끝끝내 이러긴가?"

"수세두 공세두 다 우리 집어치세."

"엔간히 겁을 집어먹은 모양일세그려!"

"누구든지 그야 타락허기는 싫으니까!"

요 이야기는 요만큼만 해둔다. 임이의 남자가 셋이 되었다는 것을 누설

한댔자 그것은 벌써 비밀도 아무것도 아니다.

행복

달이 천심天心에 왔으니 이만하면 족하다. 물[潮]은 아직 좀 덜 들어온 것 같다. 축인 모래와 마른 모래의 경계선이 월광 아래 멀리 아득하다. 찰락찰락…… 한 여남은 미터는 되나 보다. 단애 바위 위에 우리 둘은 걸터앉아 그 한 순간을 기다리고 있다.

"자, 인제 일어나요."

마흔아홉 개 꽁초가 내 앞에 무슨 푸성귀 싹처럼 해져 있다. 나머지 담배가 한 대 탄다. 요것이 다 타는 동안에 내가 최후의 결심을 할 수 있어야 한단다.

"자, 어서 일어나요."

선이도 일어났고 인제는 정말 기다리던 그 순간이라는 것이 닥쳐 왔나 보다. 나는 선이 머리를 걷어 치켜 주면서,

"겁이 나나?"

"아—뇨."

"좀 춥지?"

"어떤가요?"

입술이 뜨겁다. 쉰 개째 담배가 다 탄 까닭이다. 인제는 아무리 하여도 피할 도리가 없다.

"자, 그럼 꼭 붙들어요."

"꼭 붙드세요."

행복의 절정을 그냥 육안으로 넘긴다는 것이 내게는 공포였다. 이 순간 이후 내 몸을 이 지상에 살려둘 수 없다. 그렇다고 선이를 두고 가는 수도 없다.

그러나…… 뜻밖에도 파도가 높았다. 이런 파도 속에서도 우리 둘은 떨어지지 않았다. 떨어지지 않고 어느 만큼이나 우리는 떠돌아다녔던지 드디어 피로가 왔다…….

죽기 전.

이렇게 해서 죽나 보다. 우선, 선이 팔이 내 목에서부터, 풀려 나갔다. 동시에 내 팔은 선이 허리를 놓쳤다. 그 순간 물먹은 내 귀가 들은 선이 단말마의 부르짖음.

"○○씨!"

이것은 과연 내 이름은 아니다.

나는 순간 그 파도 속에서도 정신이 번쩍 났다. 오냐 그렇다면…….

나는 죽어서는 안 된다.

나는 마지막 힘을 내어 뒷발을 한번 탕 굴러 보았다. 몸이 소스라친다. 목이 수면 밖으로 나왔을 때 아까 우리 둘이 앉았던 바위가 눈앞에 보였다. 파도는 밀물이라 해안을 향해 친다. 그래 얼마 안 가서 나는 바위 위로 기어오를 수 있었다. 나는 그냥 뒤도 안 돌아보고 걸어가 버리려다 문득,

'선이를 살려야 하느니라.'

하는 악마의 묵시를 받지 않을 수 없었다. 월광에 오르내리는 검은 한 점, 내가 척 늘어진 선이를 안아 올렸을 때 선이 몸은 아직 따뜻하였다.

오호 너로구나.

너는 네 평생을 두고 내 형상 없는 형벌 속에서 불행하리라. 해서 우리 둘은 결혼하였던 것이다.

규방에서 나는 신부에게, 행형行刑하였다. 어떻게?

가지가지 행복의 길을 가지가지 교재를 가지고 가르쳤다. 물론 내 포옹의 다정한 맛도.

그러나 선이가 한 번 미엽媚靨¹⁾을 보이려 드는 순간 나는 영상嶺上의 고목처럼 냉담하곤 하곤 하는 것이다. 규방에는 늘 추풍이 소조히 불었다.

나는 이런 과로 때문에 무척 야위었다. 그러면서도 내 눈이 충혈한 채 무엇인가를 찾는다. 나는 가끔 내게 물어본다.

'너는 무엇을 원하느냐? 복수? 천천히 천천히 하여라. 네 운명하는 날에야 끝날 일이니까.'

'아니야! 나는 지금 나만을 사랑할 동정童貞을 찾고 있지, 한 남자 혹 두 남자를 사랑한 일이 있는 여자를 나는 사랑할 수 없어. 왜? 그럼 나더러 먹다 남은 형해形骸에 만족하란 말이람?'

'허, 너는 잊었구나? 네 복수가 필필畢하는 것이 네 낙명落命의 날이라는 것을. 네 일생은 이미 네가 부활하던 순간부터 제단 위에 올려 놓여 있는 것을 어쩌누?'

그만해도 석 달이 지났다. 형리刑吏의 심경에도 권태가 왔다.

'싫다. 귀찮아졌다. 나는 한 번만 평민으로 살아 보고 싶구나. 내게 정말 애인을 다오.'

마호메트의 것은 마호메트에게로 돌려보내야 할 것이다. 일생을 희생하겠다던 장도壯圖를 나는 석 달 동안에 이렇게 탕진하고 말았다.

"당신처럼 사랑한 일은 없습니다"라든가, "당신만을 사랑하겠습니다"라든가 하는 그 여자의 말은 첫사랑 이외의 어떤 남자에게 있어서도 '인사' 정도에 지나지 않는다는 것을 잊어서는 안 된다.

"내 만났지."

"누구를요?"

"OO."

"네……. 그래 결혼했대요?"

그것이 이렇게까지 선이에게는 몹시 걱정이 된다. 될 것이다. 나는 사실,

"아니 혼자던데, 여관에 있다던데."

"그럼 결혼 아직 안 했군그래. 왜 안 했을까?"

슬픈 선이의 독백이여!

"추물이야, 살이 띵띵 찐 게."

"네? 거 그렇게까지 조소하려 들진 마세요. 그래두 당신네들(……? 이 '들' 자야말로 선이 천려千慮의 일실이다)버덤은 얼마나 인간미가 있는데 그래요. 그저 좀 인간이 부족허다 뿐이지."

나는 거기서 더 입이 떨어지지 않았다. 그만 후회도, 났다.

물론 선이는 내 선이 아니다. 아닐 뿐만 아니라 OO를 사랑하고 그 다음 O를 사랑하고 그 다음…….

그 다음에 지금 나를 사랑한다……는 체하여 보고 있는 모양 같다. 그런데 나는 선이만을 사랑한다. 그러니까 우리는…….

어떻게 해야만 좋을까까지 발전한 환술幻術이 뚝 천장을 새어 떨어지는 물방울에 와르르 무너져 버렸다. 창밖에서는 빗소리가 내 나태를 이러니저러니 하고 시비하는 것 같은 벌써 새벽이다.

1) 미엽媚靨: 아양. 교태

추등잡필秋燈雜筆

추석 삽화

1년 365일 그 중의 몇 날을 추려 적당히 계절 맞춰 별러서 그날만은 조상을 추억하며 생의 즐거움에서 멀어진 지 오래된 그들 망령을 있다 치고 위로하는 풍속을 아름답다 아니할 수 없으리라.

이것을 굳이 뜻을 붙여 생각하자면, 그날그날의 생의 향락 가운데서 때로는 사死의 적막을 가끔 상기해 보며 그러함으로써 생의 의의를 더한층 깊이 뜻있게 인식하도록 하는 선인들의 그윽한 의도에서 나온 수법이 아닐까.

이번 추석날 나는 돌아가신 삼촌 산소를 찾았다. 지난 한식날은 비가 와서 거기다 내 나태가 가하여 드디어 삼촌 산소에 가지 못했으니 이번 추석에는 부디 가보아야겠고 또 근래 이 삼촌이 지금껏 살아 계셨던들 하는 생각이 문득 드는 적이 많아서 중년에 억울히 가신 삼촌을 한번 추억해 보고도 싶고 한 마음에서 나는 미아리행 버스를 타고 나갔던 것이다.

온 산이 희고 온 산이 곡성으로 하여 은은하다. 소조한 가을바람에 추초秋草가 나부끼는 가운데 분묘는 5년 전에 비하여 몇 배수나 늘었다. 사람들은 나날이 저렇게들 죽어 가는구나 생각하니 적이 비감하다. 물론 5년 동안에 더 많은 애기가 탄생하였으리라……. 그러나 그렇게 날로 날로 지상의 사람이 바뀐다는 것도 또한 슬픈 일이 아닌가.

다섯 번 조락과 맹동萌動[1]을 거듭한 삼촌 산소가 꽤 거친 모양을 바라보고 퍽 슬펐다. 시멘트로 땜질한 석상은 틈이 벌어졌고 친우 일동이 해세운 석비도 좀 기운 듯싶었다.

분토墳土 한 곁에 앉은 잠시 생전의 삼촌 그 중엄하기 짝이 없는 풍모를 추억해 보았다. 그리고 운명하시던 날, 장사 지내던 날, 내제복 입었던 날들의 일, 이런 다섯 해 전 일들이 내 심안을 쓸쓸히 지나가는 것이었다.

나는 또 비명을 읽어 보았다. 하였으되,

公廉正直 信義友篤(공렴정직 신의우독)

金蘭結契 矢同憂樂(금란결계 시동우락)

中世摧折 士友咸慟(중세최절 사우함통)

寒山片石 以表衷情(한산편석 이표충정)[2]

삼촌 구우舊友 K씨의 작作으로 내 붓솜씨다. 오늘 이 친우 일동이 세운 석비 앞에 주과酒果가 없는 석상이 보기에 한없이 쓸쓸하다.

그때 고 이웃 분묘에 사람이 왔다. 중로中老의 여인네가 한 분, 젊은 내외인 듯싶은 남녀, 10세 전후의 소학생이 하나, 네 사람이다.

젊은 남정네는 양복을 입었고 젊은 여인네는 구두를 신었다. 중로의 여인네가 보퉁이를 펴더니 주과를 갖춘 조촐한 제상을 차리는 것이다. 그리고 향을 피우고 잔을 갈아 부으며 네 사람은 절한다.

양복 입은 젊은 내외의 하는 절이 더한층 슬프다. 그리고 교복 입은 소학생의 하는 절은 너무나 애련하다.

중로의 여인네는 호곡한다. 호곡하며 일어날 줄을 모른다. 젊은 내외는 소리 없이 몇 번이나 향 피우고 잔 붓고 절하고 하더니 슬쩍 비켜서는 것이다. 소학생도 따라 비켜선다.

비켜서서 그들은 멀리 건너편 북망산을 손가락질도 하면서 잠시 담화하더니 돌아서서 언제까지라도 호곡하려 드는 어머니를 일으킨다. 그러나 좀처럼 일어나려 하지 않는다.

그때 이날만 있는 이 북망산 전속의 걸인이 왔다. 와서 채 제사도 끝나지 않은 제물을 구걸하는 것이다. 그 태도가 마치 제 것을 제가 요구하는 것과 같이 퍽 거만하다. 부처는 완강히 꾸짖으며 거절한다. 승강이가 잠시 계속된다.

이 광경을 바라보고 앉았는 동안에 내 등 뒤에서 이 또한 중로의 여인네가 한 분 손자인 듯싶은 동자 손을 이끌고 더듬더듬 내려오는 것이었다. 오면서 분묘 말뚝을 하나하나 자세히 조사한다. 필시 영감님의 산소 위치를 작년과도 너무 달라진 이 천지에서 그만 묘 연히 잊어버린 것이리라.

이 두 사람은 이윽고 내 앞도 지나쳐 다시 돌아 그 이웃 언덕으로 올라간다. 그래도 좀처럼 여기구나 하고 서지 않는다.

건너편 그 거만한 걸인은, 시비의 무득함을 깨달았던지, 제물을 단념하고 다시 다음 시주를 찾아서 간다.

걸인은 동쪽으로 과부는 서쪽으로……

해는 이미 일반日半을 지났으니 나는 또 삶의 여항閭巷으로 돌아가지 않으면 안 되리라. 코스모스 핀 언덕을 터벅터벅 내려오면서 그 과부는 영감님의 무덤을 찾았을까 걱정하면서 버스 선 곳까지 오니까 모퉁이 목로술집에서는 일장의 싸움이 벌어진 중이었다. 말할 것도 없이 거상居喪 입은 사람끼리다.

구경

전문專門한 것이 나는 건축인 관계상 재학 시대에 형무소 견학을 간 일이
더러 있다. 한번은 마포 벽돌 공장을 보러 간 일이 있는데 그것은 건물을 보
러 간 것이 아니라 벽돌 제조의 여러 가지 속을 보러 간 것이니까 말하자면
건축 재료 제조 실제를 연구하는 한 시간이었다. 그러니까 죄수들의 생활이
라든가 혹은 그들의 생활에 건물 구조를 어떻게 적응시켰나를 보러 간 것이
아니고 다만 한 공장을 보러 간 것에 지나지 않는 것이니까 직공들은 반드
시 죄수들일 필요도 없거니와 또 거기가 하국何國의 형무소가 아니어도 좋
다. 클래스 전부래야 12명이었는데 그날 간 사람은 겨우 7, 8명에 불과하였
다고 기억한다.

옥리獄吏의 안내를 받아 공장 각 부분을 차례차례 구경하기로 되었다.

구경하기 전에 옥리는 우리들에게 부디부디 다음 몇 가지 점에 주의해 달
라고 일러주는 것이었다. 즉 담배를 피우지 말 것, 그들에게 무슨 필요로든
결코 말을 건네지 말 것, 그네들의 얼굴을 너무 차근차근히 들여다보지 말
것 등이다. 차례대로 이윽고 견학이 시작되었다. 그러나 나는 처음부터 벽
돌 제조 같은 것에는 추호의 흥미도 가지지는 않았다. 죄수들의 생활, 동정
의 자태를 볼 수 있다는 것이 이 견학이 나로 하여금 즐겁게 하여 주는 이유
의 전부였다. 나는 일부러 끝으로 좀 처지면서 그 똑같이 적토색 복장에 몸
을 두르고 깃에다 번호찰을 붙인 이네들의 모양을 살피기로 하였다. 그런데
과연 아니나 다를까, 그들은 끝없는 증오의 시선을 우리들에게 던지는 것이
아니냐? 나는 놀랐다. 가슴이 두근두근해 왔다. 그리고 제출물에[3] 겁이 나
서 얼굴이 달아 들어오는 것을 어찌하는 수가 없었다. 너무나 똑똑히 불쾌
한 표정을 지어 보이는 그들을 나는 차마 바로 쳐다보는 재주가 없었다.

자기의 치욕의 생활의 내면을 혹 치욕이라고까지 하지는 않더라도 결코
남에게 떠벌려 자랑할 것이 못 되는 제 생활의 내면을 어떤 생면부지 사람들

에게 막부득이 구경시키지 않으면 안 되는 것을 누구나 다 싫어하리라. 앙불괴어천 부불작어인仰不愧於天 俯不怍於人[4]—이런 심경에서 사는 사람이라도 그런 일점의 흐린 구름이 지지 않은 생활을, 남이 그야말로 구경거리로 알고 보려 달려들 때에는 적이 불쾌할 것이다. 황차 죄수들이 자기네들의 치욕적 생활을 백일 아래서 여지없이 구경거리로 어떤 몇 사람 앞에 내놓지 않으면 안 되는 경우에 그들의 심통함이 또한 복역의 괴로움보다 오히려 배대倍大할 것이다.

소록도의 나원癩院을 보고 온 이의 이야기를 들으면 아무리 석존같은 자비스러운 얼굴을 한 사람이 내도來到하여도 그들은 그저 무한한 증오의 눈초리로 맞이할 줄밖에 모른다 한다. 코가 떨어지고 수족이 망가진 자기네들 추악한 군상을 사실 동류 이하의 어떤 사람에게도 보이기 싫을 것이다. 듣자니 그네들끼리는 희희낙락하기도 하며 때로는 연애까지도 할 듯싶은 일이 다 있다 한다.

형무소 죄수들도 내가 본 대로는 의외로 활발하게 오히려 생활난에 쪼들려 헐떡헐떡하는 사바의 노역꾼들보다도 즐거울 듯이 일하고 있는 것이었다. 다만 그러면서도 남의 어떤 눈도 싫어하는 까닭은 말하자면 대등의 지위를 떠난 연한憐恨, 모멸, 동정, 기자忌恣[5], 이런 것을 혐오하는 인정 본연의 발로와 다름없는 것이 아닐까 한다.

가량假量[6] 천형병의 병원病源을 근절코자 할진대 보는 족족 이 병환자는 살육해 버려야 할는지도 모르지만 기왕 끔찍한 인정을 발휘해서 그들을 보호하는 바에는 될 수 있는 대로 그들의 심정을 거슬러 주어서는 안 될 것이다. 그러하다면 그들이 제일 싫어하는 '구경'을 절대로 금해야 할 것이다. 형무소 같은 것은 성盛히 구경시켜서 죄과를 미연에 방지하는 것이 좋지나 않을까 하는 생각이 들기도 하지만, 좀처럼 구경을 잘 시키지 않는 것은 역시 죄수 그들의 심정을 건드리지 않도록 하는 깊은 용의에서가 아닌가 한다.

예의

걸핏하면 끽다점喫茶店[7]에 가 앉아서 무슨 맛인지 알 수 없는 차를 마시고 또 우리 전통에서는 무던히 먼 음악을 듣고 그리고 언제까지라도 우두커니 머물러 있는 취미를 업신여기리라. 그러나 전기 기관차의 미끈한 선, 강철과 유리, 건물 구성, 예각, 이러한 데서 미를 발견할 줄 아는 세기의 인사人士에게 있어서는 다방의 일게一憩[8]가 신선한 도락이요 우아한 예의가 아닐 수 없다.

생활이라는 중압은 늘 훤조喧噪[9]하며 인간의 부드러운 정서를 억누르려 드는 것이다. 더욱이 현대라는 데 깃들이는 사람들은 이 중압을 한층 더 확실히 감지하지 않을 수 없다. 어디를 보아도 교착된 강철과 거암과 같은 콘크리트 벽이 숨찬 억압 가운데 자칫하면 거칠기 쉬운 심정을 조용히 쉴 수 있도록, 그렇게 알맞은 한 개의 의자와 한 개의 테이블이 있다면 어찌 촌가寸暇를 에어 내어 발길이 그리로 옮겨지지 않을 것인가. 가加하기를 한 잔의 따뜻한 차와 가연街蠕[10]의 훤조한 잡음에 바뀌는 아름다운 음악이 있다면 그 심령들의 위안됨이 더한층 족하다고 하지 않으리오.

그가 제철공장의 직인이건, 그가 외과의실의 집도인이건, 그가 교통정리 경찰이건, 그가 법정의 논고인이건, 그가 하잘것없는 일고용인日雇傭人[11]이건, 그가 천만장자의 외독자이건, 묻지 않는다. 그런 구구한 간판은 네온사인이 달린 다방 문간에 다 내려놓고 들어가는 것이다. 그곳에서는 다 같이 심정의 회유懷柔를 기원하는 티 없는 '사람'의 하나가 되는 것이다. 그러기에 이곳에서는 누구나 다 겸손하다. 그리고 다 같이 부드러운 표정을 하는 것이다. 신사는 다 조신하게 차를 마시고 숙녀는 다 다소곳이 음악을 즐긴다.

거기는 오직 평화가 있고 불성문의 정연하고도 우아 담박한 예의 준칙이 있는 것이다.

결코 이웃 좌석에는 들리지 않을 만큼 그만큼 낮은 목소리로 담화한다.

직업을 떠나서 투쟁을 떠나서 여기서 바뀌는 담화는 전면纏綿[12]한 정서를 풀 수 있는 그런 그윽한 화제리라.

다 같이 입을 다물고 눈을 홉뜨지 않고 슈베르트나 쇼팽을 듣는다. 그때 육중한 구두로 마룻바닥을 건드리며 장단을 맞춘다거나, 익숙한 곡조라 하여 휘파람으로 합주를 한다거나 해서는 아주 못쓴다. 왜? 그렇게 하는 것은 이곳의 불성문인 예의를 깨뜨림이 지극히 큰 고로.

나는 그날 밤에도 몸을 스미는 추냉秋冷을 지닌 채 거리를 걸었다. 천심에 달이 교교하여 일보 일보가 적이 무겁고 또한 황막하여 슬펐다. 까닭 모를 애수 고독이 불현듯이 인간다운 훈훈한 호흡을 연모하게 하는 것이었다. 나는 달빛을 등지고 늘 드나드는 한 다방으로 들어섰다.

양 3인씩의 남녀가 벌써 다정해 보이는 따뜻한 한 잔씩의 차를 앞에 놓고 때마침 사운드 박스[13] 울리는 현악중주의 명곡을 즐기고 있는 것이 아닌가.

나도 또한 신사답게 삼가는 보조로 그들 가운데 한 자리를 차지하고 그리고 차와 음악을 즐기기로 하였다.

5분, 10분, 20분, 이 적당한 휴게가 냉화하려 들던 내 혈관의 피를 얼마간 덥혀 주기 시작하는 즈음에, 문이 요란히 열리며 4, 5인의 취한이 고성질타하면서 폭풍과 같이 침입하였다. 그들은 한복판 그중 번듯한 좌석에 어지러이 자리를 잡더니 차를 청하여 수선스러이 마시며 방약무인하게 방가放歌하는 것이었다. 그 바람에 음악은 간곳 없고 예의도 간곳없고 그들의 추외醜猥한 성향聲響이 실내를 흔들 뿐이다.

내 심정은 다시 거칠어 들어갔다. 몸부림하려 드는 내 서글픈 심정을 나자신이 이기기 어려웠다. 나는 1초라도 바삐 이곳을 떠나고 싶어서 자리를 걷어차고 일어나서 문간으로 나가려 하는 즈음에, 이번에는 유두백면油頭白面의 일장한一壯漢이 사자만이나 한 셰퍼드를 한 마리 끌고 들어오는 것이 아닌가. 나는 대경실색하여 뒤로 물러서면서 보자니까 그 개는 그 육중한

꼬리를 흔들흔들 흔들며 이 좌석 저 좌석의 객을 두루두루 코로 맡아 보는 것이다.

그때 취한 중의 한 사람이 마시다 남은 차를 이 무례한 개를 향하여 끼얹었다. 개는 질겁을 하여 뒤로 물러서더니 그 산이 울고 골짝이 무너질 것 같은 크나큰 목소리로 이 취한을 향하여 짖어 대는 것이었다.

나는 창황히 찻값을 치르고 그곳을 나와 보도를 디뎠다. 걸으면서도 그 예술의 전당에서 울려 나오는 해괴한 견폐성犬吠聲을 한참 동안이나 등 뒤에서 들을 수 있었다.

기여寄與

그다지 명예롭지 못한 그러나 생각해 보면 또 그렇게까지 불명예라고까지 할 것도 없는 질환을 가지고 어떤 학부 부속병원에를 갔다. 진찰이 끝나고 인제 치료를 시작하려 그 그리 보기 좋지 않은 베드 위에 올라 누웠다. 그랬더니 난데없이 수십 명의 흑장속黑裝束[14]의 장정 일단이 우— 틈입하여서는 내 침상을 둘러싸는 것이다. 말할 것도 없이 이 학부 재학의 학생들이요, 이것은 임상강의 시간임에 틀림없다. 손에는 각각 노트를 들었고 시선을 내 환부인 한 점에 집중시키고 있는 것이다. 의사 즉 교수는 서서히 입을 열어 용의주도하게 내 치료받고자 하는 개소個所를 주무르면서 유창한 어조로 강의를 개시하는 것이 아닌가. 이것은 나에게 있어서 참으로 천만의외의 일일 뿐 아니라 정말로 불쾌하기 짝이 없는 봉변일 수밖에 없는 일이다.

그들은 대체 누구의 허락을 얻어 나를 실험동물로 사용하는 것인가. 옆구리에 종기 하나가 나도 그것을 남에게 내보이는 것이 불쾌하겠거늘, 아픈 탓으로 치부를 내보이지 않으면 안 되는 그 자그마한 기회를 타서 밑천 들이지 않고 그들의 실험동물을 얻고자 꾀하는 것일 것이니 치료를 받기 위하여는 반드시 이런 굴욕을 받아야만 된다는 제도라면 사차불피辭此不避일

것이나 그렇다 하더라도 이 변만은 어디까지든지 불쾌한 일이다.

의학의 진보발달을 위하여 노구치[15] 박사는 황열병에 넘어지기까지도 하였고 또 최근 어떤 학자는 호열자균[16]을 스스로 삼켰다 한다. 이와 같은 예에 비긴다면 치부를 잠시 학생들에게 구경시켰다는 것쯤 심술부릴 거리조차 못 될 것이다. 차라리 잠시의 아픔과 부끄러움을 참았다는 것이 진격眞擊한 연구의 한 도움이 된 것을 광영으로 알아야 할 것이요 기뻐하여야 할 것이다.

그러나 또 생각해 보면 사람은 누구나 다 반드시 이렇게 실험동물로 제공되어야 할 책임이 있다는 것은 아니리라. 환부를 내어 보이는 것은 어느 사람에게 있어서도 유쾌치 못한 일일 것이다. 의학만이 홀로 문화의 발달향상을 짊어진 것은 아니겠고, 이 사회에서 생활을 향유하는 이치고는 누구나 적든 많든 문화를 담당하는 일원임에 틀림없다. 허락 없이 의학의 연구재료로 제공될 그런 호락호락한 몸은 하나도 없을 것이다. 그렇다면 의사는, 교수는, 박사는, 그가 어떤 종류의 미미한 인간에 불과한 경우일지라도 반드시 그의 감정을 존중히 하여 일언 간곡한 청탁의 말이 있어야 할 것이요 일언 승낙의 말이 있은 다음에야 교재로 사용할 수 있을 것이겠다.

요는 이런 종류의 기여를 흔연히 하게 하는 새로운 도덕관념의 수립과 새로운 감정 관습의 보급에 있을 것이다.

어떤 해부학자는 자기의 유해를 담임하던 교실에 기부할 뜻을 유언하였다 한다. 그의 제자들이 차마 그 스승의 유해에 해부도解剖刀를 대기 어려웠을 줄 안다.

또 어떤 학술적인 전람회에서 사형수의 두개골을 여러 조각에 조각조각 켜놓은 것을 본 일이 있다. 얼른 생각에 사형수 같은 인류의 해독을 좀 가혹히 짓주물렀기로니 차라리 그래 싼 일이지, 이렇게도 생각이 되지만 또 한편으로 생각해 보면 혼백이 이미 승천해 버린 유해에는 죄가 없는 것일 것이니

같이 사람 대접으로 취급하는 것이 지당한 일일 것이 아닐까. 또한 본인의 한마디 승낙하는 유언을 얻어야 할 것이요 그렇지 않으면 통상의 예를 갖추어 주어야 옳으리라.

나환인을 위하여(첫째 격리가 목적이겠으나) 지상의 낙원을 꾸며 놓았어도 소록도에서는 탈출하는 일이 빈빈頻頻히 있다 한다.

만일 그런 감정이나 도덕의 새로운 관념이 보급된다면 사형수는 의례히 해부를 유언할 것이요 나환자는 자진하여 소록도로 갈 것이다.

"내 치부에 이러이러한 질환이 발생하였는데 일찍이 듣지도 보지도 못한 듯하오니 아무쪼록 여러 학자와 학생들이 모여 연구해 주시기 바랍니다."

하고 나서는 기특한 인사가 출현할는지도 마치 모른다. 그렇다면 여러 학생들 앞에 치부를 노출시키는 영광을 얻기에 경쟁들을 하는 고마운 세월이 올는지도 또 미처 모르는 것이요, 오기만 한다면 진실로 희대의 기관奇觀일 것이나 인류문화의 향상발달에 기여하는 바만은 오늘에 비하여 훨씬 클 것이다.

실수

몇 해 전까지도 동경 역두에는 릭샤 즉, 인력거가 있었다 한다. 외국 관광단을 실은 호화선이 와 닿으면 제국호텔을 향하는 어마어마한 인력거의 행렬을 볼 수 있었다 한다. 그들 원래遠來의 이방인들을 접대하는 갸륵한 예의리라.

그러나 오늘 그 '달러'를 헤뜨리고 가는 귀중한 손님을 맞이하는데 인력거는 폐지되었고 통속적인, 그들에게 있어서는 너무나 통속적인 자동차로 한다고 한다.

이것은 원래의 진객珍客을 접대하는 주인으로서의 갸륵한 위신을 지키는 심려에서이리라.

그러나 그 코 높은 인종을 모시는 인력거는 이 나라에서 아주 없어진 것이 아니다. 아닐 뿐만 아니라 아직도 너무 많다.

수일 전 본정本町 좁고도 복작복작하는 거리를 관류하는 세 채의 인력거를 목도하였다. 말할 것도 없이 백인의 중년부부를 실은 인력거와 모 호텔 전속의 안내인을 실은 인력거다.

그들은 우리 시민이 정히 못 알아들을 수밖에 없는 국어로 지껄이며 간혹 조소 비슷이 웃기도 하고 손에 쥔 단장을 들어 어느 방향을 가리키기도 한다. 자못 호기에 그득 찬 표정이었다.

과문寡聞에 의하면 저쪽 의례준칙으로는 이 손가락질하는 버릇은 크나큰 실례라 한다. 하면 세계 만유漫遊를 하옵시는 거룩한 신분의 인사니 필시 신사리라.

그러하면 이 젠틀맨 및 레디는 인력거 위에 앉아서 이 낯설은 거리와 시민들에게 서슴지 않고 실례를 하는 모양이다.

'이까짓 데서는 예를 갖추지 않아도 좋다'하는 애초부터의 괘씸한 배짱임에 틀림없다.

일순 나는 말할 수 없는 불쾌한 감정에 사로잡혀 마음대로 하라면 위선 다소곳이 그 인력거의 채를 잡고 있는 차부를 난타한 다음 그 무뢰한의 부부를 완력으로 징계하여 주고 싶었다.

그러나 또 생각하여 보면 그들은 내가 채 알지 못하는 바 세계적 지리학자거나 고현학자考現學者[17]인지도 모른다. 그렇지 않은 단지 일개 평범한 만유객에 지나지 않는다 하더라도 그들은 적지 않은 달러를 이 땅에 널어놓고 갈 것이요 고국에 이 땅의 풍광과 민속을 소개할 것이다. 어쨌든 이들은 족히 진중히 접대하여야만 할 손님임에는 틀림이 없다.

그렇다면?

내가 이들을 징계하였다는 것이 도리어 내 고향을 욕되게 하는 것이리라.

그렇건만 그때 느낀 그 불쾌한 감정은 조금도 사라지지 않는다.

아무쪼록 많은 수효의 외국 관광단을 유치하는 것은 우리들 이 땅의 주인된 임무일 것이며 내방한 그들을 겸손하고도 친절한 예의로 접대하여서 그들로 하여금 이 땅 이 백성들의 인상을 끝끝내 좋도록 하는 것 또한 지켜야 할 임무일 것이다.

그러나 겸손을 지나쳐 그들의 오만과 모멸을 용납할 수 없다. 이것을 법 없이 감수하는 것은 위에 말한 주인으로서의 임무에도 배치되는 바 크다.

이 땅에 있는 것을 그들에게 구경시켜 주는 것은 결코 동물원의 곰이나 말 승냥이[18]가 세 봄뚱이를 구경시키는 심사와는 다르다. 어디까지든지 그들만 못하지 않은 곳. 그들에게 없는, 그들보다 나은 곳을 소개하고 자랑하자는 것일 것이어늘……

인력거 위에 앉아서 단장 끝으로 손가락질을 하는 그들의 태도는 확실히 동물원 구경에 근사한 태도요 따라서 무례요 더없는 굴욕이다.

국가는 마땅히 법규로써 그들에게 어떠한 산간벽지에서라도 인력거를 타지 못하도록 취체取締하여야 할 것이다.

그들이 부두, 역두에 닿았을 때 직접 간접으로 이 땅의 위신을 제시하여 놓아야 할 것이다. 그것을 위선 인력거로 실어 숙소로 모신다는 것은 해괴망측하기가 짝이 없는 일이다. 동경뿐만 아니라 서울 거리에서도 이 괘씸한 인력거의 행렬을 보지 않게 되어야 옳을 것이 아닌가.

연전에 나는 어느 공원에서 어떤 백인이 한 걸식에게 50전 은화를 시여施與한 다음 카메라를 희롱하는 것을 지나가던 일위 무골청년武骨靑年이 구타하는 것을 목도한 일이 있다. 이 청년 역 향토를 아끼는 갸륵한 자존심에서 우러난 행동이었음에 틀림없으리라. 그러나 이것은 그 이방인은 어찌 되었던 잘못된 일일 것이니 투어리스트 뷰로는 한낱 관광단 유치에만 부심할 것이 아니라 이런 실수가 미연에 방지되도록 안으로서의 차림차림에도 유의

하는 바가 있어야 할 것이다.

주

1) 맹동萌動: 싹이 남.
2) 공렴정직公廉正直~: "공평 청렴 정직하고 신의와 우애가 도타웠으며 / 군은 우정으로 근심과 즐거움을 함께하자 했거늘 / 중년에 요절하여 벗 들이 모두 슬퍼하면서 / 쓸쓸한 산에 한 조각 돌로써 충정을 표하노라."
3) 제출물에: 제 생각대로 하는 바람에.
4) 앙불괴어천仰不愧於天~: "하늘을 우러러 부끄럼이 없으며, 아래로 굽어 사람에게도 부끄럼이 없다"는 뜻. 「맹자」에 나오는 구절.
5) 기자忌恣: 시기심이 많고 방자함.
6) 가량假量: (주로 부정하는 말과 함께 쓰여) 어떤 일에 대하여 확실한 계산은 아니나 얼마쯤이나 정도가 되리라고 짐작하여 봄.
7) 끽다점喫茶店: 찻집.
8) 일게一憩: 잠시 동안의 휴식.
9) 훤조喧噪: 시끄럽게 지껄이며 떠듦.
10) 가연街蠕: 길거리의 부산한 움직임.
11) 일고용인日雇庸人: 날품팔이.
12) 전면纏綿: 실이나 노끈 따위가 친친 뒤엉킴. 혹은 남녀의 애정이 깊이 얽혀 헤어지기 어려움.
13) 사운드 박스(sound box): 구식 축음기에서 레코드로부터 음을 재생할 때 레코드 바늘의 진동을 받아서 음을 내는 장치. 공명 상자.
14) 흑장속黑裝束: '검은 옷을 입은 무리'라는 뜻.
15) 노구치 히데요(野口英世, 1876~1928): 일본의 세균학자. 아프리카에서 황열병을 연구하다가 감염되어 죽었다.
16) 호열자균虎列刺菌: 콜레라균.
17) 고현학자考現學者: 현대 사회의 모든 분야에 걸쳐서 그 유행의 변천을 조직적·과학적으로 연구하여 현대의 진상을 규명하려는 학문.
18) 말승냥이: 이리.

19세기식

정조

이런 경우 즉, '남편만 없었던들' '남편이 용서만 한다면' 하면서 지켜진 아내의 정조란 이미 간음이다. 정조는 금제禁制가 아니요 양심이다. 이 경우의 양심이란 도덕성에서 우러나오는 것을 가리키지 않고 '절대의 애정' 그것이다.

만일 내게 아내가 있고 그 아내가 실로 요만 정도의 간음을 범한 때 내가 무슨 어려운 방법으로 곧 그것을 알 때 나는 '간음한 아내'라는 뚜렷한 죄명 아래 아내를 내쫓으리라.

내가 이 세기에 용납되지 않는 최후의 한꺼풀 막이 있다면 그것은 오직 '간음한 아내는 내쫓으라'는 철칙에서 영원히 헤어나지 못 하는 내 곰팡내 나는 도덕성이다.

비밀

비밀이 없다는 것은 재산 없는 것처럼 가난할 뿐만 아니라 더 불쌍하다. 정치情痴 세계의 비밀(내가 남에게 간음한 비밀, 남을 내게 간음시킨 비밀, 즉 불의의 양면), 이것을 나는 만금과 오히려 바꾸리라. 주머니에 푼전이 없을망정 나는 천하를 놀려먹을 수 있는 실력을 가진 큰 부자일 수 있다.

이유

나는 내 아내를 버렸다. 아내는 "저를 용서하실 수는 없었습니까" 한다. 그러나 나는 한 번도 '용서'라는 것을 생각해 본 일은 없다. 왜? '간음한 계집은 버리라'는 철칙에 의혹을 가지는 내가 아니냐. 간음한 계집이면 니는 언제든지 곧 버린다. 다만 내가 한참 망설여 가며 생각한 것은 아내의 한 짓이 간음인가 아닌가 그것을 판정하는 것이었다. 불행히도 결론은 늘 '간음이다'였다. 나는 곧 아내를 버렸다. 그러나 내가 아내를 몹시 사랑하는 동안 나는 우습게도 아내를 변호하기까지 하였다. '될 수 있으면 그것이 간음은 아니라는 결론이 나도록' 나는 나 자신의 준엄 앞에 애걸하기까지 하였다.

악덕

용서한다는 것은 최대의 악덕이다. 간음한 계집을 용서하여 보아라. 한 번 간음에 맛을 들인 계집은 두 번째도 세 번째도 간음하리라. 왜? 불의라는 것은 재물보다도 매력적인 것이기 때문에…….

계집은 두 번째 간음이 발각되었을 때 실로 첫 번째 보지 못하던 귀곡적鬼哭的 기법으로 용서를 빌리라. 번번이 이 귀곡적 기법은 그 묘를 극하여 가리라. 그것은 여자라는 동물 천혜의 본질이다.

어리석은 남편은 그때마다 새로운 감상感傷으로 간음한 아내를 용서하겠지. 이리하여 실로 남편의 일생이란 '이놈의 계집이 또 간음하지나 않을까' 하고 전전긍긍하다가 그만두는 가엾이 허무한 탕진이리라.

내게서 버림을 받은 계집이 매춘부가 되었을 때 나는 차라리 그 계집에게

은화를 지불하고 다시 매춘할망정 간음한 계집을 용서하지도 버리지도 않는 잔인한 악덕은 범하지 말아야 한다고 나는 나 자신에게 타이른다

권태

어서…… 차라리 어두워 버리기나 했으면 좋겠는데…… 벽촌의 여름날은 지루해서 죽겠을 만큼 길다.

동에 팔봉산, 곡선은 왜 저리도 굴곡이 없이 단조로운고?

서를 보아도 벌판, 북을 보아도 벌판, 아, 이 벌판은 어쩌라고 이렇게 한이 없이 늘어놓였을꼬? 어쩌자고 저렇게 똑같이 초록색 하나로 돼먹었노?

농가가 가운데 길 하나를 두고 좌우로 한 10여 호씩 있다. 휘청거리는 소나무 기둥, 흙을 주물러 바른 벽, 강낭대로 둘러싼 울타리, 울타리를 덮은 호박덩굴, 모두가 그게 그것같이 똑같다.

어제 보던 댑싸리 나무, 오늘도 보는 김 서방, 내일도 보아야 할 흰둥이 검둥이.

해는 100도 가까운 볕을 지붕에도 벌판에도 뽕나무에도 암탉 꼬랑지에도 내리쬔다. 아침이나 저녁이나 뜨거우며 견딜 수가 없는 염서炎暑 계속이다.

나는 아침을 먹었다. 할 일이 없다. 그러나 무작정 널따란 백지 같은 '오늘'이라는 것이 내 앞에 펼쳐져 있으면서 무슨 기사記事라도 좋으니 강요한다. 나는 무엇이고 하지 않으면 안 된다. 무엇을 해야 할 것인가 연구해야한다. 그럼 나는 최 서방네 집 사랑 툇마루 장기나 두러 갈까. 그것이 좋다.

최 서방은 들에 나갔다. 최 서방네 사랑에는 아무도 없나 보다. 최 서방의 조카가 낮잠을 잔다. 아하, 내가 아침을 먹은 것은 10시나 지난 후니까최 서방의 조카로서는 낮잠 잘 시간에 틀림없다.

나는 최 서방의 조카를 깨워 가지고 장기를 한판 벌이기로 한다. 최 서방의 조카로서는 그러니까 나와 장기 둔다는 것 그것부터가 권태다. 밤낮 두어야 마찬가질 바에 안 두는 것이 차라리 낫지. 그러나 안 두면 또 무엇을하나? 둘밖에 없다.

지는 것도 권태이거늘 이기는 것이 어찌 권태 아닐 수 있으랴? 열 번 두어서 열 번 내리 이기는 장난이란 열 번 지는 이상으로 싱거운 장난이다. 나는참 싱거워서 참을 수가 없다.

한번쯤 져주리라. 나는 한참 생각하는 체하다가 슬그머니 위험한 자리에 장기 조각을 갖다 놓는다. 최 서방의 조카는 하품을 쓱 한번 하더니 이윽고 둔다는 것이 딴전이다. 으레 질 것이니까 골치 아프게 수를 보고 어쩌고하기도 싫다는 사상이리라. 아무렇게나 생각나는 대로 장기를 갖다 놓고는그저 얼른얼른 끝을 내어 져줄 만큼은 져주면 이 상승장군常勝將軍은 이 압도적인 권태를 이기지 못해 제출물에 가버리겠지 하는 사상이리라.

나는 부득이 또 이긴다. 인제 그만 두잔다. 물론 그만 두는 수밖에 없다.

일부러 져준다는 것조차가 어려운 일이다. 나는 왜 저 최 서방의 조카처럼 아주 영영 방심 상태가 되어 버릴 수가 없나? 이 질식할 것 같은 권태 속에서도 사세些細[1]한 승부에 구속을 받나? 아주 바보가 되는 수는 없나?

내게 남아 있는 이 치사스러운 인간 이욕이 다시없이 밉다. 나는 이 마지막 것을 면해야 한다. 권태를 인식하는 신경마저 버리고 완전히 허탈해 버려야 한다.

2

나는 개울가로 간다. 가물로 하여 너무나 빈약한 물이 소리 없이 흐른다. 뼈처럼 앙상한 물줄기가 왜 소리를 치지 않나?

너무 덥다. 나뭇잎들이 다 축 늘어져서 허덕허덕하도록 덥다. 이렇게 더우니 시냇물인들 서늘한 소리를 내어 보는 재간도 없으리라.

나는 그 물가에 앉는다. 앉아서, 자, 무슨 제목으로 나는 사색해야 할 것인가 생각해 본다. 그러나 물론 아무런 제목도 떠오르지는 않는다.

그렇다면 아무것도 생각 말기로 하자. 그저 한량없이 넓은 초록색 벌판 지평선, 아무리 변화하여 보았댔자 결국 치열한 곡예의 역域을 벗어나지 않는 구름, 이런 것을 건너다본다.

지구 표면적의 100분의 99가 이 공포의 초록색이리라. 그렇다면 지구야말로 너무나 단조 무미한 채색이다. 도회에는 초록이 드물다. 나는 처음 여기 표착하였을 때 이 신선한 초록빛에 놀랐고 사랑하였다. 그러나 닷새가 못 되어서 이 일망무제의 초록색은 조물주의 몰취미와 신경의 조잡성으로 말미암은 무미건조한 지구의 여백인 것을 발견하고 다시금 놀라지 않을 수 없었다.

어쩔 작정으로 저렇게 퍼렇나. 하루 온종일 저 푸른 빛은 아무 짓도 하지 않는다. 오직 그 푸른 것에 백치와 같이 만족하면서 푸른 채로 있다.

이윽고 밤이 오면 또 거대한 구렁이처럼 빛을 잃어버리고 소리도 없이 잔다. 이 무슨 거대한 겸손이냐.

이윽고 겨울이 오면 초록은 실색한다. 그러나 그것은 남루를 갈기갈기 찢은 것과 다름없는 추악한 색채로 변하는 것이다. 한겨울을 두고 이 황막하고 추악한 벌판을 바라보고 지내면서 그래도 자살 민절悶絶하지 않는 농민들은 불쌍하기도 하려니와 거대한 천치다.

그들의 일생이 또한 이 벌판처럼 단조한 권태 일색으로 도포塗布된 것이리라. 일할 때는 초록 벌판처럼 더워서 숨이 카카 막히게 싱거울 것이요, 일하지 않을 때에는 겨울 황원처럼 거칠고 구지레하게 싱거울 것이다.

그들에게는 흥분이 없다. 벌판에 벼락이 떨어져도 그것은 뇌성 끝에 가끔 있는 다반사에 지나지 않는다. 촌동村童이 범에게 물려가도 그것은 맹수가 사는 산촌에 가끔 있는 신벌神罰에 지나지 않는다. 실로 전신주 하나 없는 벌판에서 그들이 무엇을 대상으로 흥분할 수 있으랴.

팔봉산 등을 넘어 철골 전신주기 늘어섰다. 그러나 그 동선銅線은 이 촌락에 엽서 한 장을 내려뜨리지 않고 섰는 채다. 동선으로는 전류도 통하리라. 그러나 그들의 방이 아직도 송명松明[2]으로 어둠침침한 이상 그 전선주들은 이 마을 동구에 늘어선 포플라 나무와 조금도 다름이 없다.

그들에게 희망은 있던가? 가을에 곡식이 익으리라. 그러나 그것은 희망은 아니다. 본능이다.

내일. 내일도 오늘 하던 계속의 일을 해야지. 이 끝없는 권태의 내일은 왜 이렇게 끝없이 있나? 그러나 그들은 그런 것을 생각할 줄 모른다. 간혹 그런 의혹이 전광과 같이 그들의 흉리胸裏를 스치는 일이 있어도 다음 순간 하루의 노역으로 말미암아 잠이 오고 만다. 그러니 농민은 참 불행하도다. 그럼, 이 흉악한 권태를 자각할 줄 아는 나는 얼마나 행복된가.

3

댑싸리 나무도 축 늘어졌다. 물은 흐르면서 가끔 웅덩이를 만나면 썩는다.

내가 앉아 있는 데는 그런 웅덩이가 있다. 내 앞에서 물은 조용히 썩는다.

낮닭 우는 소리가 무던히 한가롭다. 어제도 울던 낮닭이 오늘도 또 울었다는 외에 아무 흥미도 없다. 들어도 그만 안 들어도 그만이다. 다만 우연히 귀에 들려왔으니까 그저 들었달 뿐이다.

닭은 그래도 새벽, 낮으로 울기나 한다. 그러나 이 동리의 개들은 짖지를 않는다. 그러면 모두 벙어리 개들인가, 아니다. 그 증거로는 이 동리 사람이 아닌 내가 돌팔매질을 하면서 위협하면 10리나 달아나면서 나를 돌아다보고 짖는다.

그렇건만 내가 아무 그런 위험한 짓을 하지 않고 지나가면 천리나 먼 데서 온 외인外人, 더구나 안면이 이처럼 창백하고 봉발蓬髮이 작소鵲巢를 이룬 기이한 풍모를 쳐다보면서도 짖지 않는다. 참 이상하다. 어째서 여기 개들은 나를 보고 짖지를 않을까? 세상에도 희귀한 겸손한 개들도 다 많다.

이 겁쟁이 개들은 이런 나를 보고도 짖지를 않으니 그럼 대체 무엇을 보아야 짖으랴?

그들은 짖을 일이 없다. 여인旅人은 이곳에 오지 않는다. 오지 않을 뿐만 아니라 국도 연변에 있지 않는 이 촌락을 그들은 지나갈 일도 없다. 가끔 이웃 마을의 김 서방이 온다. 그러나 그는 여기 최 서방과 똑같은 복장과 피부색과 사투리를 가졌으니 개들이 짖어 무엇하랴. 이 빈촌에는 도둑이 없다. 인정 있는 도둑이면 여기 너무나 빈한한 새악시들을 위하여 훔친 바, 비녀나 반지를 가만히 놓고 가지 않으면 안 되리라. 도둑에게는 이 마을은 도둑의 도심盜心을 도둑맞기 쉬운 위험한 지대리라.

그러니 실로 개들이 무엇을 보고 짖으랴. 개들은 너무나 오랫동안(아마 그 출생 당시부터) 짖는 버릇을 포기한 채 지내 왔다. 몇 대를 두고 짖지 않은 이곳 견족犬族들은 드디어 짖는다는 본능을 상실하고 만 것이리라. 인제는 돌이나 나무토막으로 얻어맞아서 견딜 수 없이 아파야 겨우 짖는다. 그러나 그와 같은 본능은 인간에게도 있으니 특히 개의 특징으로 쳐들 것은 못 되리라.

개들은 대개 제가 길리우고 있는 집 문간에 가 앉아서 밤이면 밤잠, 낮이면 낮잠을 잔다. 왜? 그들은 수위守衛할 아무 대상도 없으니까다.

최 서방네 개가 이리로 온다. 그것을 김 서방네 개가 발견하고 일어나서 영접한다. 그러나 영접해 본댔자 할 일이 없다. 양구良久[3]에 그들은 헤어진다.

설레설레 길을 걸어 본다. 밤낮 다니던 길, 그 길에는 아무것도 떨어진 것이 없다. 촌민들은 한여름 보리와 조를 먹는다. 반찬은 날된장과 풋고추이다. 그러니 그들의 부엌에조차 남은 것이 없겠거늘 하물며 길가에 무엇이 족히 떨어져 있을 수 있으랴.

길을 걸어 본댔자 소득이 없다. 낮잠이나 자자. 그리하여 개들은 천부의 수위술을 망각하고 탐닉하여 버리지 않을 수 없을 만큼 타락하고 말았다.

슬픈 일이다. 짖을 줄 모르는 벙어리 개, 지킬 줄 모르는 게으름뱅이 개, 이 바보 개들은 복날 개장국을 끓여 먹기 위하여 촌민의 희생이 된다. 그러나 불쌍한 개들은 음력도 모르니 복날은 몇 날이나 남았나 전혀 알 길이 없다.

4

이 마을에는 신문도 오지 않는다. 소위 승합 자동차라는 것도 통과하지 않으니 도회의 소식을 무슨 방법으로 알랴?

오관이 모조리 박탈된 것이나 다름없다. 답답한 하늘, 답답한 지평선, 답답한 풍경 가운데 나는 이리 뒹굴 저리 뒹굴 구르고 싶을 만큼 답답해하고 지내야만 된다.

아무것도 생각할 수 없는 상태 이상으로 괴로운 상태가 또 있을까. 인간은 병석에서도 생각하는 법이다.

끝없는 권태가 사람을 엄습하였을 때 그의 동공은 내부를 향하여 열리리라. 그리하여 망쇄忙殺할 때보다도 몇 배나 더 자신의 내면을 성찰할 수 있을 것이다.

현대인의 특질이요, 질환인 자의식의 과잉은 이런 권태하지 않을 수 없는 권태 계급의 철저한 권태로 말미암음이다. 육체적 한산, 정신적 권태, 이것을 면할 수 없는 계급이 자의식 과잉의 절정을 표시한다.

그러나 지금 이 개울가에 앉은 나에게는 자의식 과잉조차가 폐쇄되었다.

이렇게 한산한데, 이렇게 극도의 권태가 있는데, 동공은 내부를 향하여 열리기를 주저한다.

아무것도 생각하기 싫다. 어제까지도 죽는 것을 생각하는 것 하나만은 즐거웠다. 그러나 오늘은 그것조차가 귀찮다. 그러면 아무 것도 생각하지 말고 눈뜬 채 졸기로 하자.

더워 죽겠는데 목욕이나 할까? 그러나 웅덩이 물은 썩었다. 썩지 않은 물을 찾아가는 것은 귀찮은 일이고…….

썩지 않은 물이 여기 있다기로서니 나는 목욕하지 않으리라. 옷을 벗기가 귀찮다. 아니! 그보다도 그 창백하고 앙상한 수구瘦軀[4]를 백일 아래에 널어 말리는 파렴치를 나는 견디기 어렵다.

땀이 옷에 배이면? 배인 채 두자.

그렇다고 하더라도 이 더위는 무슨 더위냐. 나는 일어나서 오던 길을 되돌아서는 도중에서 교미하는 개 한 쌍을 만났다. 그러나 인공의 교미가 없는 축류畜類의 교미는 풍경이 권태 그것인 것같이 권태 그것이다. 동리 동해童孩들에게도 젊은 촌부들에게도 흥미의 대상이 되지 않는다.

함석 대야는 그 본연의 빛을 일찍이 잃어버리고 그들의 피부색과 같이 붉고 검다. 아마 이 집 주인 아주머니가 시집을 때 가지고 온 것이리라.

세수를 해본다. 물조차가 미지근하다. 물조차가 이 무지한 더위에는 건딜 수 없었나 보다. 그러나 세수의 관례대로 세수를 마친다.

그리고 호박덩굴이 축 늘어진 울타리 밑 호박덩굴의 뿌리 돋친 데를 찾아서 그 물을 준다. 너라도 좀 생기를 내라고.

땀내 나는 수건으로 얼굴을 훔치고 툇마루에 걸터앉았자니까 내가 세수할 때 내곁에 늘어섰던 주인집 아이들 넷이 제각기 나를 본받아 그 대야를 사용하여 세수를 한다.

저 애들도 더워서 저러는구나 하였더니 그렇지 않다. 그 애들도 나처럼 일거수일투족을 어찌하였으면 좋을까 당황해하고 있는 권태들이었다. 다만 내가 세수하는 것을 보고 그럼 우리도 지 사람처럼 세수나 해볼까 하고 따라서 세수를 해보았다는 데 지나지 않는다.

5

원숭이가 사람의 흉내를 내는 것이 내 눈에는 참 밉다. 어쩌자고 여기 아이들은 내 흉내를 내는 것일까? 귀여운 촌동들을 원숭이를 만들어서는 안 된다.

나는 다시 개울가로 가본다. 썩은 물 늘어진 댑싸리 외에 아무것도 없다. 그러나 나는 거기 앉아서 이번에는 그 썩은 중의 웅덩이 속을 들여다본다.

순간 나는 진기한 현상을 목도한다. 무수한 오점이 방향을 정돈해 가면서 움직이고 있는 것이다. 이것은 생물임에 틀림없다. 송사리떼임에 틀림없다.

이 부패한 소택沼澤 속에 이런 앙증스러운 어족이 서식하리라고는 나는 참 꿈에도 생각지 못했다. 요리 몰리고 조리 몰리고 역시 먹을 것을 찾음이리라. 무엇을 먹고 사누. 버러지를 먹겠지. 그러나 송사리보다도 더 작은 버러지라는 것이 있을까!

잠시 가만 있지 않는다. 저물도록 움직인다. 대략 같은 동기와 같은 모양

으로들 그러는 것 같다. 동기! 역시 송사리의 세계에도 시급한 목적이 있는
모양이다.

차츰차츰 하류를 향하여 군중적으로 이동한다. 저렇게 하류로 하류로만
가다가 또 어쩔 작정인가. 아니 그들은 중로中路에서 또 상류를 향하여 거
슬러 올라올지도 모른다. 그러나 당장 하류로 향하여 가고 있는 것이 확실
하다. 하류로 하류로!

5분 후에는 그들의 모양이 보이지 않을 만큼 그들은 멀리 하류로 내려갔
다. 그리고 웅덩이는 아까와 같이 도로 썩은 물의 웅덩이로 조용해지고 말
았다.

나는 그 자리에서 일어나서 풀밭으로 가보기로 한다. 풀밭에는 암소 한
마리가 있다.

고 웅덩이 속에 고런 맹랑한 현상이 잠복해 있을 수 있다니, 하고 나는 적
잖이 흥분했다. 그러나 그 현상도 소낙비처럼 지나가고 말았으니 잊어버리
고 그만두는 수밖에.

소의 뿔은 벌써 소의 무기는 아니다. 소의 뿔은 오직 안경의 재료일 따름
이다. 소는 사람에게 얻어맞기로 위주니까 소에게는 무기가 필요 없다. 소의
뿔은 오직 동물학자를 위한 표지이다. 야우시대野牛時代에는 이것으로 적을
돌격한 일도 있습니다, 하는 마치 폐병廢兵의 가슴에 달린 훈장처럼 그 추억
성이 애상적이다.

암소의 뿔은 수소의 그것보다도 더한층 겸허하다. 이 애상적인 뿔이 나를
받을 리 없으니 나는 마음놓고 그 곁 풀밭에 가 누워도 좋다. 나는 누워서
우선 소를 본다.

소는 잠시 반추를 그치고 나를 응시한다.

'이 사람의 얼굴이 왜 이리 창백하냐. 아마 병인인가 보다. 내 생명에 위해
를 가하려는 거나 아닌지 나는 조심해야 되지.'

이렇게 소는 속으로 나를 심리審理하였으리라. 그러나 5분 후에는 소는 다시 반추를 계속하였다. 소보다도 내가 마음을 놓는다.

소는 식욕의 즐거움조차를 냉대할 수 있는 지상 최대의 권태자다. 얼마나 권태에 지질렀길래 이미 위에 들어간 식물을 다시 게워 그 시금털털한 반소화물의 미각을 역설적으로 향락하는 체해 보임이리오?

소의 체구가 크면 클수록 그의 권태도 크고 슬프다. 나는 소 앞에 누워 내 세균같이 사소한 고독을 겸손하면서, 나도 사색의 반추는 가능할는지 몰래 좀 생각해 본다.

6

길 복판에서 6, 7인의 아이들이 놀고 있다. 적발동부赤髮銅膚의 반라군半裸群이다. 그들의 혼탁한 안색, 흘린 콧물, 두른 베두렁이 벗은 웃통만을 가지고는 그들의 성별조차 거의 분간할 수 없다.

그러나 그들은 여아가 아니면 남아요 남아가 아니면 여아인, 결국에는 귀여운 5, 6세 내지 7, 8세의 '아이들'임에는 틀림없다. 이 아이들이 여기 길 한복판을 선택하여 유희하고 있다.

돌멩이를 주워 온다. 여기는 사금파리도 벽돌 조각도 없다. 이 빠진 그릇을 여기 사람들은 버리지 않는다.

그리고는 풀을 뜯어 온다. 풀, 이처럼 평범한 것이 또 있을까. 그들에게 있어서는 초록빛의 물건이란 어떤 것이고 간에 다시없이 심심한 것이다. 그러나 하는 수 없다. 곡식을 뜯는 것도 금제니까 풀 밖에 없다.

돌멩이로 풀을 짓찧는다. 푸르스레한 물이 돌에 가 염색된다. 그러면 그 돌과 그 풀은 팽개치고 또 다른 풀과 돌멩이를 가져다가 똑같은 짓을 반복한다. 한 10분 동안이나 아무 말이 없이 잠자코 이렇게 놀아 본다.

10분 만이면 권태가 온다. 풀도 싱겁고 돌도 싱겁다. 그러면 그 외에 무엇이 있나? 없다.

그들은 일제히 일어선다. 질서도 없고 충동의 재료도 없다. 다만 그저 앉았기 싫으니까 이번에는 일어서 보았을 뿐이다.

일어서서 두 팔을 높이 하늘을 향하여 쳐든다. 그리고 비명에 가까운 소리를 질러 본다. 그러더니 그냥 그 자리에서들 경중경중 뛴다. 그러면서 그 비명을 겸한다.

나는 이 광경을 보고 그만 눈물이 났다. 어쩌면 저렇게 즐거울까. 이들은 놀 줄조차 모른다. 어버이들은 너무 가난해서 이들 귀여운 애기들에게 장난감을 사다줄 수가 없었던 것이다.

이 하늘을 향하여 두 팔을 뻗치고 그리고 소리를 지르면서 뛰는 그들의 유희가 내 눈에는 암만해도 유희같이 생각되지 않는다. 하늘은 왜 저렇게 어제도 오늘은 내일도 푸르냐는 조물주에 대한 저주의 비명이 아니고 무엇이랴.

아이들은 짖을 줄조차 모르는 개들과 놀 수는 없다. 그렇다고 모이 찾느라고 눈이 벌건 닭들과 놀 수도 없다. 아버지도 어머니도 너무나 바쁘다. 언니 오빠조차 바쁘다. 역시 아이들은 아이들끼리 노는 수밖에 없다. 그런데 대체 무엇을 갖고 어떻게 놀아야 하나, 그들에게는 장난감 하나가 없는 그들에게는 영영 엄두가 나서지를 않는 것이다. 그들은 이렇듯 불행하다.

그 짓도 5분이다. 그 이상 더 길게 이 짓을 하자면 그들은 피로할 것이다. 순진한 그들이 무슨 까닭에 피로해야 되나? 그들은 위선 싱거워서 그 짓을 그만둔다.

그들은 도로 나란히 앉는다. 앉아서 소리가 없다. 무엇을 하나. 무슨 종류의 유희인지, 유희는 유희인 모양인데…… 이 권태의 왜소 인간들은 또 무슨 기상천외의 유희를 발명했나.

5분 후에 그들은 비키면서 하나씩 둘씩 일어선다. 제각각 대변을 한 무더기씩 누어 보았다. 아, 이것도 역시 그들의 유희였다. 속수무책의 그들 최후의 창작 유희였다. 그러나 그중 한 아이가 영 일어 나지를 않는다. 그는 대변이 나오지 않는다. 그럼 그는 이번 유희의 못난 낙오자임에 틀림없다. 분명히 다른 아이들 눈에 조소의 빛이 보인다. 아, 조물주여! 이들을 위하여 풍경과 완구를 주소서.

7

날이 어두워졌다. 해저와 같은 밤이 오는 것이다. 나는 자못 이상하다.

가만히 생각해 보면 나는 배가 고픈 모양이다. 이것이 정말이라면 그럼 나는 어째서 배가 고픈가. 무엇을 했다고 배가 고픈가.

자기 부패 작용이나 하고 있는 웅덩이 속을 실로 송사리떼가 쏘다니고 있더라. 그럼 내 장부臟腑 속으로도 나로서 자각할 수 없는 송사리떼가 준동하고 있나 보다. 아무튼 나는 밥을 아니 먹을 수는 없다.

밥상에는 마늘장아찌와 날된장과 풋고추 조림이 관성의 법칙처럼 놓여 있다. 그러나 먹을 때마다 이 음식이 내 입에 내 혀에 다르다. 그러나 나는 그 까닭을 설명할 수 없다.

마당에서 밥을 먹으면 머리 위에서 그 무수한 별들이 야단이다. 저것은 또 어쩌라는 것인가. 내게는 별이 천문학의 대상이 될 수 없다. 그렇다고 시상詩想의 대상도 아니다. 그것은 다만 향기도 촉감도 없는 절대 권태의 도달할 수 없는 영원한 피안이다. 별조차가 이렇게 싱겁다.

저녁을 마치고 밖으로 나와 보면 집집에서는 모깃불의 연기가 한창이다. 그들은 마당에서 멍석을 펴고 잔다. 별을 쳐다보면서 잔다. 그러나 그들은 별을 보지 않는다. 그 증거로는 그들은 멍석에 눕자마자 눈을 감는다. 그리고는 눈을 감자마자 쿨쿨 잠이 든다. 별은 그들과 관계없다.

나는 소화를 촉진시키느라고 길을 왔다 갔다 한다. 되돌아설 적마다 멍석 위에 누운 사람의 수가 늘어 간다.

이것이 시체와 무엇이 다를까? 먹고 잘 줄 아는 시체. 나는 이런 실례로운 생각을 정지해야만 되겠다. 그리고 나도 가서 자야겠다.

방에 돌아와 나는 나를 살펴본다. 모든 것에서 절연된 지금의 내 생활…… 자살의 단서조차를 찾을 길이 없는 지금의 내 생활은 과연 권태의 극, 그것이다.

그렇건만 내일이라는 것이 있다 다시는 날이 새지 않는 것 같기도 흰 밤 저쪽에 또 내일이라는 놈이 한 개 버티고 서 있다. 마치 흉맹한 형리처럼……. 나는 그 형리를 피할 수 없다. 오늘이 되어 버린 내일 속에서 또 나는 질식할 만큼 심심해해야 되고 기막힐 만큼 답답해해야 된다.

그럼 오늘 하루를 나는 어떻게 지냈던가. 이런 것은 생각할 필요가 없으리라. 그냥 자자! 자다가 불행히, 아니 다행히 또 깨거든 최 서방의 조카와 장기나 또 한판 두지. 웅덩이에 가서 송사리를 볼 수도 있고. 몇 가지 안 남은 기억을 소처럼 반추하면서 끝없이 나태를 즐기는 방법도 있지 않으냐.

불나비가 달려들어 불을 끈다. 불나비는 죽었든지 화상을 입었으리라. 그러나 불나비라는 놈은 사는 방법을 아는 놈이다. 불을 보면 뛰어들 줄도 알고, 평상에 불을 초조히 찾아다닐 줄도 아는 정열의 생물이니 말이다.

그러나 여기 어디 불을 찾으려는 정열이 있으며 뛰어들 불이 있느냐. 없다. 나에게는 아무것도 없는, 내 눈에는 아무것도 보이지 않는다.

암흑은 암흑인 이상 이 좁은 방 것이나 우주에 꽉 찬 것이나 분량상 차이가 없으리라. 나는 이 대소 없는 암흑 가운데 누워서 숨쉴 것도 어루만질 것도 또 욕심나는 것도 아무것도 없다. 다만 어디까지가야 끝이 날지 모르는 내일, 그것이 또 창밖에 등대等待하고 있는 것을 느끼면서 오들오들 떨고 있을 뿐이다.

1) 사세些細: 사소.

2) 송명松明: '관솔' 또는 '관솔불'.

3) 양구良久: 오랜 시간.

4) 수구瘦軀: 빼빼 마른 몸.

슬픈 이야기 — 어떤 두 주일 동안

거기는 참 오래간만에 가본 것입니다. 누가 거기를 가보라고 그랬나 모릅니다. 퍽 변했습디다. 그 전에 사생寫生하던 다리 아치가 모색暮色 속에 여전하고 시냇물도 그 밑을 조용히 흐르고 있습니다. 양 언덕은 잘 다듬어서 중간중간 연못처럼 물이 괴었고 자그마한 섬들이 아주 세간처럼 조촐하게 놓여 있습니다. 게서 시냇물을 따라 좀 올라가면 졸업기념으로 사진을 찍던 목교木橋가 있습니다. 그 시절 동무들은 다 뿔뿔이 헤어져서 지금은 안부조차 모릅니다. 나는 게까지는 가지 않고 걸상처럼 생긴 어느 나무토막에 가 앉아서 물속으로도 황혼이 오나 안 오나 들여다보고 앉았습니다. 잎새도 다 떨어진 나무들이 거꾸로 물속에 가 비쳤습니다. 또 전신주도 비쳤습니다. 물은 그런 틈바구니로 잘 빠져서 흐르나 봅니다. 그 내려놓은 풍경을 만져 보거나 하는 일이 없습니다. 바람 없는 저녁입니다.

그러더니 물속 전신주에 달린 전등에 불이 들어왔습니다. 마치 무슨 요긴한 '말씀' 같습니다—'밤이 오십니다'—나는 고개를 들어서 땅 위의 전신주를 보았습니다. 얼른 불이 켜집니다. 내가 안 보는 동안에 백주白晝를 한 병 담아 가지고 놀던 전등이 잠깐 한눈을 판 것도 같습니다. 그래 밤이 오나……

그러고 보니까 참 공기가 차갑습니다. 두루마기 아궁탱이[1] 속에서 바른손이 왼손을 아귀에 꼭 쥐고 땀을 흘리고 있습니다. 내 마음이 허공에 있거나 물속으로 가라앉았을 동안에도 육신은 육신끼리의 사랑을 잊어버리거나 게을리하지는 않는가 봅니다. 머리카락은 모자 속에서 헝클어진 채 끽소리가 없습니다. 어떻게 생각하면 이 가난한 모체母體를 의지하고 저러고 지내는 그 각 부분들이 무한히 측은한 것도 같습니다. 땅으로 치면 토박한 불모지 셈일 게니까. 눈도 퀭하니 힘이 없고 귀도 먼지가 잔뜩 앉아서 주접이 들었습니다. 목에서는 소리가 제대로 나기는 나지만 낡은 풍금처럼 다 윤택이 없습니다. 콧속도 그서 늘 도배한 것 낡은 것 모양으로 구중중합니다. 20여 년이나 하나를 믿고 다소곳이 따라 지내온 그네들이 여간 가엾고 또 끔찍한 것이 아닙니다. 이런 그윽한 충성을 지금 그냥 없이 하고 모체 나는 망하려 드는 것입니다.

일신의 식구들이(손, 코, 귀, 발, 허리, 종아리, 목 등) 주인의 심사를 무던히 짐작하나 봅니다. 이리 비켜서고 저리 비켜서고 서로서로 쳐다보기도 하고 불안스러워 하기도 하는 중에도 서로서로 의지하고 여전히 다소곳이 닥쳐올 일을 기다리고만 있는 것 같습니다. 그러는 동안에 꽤 어두워 들어왔습니다. 별이 한 분씩 두 분씩 모여들기 시작합니다. 어디서 오시나 굿 이브닝 뿔뿔이 이야기꽃이 피나 봅니다. 어떤 별은 좋은 궐련을 피우고 어떤 별은 정한 손수건으로 안경알을 닦기도 하고 또 기념촬영을 하는 패도 있나 봅니다. 나는 그런 오붓한 회장會場을 고개를 들어 보지 않고 차라리 물속으로 해서 쳐다봅니다. 시각이 거의 되었나 봅니다. 오늘 밤의 프로그램은 참 재미있는 여흥이 가지가지 있나 봅니다. 금단추를 단 순시巡視가 여기저기서 들창을 닫는 소리가 납니다. 갑자기 회장이 어두워지더니 모든 인원 얼굴이 활기를 띱니다. 중에는 가벼운 흥분 때문에 잠깐 입술이 떨리는 이도 있고 의미 있는 듯한 미소를 주고받으면서 눈을 끔벅하는 이들도 있나 봅니다. 안드로메다, 오리온, 이렇게 좌석을 정하고 궐련들도 다 꺼버렸습니다.

그때 누가 급히 회장 뒷문으로 허둥지둥 들어왔나 봅니다. 모든 별의 고개가 한쪽으로 일제히 기울어졌습니다. 근심스러운 체조, 그리고 숨결 죽이는 겸허로 하여 장내 넓은 하늘이 더 깊고 멀고 어둡고 멀어진 것 같습니다. 무슨 일인고? 넓은 하늘 맨 뒤까지 들리는 그윽하나 결코 거칠지 않은 목소리의 음악처럼 유량한 말씀이 들려옵니다. 여러분, 오늘 저녁에는 모두들 일찍 돌아가시라는 전령입니다. 우 들 일이니 봅니다. 베레모 검정 노사는 참 품品이 있어 보이고 또 서반아식 망토 자락도 퍽 보기 좋습니다. 에나멜 구두가 부드러운 융전絨氈²⁾을 딛는 소리가 빠드득빠드득 꽈리 부는 소리처럼 납니다. 뿔뿔이 걸어서들 갑니다. 인제는 회장이 텅 빈 것 같고 군데군데 전등이 몇 개 남아 있나 봅니다. 늙은 숙직인이 들어오더니 그나마 하나씩 둘씩 꺼들어 갑니다. 삽시간에 등불도 다 꺼지고 어둡고 답답한 하늘 넓이에는 추잉껌, 캐러멜 껍데기가 여기저기 헤어져 있습니다.

무슨 일이 있으려나. 대궐에 초상이 났나 보다. 나는 팔짱을 끼고 오랫동안 잊어버렸던 우두 자국을 만져 보았습니다. 우리 어머니도 우리 아버지도 다 얽으셨습니다. 그분들은 다 마음이 착하십니다. 우리 아버지는 손톱이 일곱밖에 없습니다. 궁내부 활판소에 다니실 적에 손가락 셋을 두 번에 잘리우셨습니다. 우리 어머니는 생일도 이름도 모르십니다. 맨 처음부터 친정이 없는 까닭입니다. 나는 외갓집 있는 사람이 퍽 부럽습니다. 그러나 우리 아버지는 장모 있는 사람을 부러워하시지는 않으십니다. 나는 그분들께 돈을 갖다 드린 일도 없고 엿을 사다 드린 일도 없고 또 한 번도 절을 해본 일도 없습니다. 그분들이 내게 경제화經濟靴³⁾를 사주시면 나는 그것을 신고 그분들이 모르는 골목길로만 다녀서 다 해뜨려 버렸습니다. 그 분들이 월사금을 주시면 나는 그분들이 못 알아보시는 글자만을 골라서 배웠습니다. 그랬건만 한 번도 나를 사살⁴⁾하신 일이 없습니다. 젖 떨어져서 나갔다가 23년

만에 돌아와 보았더니 여전히 가난하게들 사십디다. 어머니는 내 대님과 허리띠를 접어 주셨습니다. 아버지는 내 모자와 양복저고리를 걸기 위한 못을 박으셨습니다. 동생도 다 자랐고 막내누이도 새악시 꼴이 단단히 박였습니다. 그렇건만 나는 돈을 벌 줄 모릅니다. 어떻게 하면 돈을 버나요, 못 법니다. 못 법니다.

동무도 없어졌습니다. 내게는 어른도 없습니다. 버릇도 없습니다. 뚝심도 없습니다. 손이 내 뺨을 만집니다. 남의 손같이 차디차구나. '무슨 생각을 그렇게 하시나요? 이렇게 야위었는데.' 모체가 망하려 드는 기색을 알아차렸나 봅니다. 이내 위문慰問이 끊이지 않습니다. 그러면 무얼 하나 속절없지. 내 마음은 벌써 내 마음 최후의 재산이던 기사記事들까지도 몰래 다 내다 버렸습니다. 약 한 봉지와 물 한 보시기가 남아 있습니다. 어느 날이고 밤 깊이 너희들이 잠든 틈을 타서 살짝 망하리라. 그 생각이 하나 적혀 있을 뿐입니다. 우리 어머니 아버지께는 고하지 않고 우리 친구들께는 전화 걸지 않고 기아棄兒하듯이 망하렵니다.

하하, 비가 오시기 시작입니다. 살랑살랑 물 위에 파문이 어지럽습니다. 고무신 신은 사람처럼 소리가 없습니다. 눈물보다도 고요합니다. 공기는 한층이나 더 차갑습니다. 까치나 한 마리…… 참, 이 스며들 듯 하는 비에 까치집이 새지나 않나 모르겠습니다. 인제는 까치들도 살기가 어려워서 경성 근방에서는 다 없어졌나 봅디다. 이렇듯 굳은비가 오는 밤에는 우는 사람이 많을 것입니다. 건너편 양옥집 들창이 유달리 환하더니 인제 누가 그 들창을 안으로 닫쳐 버립니다. 따뜻한 방이 눈을 감고 실없는 장난을 하려나 봅니다. 마음대로 하라지요. 하지만 한데는 너무 춥고 빗방울은 차차 굵어 갑니다. 비가 오네, 비가 오누나. 인제 비가 들기만 하면 날이 득하렷다. [5] 그런 계절에 대한 근심이 마음을 불안하게 하는 때 나는 사람이 불현 듯 그리워지나 봅니다. 내 곁에는 내 여인이 그저 벙어리처럼 서 있는 채입니다. 나는 가만히 여인의 얼굴을 쳐다보면 참 희고도 애처롭습니다. 여인은 그 전에 월광 아래 오래오래 놀던 세월이 있었나 봅니다. 아, 저런 얼굴에…… 그러나 입 맞출 자리가 하나도 없습니다. 입 맞출 자리란 말하자면 얼굴 중에도 정히 아무것도 아닌 자그마한 빈 터전이어야만 합니다. 그렇건만 이 여인의 얼굴에는 그런 공지가 한 군데도 없습니다. 나는 이 태엽을 감아도 소리 안 나는 여인을 가만히 가져다가 내 마음에다 놓아 두는 중입니다. 텅텅 빈 내 모체가 말할 때에 나는 이 '기믄'[6]과 같은 여인을 체滯한 채 그러렵니다. 이 여인은 내 마음의 잃어버린 제목입니다. 그리고 미구에 내다 버릴 내 마음 잠깐 걸어 두는 한 개 못입니다. 육신의 각 부분들도 이 모체의 허망한 것을 묵인하고 있나 봅니다. 여인, 내 그대 몸에는 손가락 하나 대지 않으리다. 죽읍시다. "더블 플라토닉 슈사이드[7]인가요?" 아니지요, 두 개의 싱글 슈사이드지요. 나는 수 첩을 꺼내서 짚었습니다. 오늘이 11월 16일이고, 오는 오는 공일날이 12월 1일이고 그렇다고. "두 주일이군요." 참 그렇군요. 여인의 창호지같이 창백한 얼굴에 금이 가면서 그리로 웃음이 가만히 내다 보나 봅니다. 여인은 내 그윽한 공책에다 악보처럼 생긴 글자로 증 서를 하나 쓰고 지장을 찍어 주었습니다. "틀림없이 같이 죽어 드리기로." 네, 감사하다 뿐이겠습니까. 나는 내가 제일 좋아하는 노래를 생각하고 휘파람을 불었습니다. 나는 세상의 모든 죄송스러운 일을 잊어버리기로 결심하였습니다. 그리고 깨끗한 손수건을 기처럼 흔들었습니다. 패배의 기념입니다. "저기 저 자동차들은 비가 오는데 어디를 저렇게 갑니까?" 네, 그 고개 너머 성모의 시장이 있습니다. "1원짜리가 있다니 정말 불을 지르고 싶습니다." 왜요. 자동차들은 헤드라이트로 물을 튀기면서 언덕 너머로 언덕 너머로 몰려 갑니다. 오늘같이 척척한 밤공기 속에서는 분도 좀더 발라야 하고 향수도 좀더 강렬한 것이 소용될 것 같습니다. 참 척척합니다. 비는 인제 제법 옵니다. 모자 차양에서도 물이 뚝뚝 떨어집니다. 두루마기는 속속들이 젖어서 인제는 저고리가 젖기 시작했습니다. 아무도 보는 사람이 없습니다. 아무도 없는데 뉘에다가 부끄러워해야 합니까? 나는 누구나 만나거든 부끄러워해 드리렵니다. 그러나 그이는 내가 왜 부끄러워하는지 모릅니다. 내 속에 사는 악마는 고생살이 많이 한 사람 모양으로 키가 작습니다. 또 체중도 몇 푼어치 안 되나 봅니다. 악마는 어디 가서 횡재를 하고 돌아왔습니다. 장갑을 벗으면서 초췌하나 즐거운 얼굴을 잠깐 거울 속으로 엿보나 봅니다. 그리고 나서는 깨끗한 도화지 위에 단색으로 풍경화를 한 장 그립니다.

거기도 언젠가 한번은 왔다 간 일이 있는 항구입니다. 날이 좀 흐렸습니다. 반찬도 맛이 없습니다. 젊은 사람이 젊은 여인을 곁에 세우고 우체통에 편지를 넣습니다. 찰삭, 어둠은 물과 같이 출렁출렁 하나 봅니다. 우체통 안으로 꼭두서니 빗물이 차갑게 튀어서 편지가 젖었을까 생각해 봅니다. 젊은 사람은 입맛을 다시더니 곁에 섰던 여인과 어깨를 나란히 부두를 향하여 걸어갑니다. 몇 시나 되었나…… 4시? 해는 어지간히 서로 기울고 음산한 바람이 밀물 냄새를 품고 불어옵니다. "담배를 다섯 갑만 주십시오. 그리고 50전짜리 초콜릿도 하나 주십시오." 여보 하릴없이 실감개 같지……. "자, 안녕히 계십시오." 골목은 길고 포도鋪道에는 귤 껍질이 여기저기 헤어졌습니다. 뚜— 부두에서 들려오는 기적 소리가 분명합니다. 뚜— 이 뚜— 소리에는 옅은 보라색을 칠해야 합니다. '부두요'올시다. 에그, 여기도 버스가 있구려. 마스트 위에서 깃발이 오늘은 숨이 차서 헐떡헐떡 야단입니다. 젊은 사람은 앞가슴 둘째 단추를 빼어 놓습니다. 누가 암살을 하면 어떻게 하게? 축항築港 물은 그냥 마루쟁[8]처럼 검습니다. 나무토막이 떴습니다. 저놈은 대체 어디서 떨어져 나온 놈인구? 참, 갈매기가 나네. 오늘은 헌 옷을 입었습니다. 허공 중에도 길이 진가 봅니다. 자, 탑시다. 선벽船壁은 검고 굴딱지가 많이 붙었습니다. 하여간 탑시다. 시간이 된 모양이지. 뚜— 뚜뚜— 떠나나 보오. 나 좀 드러눕겠소. "저도요." 좀 똥그란 들창으로 좀 내다봐야

겠군. 항구에는 불이 들어왔습니다. 여인의 이마를 좀 짚어 봅니다. 따끈따
끈해요. 팔팔 끓습니다. 어쩌나…… 그러지 마우. 담배를 피워 물었습니다.
한 개 피우고, 두 개 피우고, 잇대어 세 개 피우고, 네 개, 다섯 개, 이렇게 해
서 쉰 개를 피우는 동안에 결심을 하면 됩니다. 여보, 그동안에 당신을랑 초
콜렛이나 잡수시오. 선실에도 다 불이 켜졌습니다. 모두들 피곤한가 봅니
다. 마흔 개, 마흔한 개…… 이렇게 해서 어느 사이에 마흔아홉 개를 태워
버렸습니다. 혀가 아려서 못 견디겠습니다. 초저녁이 흔들립니다. 여보, 이
꽁초 늘어선 것 좀 봐요! 마흔아홉 개요. 일어나요. 인제 갑판으로 나갑시
다. 여인은 다소곳이 일어나건만 여전히 말이 없습니다. 흐렸군. 별도 없이
바다는 그냥 문을 닫은 것처럼 어둡습니다. 소금내 나는 바람이 여인의 치
맛자락을 날립니다. 한 개 남은 담배에 불을 붙여 물고, 요거 한 대가 다 타
는 동안에 마지막 결심을 하면 됩니다. 여보 섭지는 않소? 여인은 머리를 좌
우로 흔들었습니다. 다 탔소. 문을 닫아라. 배를 벗어 버리는 미끄러운 소
리…… 답답한 야음을 떠미는 힘든 소리…… 바다가 깨어지는 요란한 소
리…… 굿바이. 악마는 이 그림 한구석에 차근차근히 사인을 하였습니다.

두 주일이 속절없이 지나가고 공일날이 닥쳐왔습니다. 강변 모래밭을 나
는 여인과 함께 걷고 있었습니다. 나는 기침을 합니다. 콜록 콜록— 코올
록— 감기가 촉생觸生이 되었습니다. 바람이 상류를 향하여 인정 없이 불어
옵니다. 내 포켓에는 걱정이 하나 가뜩 들어 있습니다. 여인은 오늘 유달리
키가 작아 보이고 또 생기가 없어 보입니다. 내 그럴 줄을 알았지요. 당신은
너무 젊습니다. 그렇게 젊은 몸으로 이렇게 자꾸 기일이 천연遷延[9]되는 데에
서 나는 불안이 점점 커갈 뿐입니다. 바람을 띵띵 먹은 돛폭을 둘씩 셋씩 세
워서 상가선商賈船은 뒤에 뒤이어 올라가고 있습니다. 노래나 한마디 하시
구려. 하늘은 차고 땅은 젖었습니다. 과자보다도 가벼운 여인의 체중이었
습니다. 나는 돌아서서 간신히 담배를 붙여 물고 겸사겸사 한숨을 쉬었습니

다. 기침이 납니다. 저리 가봅시다. 방풍림 우거진 속으로 철로가 놓여 있습니다. 까치 한 마리도 없이 낙엽은 낙엽대로 쌓여서 이 세상에 이렇게 황량한 데가 또 있겠습니까? 나는 여인의 팔짱을 끼고 질컥질컥하는 낙엽을 디디면서 동으로 동으로 걸었습니다. 자갈 실은 화물차가 자그마한 기적을 울리면서 우리 곁으로 지나갑니다. 우리는 서서 그 동화 같은 풍경을 한없이 바라보았습니다. 가끔 가다가는 낙엽 위로 길도 있습니다. 그러나 사람은 하나도 만날 수가 없습니다. 어디까지든지 황량한 인외경人外境입니다. 나는 야트막한 여인의 어깨를 어루만지면서 그 장미처럼 생긴 귀에다 대고 부드러운 발음을 하였습니다. 집에 갑시다. "싫어요. 저는 오늘 아주 나왔세요." 닷새만 더 참아요. "참지요…… 그러나 그렇게까지 해서라도 꼭 죽어야 되나요?" "그러믄요. 죽은 셈치고 그 영혼을 제게 빌려 주실 수는 없나요?" 안 됩니다. "언제든지 죽어드 리겠다는 저당을 붙여도?" 네.

세상에 이런 일도 또 있습니까? 나는 주머니 속에서 몇 벌 편지를 꺼내서는 그 자리에서 다 찢어 버렸습니다. 군君이 이 편지를 받았을 때에는 나는 벌써 아무개와 함께 이 세상 사람이 아니리라는 내 마지막 허영심의 레터 페이퍼들이었습니다. 그러나 그게 뭐란 말입니까? 과연 지금 나로서는 혼자 내 한 명命을 끊을 만한 자신이 없습니다. 수양이 못 되었습니다. 그러나 힘써 얻어 보오리다. 까치도 오지 않는 이 그윽한 수풀 속에 이 무슨 난데없는 떼 상장喪章이 쏟아진 것입니다. 여인은 새파래졌습니다.

— 주

1) 아궁탱이: '아가리'의 방언.

2) 융전絨氈: 융단.

3) 경제화經濟靴: 예전에 신던 마른신의 하나. 앞부리는 뾰족하며 울이 깊고, 앞에 솔기가 없이 한 조각의 헝겊이나 가죽으로 만든 것으로 오른편짝과 왼편짝의 구별이 없다.

4) 사살: 잔소리. 사설.

5) 득하렸다: 날씨가 갑자기 추워지렸다.

6) 시몬: 구르몽의 시 「낙엽」에 나오는 이름.

7) 더블 플라토닉 슈사이드(double platonic suicide): 한 쌍의 플라토닉 정사.

8) 마루쟁(丸線): '돛대줄'을 가리키는 일어.

9) 천연遷延: 일이나 날짜 따위를 미루고 지체함.

실낙원

소녀

소녀는 확실히 누구의 사진인가 보다. 언제든지 잠자코 있다.

소녀는 때때로 복통이 난다. 누가 연필로 장난을 한 까닭이다. 연필은
유독하다. 그럴 때마다 소녀는 탄환을 삼킨 사람처럼 창백하다고 한다.

소녀는 또 때때로 각혈한다. 그것은 부상한 나비가 와서 앉는 까닭이다.
그 거미줄 같은 나뭇가지는 나비의 체중에도 견디지 못한다. 나뭇가지는 부
러지고 만다.

소녀는 단정短艇[1] 가운데 있었다. 군중과 나비를 피하여. 냉각된 수압이,
냉각된 유리의 기압이, 소녀에게 시각만을 남겨 주었다. 그리고 허다한 독서
가 시작된다. 덮은 책 속에 혹은 서재 어떤 틈에 곧잘 한 장의 '얄따란 것'이
되어 버려서는 숨고 한다. 내 활자에 소녀의 살결 냄새가 섞여 있다. 내 제본
에 소녀의 인두 자국이 남아 있다. 이것만은 어떤 강렬한 향수로도 헷갈리게

하는 수는 없을…….

사람들은 그 소녀를 내 처라고 해서 비난하였다. 듣기 싫다. 거짓말이다. 정말 이 소녀를 본 놈은 하나도 없다.

그러나 소녀는 누구든지의 처가 아니면 안 된다. 내 자궁 가운데 소녀는 무엇인지를 낳아 놓았으니, 그러나 나는 아직 그것을 분만하지 않았다. 이런 소름 끼치는 지식을 내버리지 않고야 그렇다는 것이 체내에 먹어 들어오는 연탄鉛彈[2]처럼 나를 부식시켜 버리고야 말 것이다.

나는 이 소녀를 화장火葬해 버리고 그만두었다. 내 비공鼻孔으로 종이 탈 때, 나는 그런 냄새가 어느 때까지라도 저회低徊하면서 사라지려 들지 않았다.

육친의 장

기독基督에 혹사酷似한 한 사람의 남루한 사나이가 있었다. 다만 기독에 비하여 눌변이요 어지간히 무지한 것만이 틀리다면 틀렸다.

연기年紀[3] 50 유有 1.

나는 이 모조 기독을 암살하지 아니하면 안 된다. 그렇지 아니하면 내 일생을 압수하려는 기색이 바야흐로 농후하다.

한 다리를 절름거리는 여인. 이 한 사람이 언제든지 돌아선 자세로 내게 육박한다. 내 근육과 골편과 또 약소한 입방立方[4]의 혈청과의 원가상환을 청구하는 모양이다. 그러나 내게 그만한 금전이 있을까. 나는 소설을 써야 서문도 안 된다. 이런 흉장胸臟의 배상금을 도리어 물어내라 그러고 싶다. 그러나 어쩌면 저렇게 심술궂은 여인일까. 나는 이 추악한 여인으로부터도 도망하지 아니하면 안 된다.

단 한 개의 상아 스틱, 단 한 개의 풍선.

묘혈에 계신 백골까지 내게 무엇인가를 강요하고 있다. 그 인감은 이미 실효된 지 오랜 줄은 꿈에도 생각하지 않고(그 대상代價으로 나는 내 지능의 전부를 포기하리라).

7년이 지나면 인간 전신의 세포가 최후의 하나까지 교체된다고 한다. 7년 동안 나는 이 육친들과 관계없는 식사를 하리라. 그리고 당신네들을 위하는 것도 아니고 또 7년 동안은 나를 위하는 것도 아닌 새로운 혈통을 얻어 보겠다—하는 생각을 하여서는 안 된다.

돌려보내라고 하느냐. 7년 동안 금붕어처럼 개흙만을 토하고 지내면 된다. 아니, 미여기[5]처럼.

실낙원

천사는 아무 데도 없다. 파라다이스는 빈 터다.

나는 때때로 2, 3인의 천사를 만나는 수가 있다. 제각각 다 쉽사리 내게 키스하여 준다. 그러나 홀연히 그 당장에서 죽어 버린다. 마치 웅봉雄蜂처럼…….

천사는 천사끼리 싸움을 하였다는 소문도 있다.

나는 B군에게 내가 향유하고 있는 천사의 시체를 처분하여 버릴 취지를 이야기할 작정이다. 여러 사람을 웃길 수도 있을 것이다. 사실 S군 같은 사람은 깔깔 웃을 것이다. 그것은 S군은 5척이나 넘는 훌륭한 천사의 시체를 10년 동안이나 충실하게 보관하여온 경험이 있는 사람이니까…….

천사를 다시 불러서 돌아오게 하는 응원기 같은 기는 없을까.

천사는 왜 그렇게 지옥을 좋아하는지 모르겠다. 지옥의 매력이 천사에게도 차차 알려진 것도 같다.

천사의 키스에는 색색이 독이 들어 있다. 키스를 당한 사람은 꼭 무슨 병이든지 앓다가 그만 죽어 버리는 것이 예사다.

면경面鏡

철필 달린 펜촉이 하나. 잉크병. 글자가 적혀 있는 지편紙片(모두가 한 사람치).

부근에는 아무도 없는 것 같다. 그리고 그것은 읽을 수 없는 학문인가 싶다. 남아 있는 체취를 유리의 '냉담한 것'이 덕德하지 아니 하니, 그 비장한 최후의 학자는 어떤 사람이었는지 조사할 길이 없다. 이 간단한 장치의 정물은 투탕카멘[6]처럼 적적하고 기쁨을 보이지 않는다.

피만 있으면, 최후의 혈구 하나가 죽지만 않았으면 생명은 어떻게라도 보존되어 있을 것이다.

피가 있을까. 혈흔을 본 사람이 있나. 그러나 그 난해한 문학의 끄트머리에 사인이 없다. 그 사람은(만일 그 사람이라는 사람이 그 사람이라는 사람이라면) 아마 돌아오리라.

죽지는 않았을까. 최후의 한 사람의 병사의, 논공조차 행하지 않을 영예를 일신에 지고. 지리하다. 그는 필시 돌아올 것인가. 그래서는 피로에 가늘어진 손가락을 놀려서는 저 정물을 운전할 것인가.

그러면서도 결코 기뻐하는 기색을 보이지는 아니하리라. 지껄이지도 않을 것이다. 문학이 되어 버리는 잉크에 냉담하리라. 그러나 지금은 한없는 정밀靜謐이다. 기뻐하는 것을 거절하는 투박한 정물이다.

정물은 부득부득 피곤하리라. 유리는 창백하다. 정물은 골편까지도 노출한다.

시계는 좌향으로 움직이고 있다. 그것은 무엇을 계산하는 미터일까. 그러나 그 사람이라는 사람은 피곤하였을 것도 같다. 저 칼로리의 삭감. 모든 기계는 연한이다. 거진거진 잔인한 정물이다. 그 강의불굴剛毅不屈하는 시인은 왜 돌아오지 아니할까. 과연 전사하였을까.

정물 가운데 정물이 정물 가운데 정물을 저며 내고 있다. 잔인하지 아니하냐.

초침을 포위하는 유리 덩어리에 담긴 지문은 소생하지 아니하면 안 될 것이다. 그 비장한 학자의 주의를 환기하기 위하여.

자화상(습작)

여기는 도무지 어느 나라인지 분간할 수 없다. 거기는 태고와 전승하는 판도版圖가 있을 뿐이다. 여기는 폐허다. 피라미드와 같은 코가 있다. 그 구멍으로는 '유구한 것'이 드나들고 있다. 공기는 퇴색되지 않는다. 그것은 선조가 혹은 내 전신이 호흡하던 바로 그것이다. 동공에는 창공이 의고하여 있으니 태고의 영상의 약도다. 여기는 아무 기억도 유언되어 있지는 않다. 문자가 닳아 없어진 석비처럼 문명에 잡다한 것이 귀를 그냥 지나갈 뿐이다. 누구는 이것이 데드마스크라고 그랬다. 또 누구는 데드마스크는 도적맞았다고도 그랬다.

죽음은 서리와 같이 내려 있다. 풀이 말라 버리듯이 수염은 자라지 않은 채 거칠어갈 뿐이다. 그리고 천기天氣 모양에 따라서 입은 커다란 소리로 외친다. 수류水流처럼.

월상月像

그 수염 난 사람은 시계를 꺼내어 보았다. 나도 시계를 꺼내어 보았다. 늦었다고 그랬다.

일주야나 늦어서 달은 떴다. 그러나 그것은 너무나 심통한 차림 차림이었다. 만신창이…… 아마 혈우병인가도 싶었다.

지상에는 금시 산비酸鼻[7]할 악취가 미만히였디. 니는 달이 있는 빈대 방향으로 걷기 시작하였다. 나는 걱정하였다. 어떻게 달이 저렇게 비참한가 하는…….

작일昨日의 일을 생각하였다. 그 암흑을, 그리고 내일의 일도, 그 암흑을…….

달은 지지하게도 행진하지 않는다. 나의 그 겨우 있는 그림자가 상하上下하였다. 달은 제 체중에 견디기 어려운 것 같았다. 그리고 내일의 암흑의 불길을 징후하였다. 나는 이제는 다른 말을 찾아내지 않으면 안 되게 되었다.

나는 엄동과 같은 천문과 싸워야 한다. 빙하와 설산 가운데 동결하지 않으면 안 된다. 그리고 나는 달에 대한 일은 모두 잊어버려야 한다. 새로운 달을 발견하기 위하여.

금시로 나는 도도한 대음향을 들으리라. 달은 타락할 것이다. 지구는 피투성이가 되리라.

사람들은 전율하리라. 부상한 달의 악혈 가운데 유영하면서 드디어 결빙하여 버리고 말 것이다.

이상한 괴기가 내 골수에 침입하여 들어오는가 싶다. 태양은 단념한 지상

최후의 비극을 나만이 예감할 수가 있을 것 같다.

드디어 나는 내 전방에 질주하는 내 그림자를 추격하여 앞설 수 있었다. 내 뒤에 꼬리를 이끌며, 내 그림자가 나를 쫓는다.

내 앞에 달이 있다. 새로운, 새로운, 불과 같은, 혹은 화려한 홍수 같은…….

─ 주

1) 단정短艇: 작은 배.

2) 연탄鉛彈: 납으로 만든 탄환.

3) 연기年紀: 대강의 나이.

4) 입방立方: '세제곱'의 옛날 용어.

5) 미여기: '메기'의 방언.

6) 투탕카멘(Tutankhamen, ?~?): BC 14세기에 활동한 이집트의 왕(BC 1333~1323 재위). 1922년에 손상되지 않은 상태로 발굴된 무덤으로 유명하다.

7) 산비酸鼻: 슬프거나 참혹하여 콧마루가 시큰하다.

병상 이후

그는 의사의 얼굴을 몇 번이나 쳐다보았다. '의사도 인간이다, 나 하고 조금도 다를 것이 없는!' 이렇게 속으로 아무리 부르짖어 보았으나 그는 의사를 한낱 위대한 마법사나 예언자 쳐다보듯이 보지 아니할 수 없었다. 의사는 붙잡았던 그의 팔목을 놓았다(가만히). 그는 그것이 한없이 섭섭하였다. 부족하였다. '왜 벌써 놓을까, 왜 고만 놓을까? 그만 보아 가지고도 이 묵은 중병자를 뚫어 들여다볼 수가 있을까.' 꾸지람 듣는 어린아이가 할아버지의 눈치를 쳐다보듯이 그는 가련(참으로)한 눈으로 의사의 얼굴을 언제까지라도 쳐다보아 고만두려고는 하지 않았다. 의사는 얼굴을 십장생화 붙은 방문 쪽으로 돌이킨 채 눈은 천장에 꽂아 놓고 무엇인지 길이 깊이 생각하는 것 같더니 길게 한숨하였다. 꽉 다물어져 있는 의사의 입은 그가 아무리 쳐다보아도 열릴 것 같지는 않았다.

안방에서 들리는 담소의 소리에서 의사의 웃음소리가 누구의 것보다도 가장 큰 것을 그는 들을 수 있었다. 모든 것은 눈물날 만큼 분하였다. 그러나 '자기의 병이 그다지 중하지는 아니하기에 저렇지.' 하는 생각도 들어, 한편으로는 자그마한 안심을 가져오게 할 수도 있었다. 그러나 그러는 가운

데에도 그가 잊을 수 없는 것은 그의 팔목을 잡았을 때의 의사의 얼굴에서
부터 방산해 오는 술의 취기 그것이었다. '술을 마시고도 정확한 진찰을 할
수 있나.' 이런 생각을 하여 가며 그래도 그는 그의 가슴을 자제하였다. 그
리고 의사를 믿었다(그것은 억지로가 아니라 그는 그렇게도 의사를 태산같이 믿었
다). 그러나 안방에서 나오는 의사의 큰 웃음소리를 그가 누워서 귀에 들을
수 있었을 때에 '내 병 같은 것은 안중에도 없지! 술을 마시고 와서 장난으로
내 팔목을 잡았지, 그 수심스러운 무엇인가를 숙고하는 것 같은 얼굴의 표
정도 다 일종의 도화극道化劇[1]이었지! 아, 아, 중요하지도 않은 인간' 이런
제어할 수 없는 상념이 열에 고조된 그의 머리에 좁은 구멍으로 뽑아내는 철
쇄鐵鎖[2]처럼 뒤이어 일어났다. 혼자 애썼다. 그러는 동안에도 "아, 고만하세
요, 전작이 있어서 이렇게 많이는 못 합니다." 의사가 권하는 술잔을 사양하
는 이러한 소리와 함께 술잔이 무엇엔가 부딪히는 쨍그렁 하는 금속성 음향
까지도 구별해 내며 의식할 수 있을 만큼 그의 머리는 아직도 그다지 냉정을
상실하지는 않았다.

의사 믿기를 하느님같이 하는 그가 약을 전혀 먹지 않는 것은 그 무슨 모
순인지 알 수 없다. 한밤중에 달여 들여오는 약을 볼 때 우선 그는 '먹기 싫
다'를 느꼈다. 그의 찌푸려진 지 오래인 양미간은 더 한층이나 깊디깊은 흠
[溝]을 짓지 아니하면 아니 되었다. 아무리 바라보았으나 그 누르끄레한 액
체의 한 탕기湯器가 묵고 묵은 그의 중병(단지 지금의 형세만으로도 훌륭한 중
병환자의 자격을 가지고 있다)을 고칠 수 있을까 믿기는 예수 믿기보다도 그에
게는 어려웠다.

목은 그대로 타들어온다. 밤이 깊어 갈수록 신열이 점점 더 높아 가고 의
식은 상실되어 몽현간夢現間을 왕래하고, 바른편 가슴은 펄펄 뛸 만큼 아파
들어오는 것이었다. 무엇보다도 우선 가슴 아픈 것만이라도 나았으면 그래

도 살 것 같다. 그의 의식이 상실되는 것도 다만 가슴 아픈 데 원인될 따름이었다(적어도 그에게는 그렇게 생각되었다).

'나의 아프고 고로운 것을 하늘이나 땅이나 알지 누가 아나.' 이러한 우스꽝스러운 말을 그는 그대로 자신에서 경험하였다. 약물이 머리맡에 놓인 채로 그는 그대로 혼수상태에 빠져 있었다. 얼마 후에 깨어났을 때에는 그의 전신에는 문자 그대로 땀이 눈으로 보는 동안에 커다란 방울을 지어 가며 황백색 피부에서 쏟아져 솟았다. 그는 거의 기능까지도 정지되어가는 눈을 쳐들어 벽에 붙은 시계를 보았다. 약 들어온 지 10분, 그동안이 그에게는 마치 장년월長年月의 외국어행에서 돌아온 것만 같은 느낌이었다. 약탕기를 들었을 때에 약은 냉수와 마찬가지로 식었다. '나는 이다지도 중요하지 않은 인간이다. 이렇게 약이 식어 버리도록 이것을 마시라는 말 한마디 하여 주는 사람이 없으니.' 그는 그것을 그대로 들이마셨다. 거의 절망적 기분으로, 그러나 말라빠진 그의 목을 그것은 훌륭히 축여 주었다.

얼마 동안이나 그의 의식은 분명하였다. 빈약한 등광燈光 밑에 한 쪽으로 기울어져 가며 담벼락에 기대어 있는 그의 우인友人의 〈몽국풍경夢國風景〉의 불운한 작품을 물끄러미 바라다보았다. 평소 같으면 그 화면이 몹시 눈이 부시어서(밤에만) 이렇게 오랫동안 계속하여 바라볼 수 없었을 것을 그만하여도 그의 시각은 자극에 대하여 무감각이 되었었다. 몽롱히 떠올라 오는 그동안 수개월의 기억이(더욱이) 그를 다시 몽현왕래夢現往來의 혼수상태로 이끌었다. 그 난의식亂意識 가운데서도 그는 동요動搖가 왔다—이것을 나는 근본적인 줄만 알았다. 그때에 나는 과연 한때의 참혹한 걸인이었다. 그러나 오늘날까지의 거짓을 버리고 참에서 살아갈 수 있는 '인간'이 되었다—나는 이렇게만 믿었다. 그러나, 그것도 사실에 있어서는 근본적은 아니었다. 감정으로만 살아나가는 가엾은 한 곤충의 내적파문에 지나지 않았던 것을 나는 발견하였다. 나는 또한 나로서도, 또 나의 주위의 모든 것에 대하여 굉장한 무엇을 분명히 창작(?)하였는데, 그것이 무슨 모양인지 무엇인지 등은 도무지 기억할 길이 없는 것은 당연한 일이다.

그동안 수개월 그는 극도의 절망 속에 살아왔다(이런 말이 있을 수 있다면 그는 '죽어 왔다'는 것이 더 정확하겠다). 급기야 그가 병상에 쓰러지지 아니하면 아니 되었을 순간, 그는 '죽음은 과연 자연적으로 왔다'를 느꼈다. 그러나 하루 이틀 누워 있는 동안 생리적으로 죽음에 가까이까지에 빠진 그는 타오르는 듯한 희망과 야욕을 가슴 가득히 채웠던 것이다. 의식이 자기로 회복되는 사이사이 그는 이 오래간만에 맛보는 새 힘에 졸리었다(보채어졌다). 나날이 말라 들어가는 그의 체구가 그에게는 마치 강철로 만든 것으로만, 결코 죽거나 할 것이 아닌 것으로만 자신自信되었다.

그가 쓰러지던 그날 밤(그전부터 그는 드러누웠었다. 그러나 의식을 잃기 시작하기는 그날 밤이 첫 밤이었다) 그는 그의 우인에게서 길고 긴 편지를 받았다. 그것은 글로서 졸렬한 것이겠다 하겠으나 한 순한 인간의 비통을 초抄한 인간 기록이었다. 그는 그것을 다 읽는 동안에 무서운 원시성의 힘을 느꼈다. 그의 가슴속에는 보는 동안에 캄캄한 구름이 전후를 가릴 수도 없이 가득히 엉키어 들었다. '참을 가지고 나를 대하여 주는 이 순한 인간에게 대하여 어째 나는 거짓을 가지고만밖에는 대할 수 없는 것은 이 무슨 슬퍼할 만한 일이냐.' 그는 그대로 배를 방바닥에 댄 채 엎드렸다. 그의 아픈 몸과 함께 그의 마음도 차츰차츰 아파 들어왔다. 그는 더 참을 수는 없었다. 원고지 틈에 끼워져 있는 '3030' 용지를 꺼내어 한두 자 쓰기를 시작하였다.

'그렇다, 나는 확실히 거짓에 살아왔다. 그때에 나에게는 체험을 반려伴侶한 무서운 동요가 왔다. 이것을 나는 근본적인 줄만 알았다. 그때에 나는 과연 한때의 참혹한 걸인이었다. 그러나 오늘까지의 거짓을 버리고 참에서 살아갈 수 있는 '인간'이 되었다. 나는 이렇게만 믿었다. 그러나 그것도 사실에 있어서는 근본적은 아니었다. 감정으로만 살아 나가는 가엾은 한 곤충의 내적 파문에 지나지 않았던 것을 나는 발견하였다. 나는 또한 나로서도 또 나의 주위의 모든 것에게 대하여서도 차라리 여지껏 이상의 거짓에서 살지 아니하면 안 되었다…… 운운.'

이러한 문구를 늘어놓는 동안에 그는 또한 몇 줄의 짧은 시를 쓴 것도 기억할 수도 있었다. 펜이 무연히 종이 위를 활주하는 동안에 그의 의식은 차츰차츰 몽롱하여 들어갔다. 어느 때 어느 구절에서 무슨 말을 쓰다가 펜을 떨어뜨렸는지 그의 기억에서는 전혀 알아낼 길이 없다. 그가 펜을 든 채로, 그대로 의식을 잃고 말아 버린 것만은 사실이다.

의사도 다녀가고 며칠 후, 의사에게 대한 그의 분노도 식고 그의 의식에 명랑한 시간이 차차로 많아졌을 때, 어느 시간 그는 벌써 알지 못할(근거) 희망에 애태우는 인간으로 나타났다. '내가 일어나기만 하면……' 그에게는 단테의 「신곡」도 다 빈치의 〈모나리자〉도 아무것도 그의 마음대로 나올 것만 같았다. 그러나 오직 그의 몸이 불건강한 것이 한 탓으로만 여겨졌다. 그는 그 우인의 기다란 편지를 다시 꺼내어 들었을 때 전날의 어두운 구름을 대신하여 무한히 굳센 '동지'라는 힘을 느꼈다. 'OO 씨! 아무쪼록 광명을 보시오!' 그의 눈은 이러한 구절이 씌인 곳에까지 다다랐다. 그는 모르는 사이에 입 밖에 이런 부르짖음을 내기까지하였다. "오냐, 지금 나는 광명을 보고 있다"고.

—의주통義州通 공사장에서.

— 주

1) 도화극道化劇: 도道로써 교화하는 연극.
2) 철쇄鐵鎖: 쇠사슬.

동경東京

내가 생각하던 마루노치 빌딩[1](속칭 '마루비루')은 적어도 이 '마루비루'의 네 갑절은 되는 굉장한 것이었다. 뉴욕 브로드웨이에 가서도 나는 똑같은 환멸을 당할는지. 어쨌든 '이 도시는 몹시 가솔린 내가 나는구나!'가 동경의 첫인상이다.

우리같이 폐가 칠칠치 못한 인간은 우선 이 도시에 살 자격이 없다. 입을 다물어도 벌려도 척 가솔린 내가 침투되어 버렸으니 무슨 음식이고 간에 얼마간의 가솔린 맛을 면할 수 없다. 그러면 동경 시민의 체취는 자동차와 비슷해 가리로다.

이 '마루노치'라는 빌딩 동리에는 빌딩 외에 주민이 없다. 자동차가 구두 노릇을 한다. 도보하는 사람이라고는 세기말과 현대 자본주의를 비예脾睨[2]하는 거룩한 철학인, 그 외에는 하다못해 자동차라도 신고 드나든다.

그런데 내가 어림없이 이 동리를 5분 동안이나 걸었다. 그러면 나도 현명하게 택시를 잡아타는 수밖에. 나는 택시 속에서 20세기라는 제목을 연구했다. 창밖은 지금 궁성宮城 호리[3] 곁, 무수한 자동차가 영영營營히[4] 20세기를 유지하느라고 야단들이다. 19세기 쉬적지근한 냄새가 썩 많이 나는 내

도덕성은 어째서 저렇게 자동차가 많은가를 이해할 수 없으니까 결국은 대단히 점잖은 것이렷다.

신주쿠(新宿)는 신주쿠다운 성격이 있다. 박빙薄氷을 밟는 듯한 사치. 우리는 프랑스 야시키[5]에서 미리 우유를 섞어 가져온 커피를 한잔 먹고 그리고 10전씩을 치를 때 어쩐지 9전 5리보다 5리가 더 많은 것 같다는 느낌이었다. '에루테루ERUTERU'[6](동경 시민은 불란서를 'HURANSU'라고 쓴다)는 세계에서 제일 맛있는 연애를 한 사람의 이름이라고 나는 기억하는데 '에루테루'는 조금도 슬프지 않다.

신주쿠(귀화鬼火 같은 이 번영繁榮 3정목丁目) 저편에는 판장板墻과 팔리지 않는 지대地代와 오줌 누지 말라는 게시가 있고 또 집들도 물론 있겠지요.

C군은 우선 졸려 죽겠다는 나를 치쿠지(築地) 소극장으로 안내한다. 극장은 지금 놀고 있다. 가지가지 포스터를 붙인 이 일본 신극 운동의 본거지가 내 눈에는 서투른 설계의 꺽다점 같았다. 그러나 서푼짜리 영화는 놓치는 한이 있어도 이 소극장만은 때때로 참관하였으니 나도 연극 애호가 중으로는 고급이다.

'인생보다는 연극이 재미있다'는 C군과 반대로 H군은 회의파다. 아파트의 H군의 방이 겨울에는 16원, 여름에는 14원, 춘추로 15원, 이렇게 산비둘기처럼 변하는 회계에 대하여 그는 회의와 조소가 깊고 크다. 나는 건망증이 좀 심하므로 그렇게 계절을 따라 재주를 부리지 않는 방을 원하였더니 시골사람으로 이렇게 먼 데를 혼자 찾아온 것을 보니 당신은 역시 재주가 많은 사람이라고 조주(女中)[7]양이 나를 위로한다. 나는 그의 코 왼편 언덕에 달린 사마귀가 역시 당신의 행복을 상징하는 것이라고 위로해 주고 나서 후지(富士)산 을 한번 똑똑히 보았으면 원이 없겠다고 부언해 두었다.

이튿날 아침 7시에 지진이 있었다. 나는 들창을 열고 흔들리는 대동경을 내다보니까 빛이 노랗다. 그 저편 잘 개인 하늘 소꿉장난 과자같이 가련한 후지 산이 반백의 머리를 내놓은 것을 보라고 조주양이 나를 격려했다.

긴자(銀座)[8]는 한 개 그냥 허영독본虛榮讀本이다. 여기를 걷지 않으면 투표권을 잃어버리는 것 같다. 여자들이 새 구두를 사면 자동차를 타기 전에 먼저 긴자의 보도를 디디고 와야 한다.

낮의 긴자는 밤의 긴자를 위한 해골이기 때문에 적잖이 추하다. '살롱 하루'[9] 굽이치는 네온사인을 구성하는 부지깽이 같은 철골들의 얼크러진 모양은 밤새고 난 여급의 퍼머넌트 웨이브처럼 남루하다. 그러나 경시청에서'길바닥에 침을 뱉지 말라'고 광고판을 써 늘어놓았으므로 나는 침을 뱉을 수는 없다.

긴자 8정목이 내 측량에 의하면 두 자 가웃쯤 될는지! 왜? 적염난발赤染亂髮의 모던 영양令孃 한 분을 30분 동안에 두 번 반이나 만날 수 있었으니 말이다. 영양은 지금 영양 하루 중의 가장 아름다운 시간을 소화하시려 나오신 모양인데 나의 이 건조무미한 프롬나드[10]는 일종 반추에 지나지 않는다.

나는 교바시(京橋)[11] 곁 지하 공동변소에서 간단한 배설을 하면서 동경 갔다 왔다고 그렇게나 자랑을 하던 여러 친구들의 이름을 한 번 암송해 보았다.

시와스(走師)—섣달 대목이란 뜻이리라. 긴자 거리 모퉁이 모퉁이의 구세군 사회 냄비가 보병총처럼 걸려 있다. 1전, 1전만 있으면 가스로 밥 한 냄비를 끓일 수 있다. 이렇게 귀중한 1전을 이 사회 냄비에 던질 수는 없다. 고맙다는 소리는 1전어치 가스만큼 우리 인생을 비익裨益[12]하지 않을 뿐 아니라 때로는 신선한 산책을 불쾌하게 하는 수도 있으니 '보이'와 '걸'이 자선 쪽박을 백안시하는 것도 또한 무도無道가 아니리라. 묘령의 낭자 구세군, 얼굴에 여드름이 좀 난 것이 흠이시 청춘다운 매력이 횡일橫溢[13]하니 '폐경기 이후에 입영하여도 그리 늦지는 않을걸요'하고 간곡히 그의 전향을 권설勸說하고도 싶었다.

미쓰코시(三越), 마츠자카야(松板屋), 이토야(伊東屋), 시로키야(白木屋), 마츠야(松屋),[14] 이 7층집들이 요새는 밤에 자지 않는다. 그러나 우리는 그 속에 들어가면 안 된다.

왜? 속은 7층이 아니오 한 층인데다가 산적한 상품과 무성한 숍걸 때문에 길을 잃어버리기 쉽다.

특가품, 격안품格安品, 할인품, 어느 것을 고를까. 그러나저러나 이 술어들은 자전에도 없다. 그러면 특가·격안·할인품보다 더 싼 것은 없다. 과연 보석 등속, 모피 등속에는 눅거리[15]가 없으니 눅거리를 업신여기는 이 종류 고객의 심리를 이해하옵시는 중형重刑들의 슬로건, 실로 약여躍如하도다.

밤이 왔으니 관사冠詞 없는 그냥 '긴자'가 출현이다. '코롬방'[16]의 차茶, 기노쿠니야(紀伊國屋)[17]의 책은 여기 사람들의 교양이다. 그러나 더 점잖게 '브라질'[18]에 들러서 스트레이트를 한잔 마신다. 차를 나르는 새악시들이 모두 똑같이 단풍무늬 옷을 입었기 때문에 내 눈에는 좀 성병性病 모형 같아서 안됐다. '브라질'에서는 석탄 대신 커피를 연료로 기차를 운전한다는데 나는 이렇게 진한 석탄을 암만 삼켜 보아도 정열은 불붙어 오르지 않는다.

애드벌룬이 착륙한 뒤의 긴자 하늘에는 신의 사려에 의하여 별도 반짝이련만 이미 이 카인의 말예末裔들은 별을 잊어버린지도 오래다. 노아의 홍수보다도 독가스를 더 무서워하라고 교육받은 여기 시민들은 솔직하게도 산보 귀가의 길을 지하철로 하기도 한다. 이태백이 놀던 달아! 너도 차라리 19세기와 함께 운명하여 버렸었던들 작히나 좋았을까.

— 주

1) 마루노치 빌딩: 일본 도쿄에 있는 신문사·백화점 등이 들어찬 대형 빌딩.

2) 비예脾睨: 눈을 흘겨봄.

3) 호리(濠): 성城 둘레를 파서 물이 흐르거나 고이게 한 것. 해자垓子.

4) 영영營營히: 세력이나 이익 따위를 얻기 위하여 몹시 분주하고 바쁘다.

5) 프랑스 야시키: 프랑스식 저택. '야시키'는 '저택'을 가리키는 일어.

6) 에루테루ERUTERU: 괴테의 작품에 나오는 '베르테르'를 가리킴.

7) 조주(女中): '하녀'라는 뜻의 일본말.

8) 긴자(銀座): 일본 도쿄의 번화가.

9) 하루(春): '봄'을 뜻하는 일어.

10) 프롬나드promenade: 산보, 산책.

11) 교바시(京橋): 일본 도쿄의 번화가.

12) 비익裨益: 보태고 늘여 도움이 되게 함.

13) 횡일橫溢: 기상이나 정서 따위가 차고 넘침.

14) 미쓰코시(三越)~: 일본의 유명 백화점들.

15) 눅거리: '싼거리'의 방언. 싼 값으로 산 물건.

16) 코롬방: 다방 이름.

17) 기노쿠니야(紀伊國屋): 일본 도쿄의 유명한 서점.

18) 브라질: 카페 이름.

최저낙원最低樂園

1

공연한 아궁이에 침을 뱉는 기습奇習—연기로 하여 늘 내운[1] 방향—머무르려는 성미—걸어가려 드는 성미—불현듯이 머무르려 드는 성미—색색이 황홀하고 아예 기억 못하게 하는 질서로소이다.

구역嘔疫을 헐값에 팔고 정가를 은닉하는 가게 모퉁이를 돌아가야 혼탁한 탄산가스에 젖은 말뚝을 만날 수 있고 흙 묻은 화원花苑 틈으로 막다른 하수구를 뚫는데 기실 뚫렸고 기실 막다른 어른의 골목이로소이다. 꼭 한 번 데림프스를 만져본 일이 있는 손이 리졸[2]에 가라앉아서 불안에 흠씬 끈적끈적한 백색 법랑질을 어루만지는 배꼽만도 못한 전등 아래—군마軍馬가 세류細流를 건너는 소리—산곡山谷을 답사하던 습관으로는 수색搜索 뒤에 오히려 있는지 없는지 의심만 나는 깜빡 잊어버린 사기詐欺로소이다. 금단의 허방이 있고 법규세척法規洗滌하는 유백乳白의 석탄산수石炭酸水요 내내 실낙원을 구련驅練하는 수염 난 호령이로소이다. 5월이 되면 그 뒷산에 잔디가 태만怠慢하고 나날이 가뿐해 가는 체중을 가져다 놓고 따로 묵직해 가는 윗도리만이 고닮게 향수하는 남만도 못한 인견 깨끼저고리로소이다.

2

방문을 닫고 죽은 꿩털이 아깝듯이 네 허전한 쪽을 후후 불어 본다. 소리가 나거라. 바람이 불거라. 흡사하거라. 고향이거라. 정사情死거라. 매저녁의 꿈이거라. 단심丹心이거라. 펄펄 끓거라. 백지 위에 납작 엎디거라. 그러나 네 끝에는 연화鉛華3)가 있고 너의 속으로는 소독消毒이 순회하고 하고 나면 도회의 설경같이 지저분한 지문이 어우러져서 싸우고 그냥 있다. 다시 방문을 열랴. 아서랴. 주저치 말랴. 어림없지 말랴. 견디지 말랴. 어디를 건드려야 건드려야 너는 열리느냐. 어디가 열려야 네 어저께가 들여다보이느냐. 마분지로 만든 임시 네 세간―석박錫箔4)으로 빚어 놓은 수척한 학이 두 마리다. 그럼 천후天候5)도 없구나. 그럼 앞도 없구나. 그렇다고 네 뒤꼍은 어디를 디디며 찾아가야 가느냐 너는 아마 네 길을 실없이 걷나 보다. 점잖은 개 잔등이를 하나 넘고 셋 넘고 넷 넘고―무수히 넘고 얼마든지 겪어 제치는 것이―해내는 용龍인가 오냐 네 행진이더구나 그게 바로 도착到着이더구나 그게 절차더구나 그다지 똑똑하더구나 점잖은 개떼가 월광이 은화 같고 은화가 월광 같은데 멍멍 짖으면 너는 그럴 테냐. 너는 저럴 테냐. 네가 좋아하는 송림松林이 풍금처럼 발개지면 목매 죽은 동무와 연기 속에 정조대 채워 금해 둔 산아제한의 독살스러운 항변을 홧김에 토해 놓는다.

3

연기로 하여 늘 내운 방향―걸어가려 드는 성미―머무르려 드는 성미―색색이 황홀하고 아예 기억 못하게 하는 길이로소이다. 안전을 헐값에 파는 가게 모퉁이를 돌아가야 최저낙원의 부랑한 막다른 골목이요 기실 뚫린 골목이요 기실은 막다른 골목이로소이다.

에나멜을 깨끗이 훔치는 리졸 물 튀기는 산곡 소리 찾아보아도 없는지 있는지 의심나는 머리끝까지의 사기로소이다. 금단의 허방이 있고 법규를 세척하는 유백의 석탄산이요 또 실낙원의 호령이로소이다. 5월이 되면 그 뒷산에 잔디가 게으른 대로 나날이 가벼워 가는 체중을 그 위에 내던지고 나날이 무거워 가는 마음이 혼곤히 향수하는 겹저고리로소이다. 혹 달이 은화 같거나 은화가 달 같거나 도무지 풍성한 삼경에 졸리면 오늘 낮에 목 매달아 죽은 동무를 울고 나서—연기 속에 망설거리는 B·C의 항변을 홧김에 방 안 그 득히 토해 놓은 것이로소이다.

4

방문을 닫고 죽은 꿩털을 아깝듯이 네 뚫린 쪽을 후후 불어 본다. 소리 나거라. 바람이 불거라. 흡사하거라. 고향이거라. 죽고 싶은 사랑이거라. 매저녁의 꿈이거라. 단심이거라. 그러나 너의 곁에는 화장化粧 있고 너의 안에도 리졸이 있고 있고 나면 도회의 설경같이 지저분한 지문이 쩔쩔 난무할 뿐이다. 겹겹이 중문中門[6]일 뿐이다. 다시 방문을 열까. 아설까. 망설이지 말까. 어림없지 말까. 어디를 건드려야 너는 열리느냐 어디가 열려야 네 어저께가 보이느냐.

마분지로 만든 임시 네 세간—석박으로 빚어 놓은 수척한 학두루미. 그럼 전기가 없구나. 그럼 앞도 없구나. 그렇다고 뒤통수도 없구나. 너는 아마 네 길을 실없이 걷나 보다. 점잖은 개 잔등이를 하나 넘고 둘 넘고 셋 넘고 넷 넘고—무수히 넘고—얼마든지 해내는 것이 꺾어 제치는 것이 그게 행진이구나. 그게 도착이구나. 그게 순서로구나. 그렇게 똑똑하구나. 점잖은 개—멍멍 짖으면 너도 그럴테냐. 너는 저럴테냐. 마음놓고 열어젖히고 이대로 생긴 대로 후후 부는 대로 짓밟아라. 춤추어라. 깔깔 웃어 버려라.

─ 주

1) 내운: 연기나 불길이 아궁이로 되돌아 나오는.

2) 리졸Lysol: 크레졸 비눗물.

3) 연화鉛華: 얼굴에 바르는 분粉의 일종.

4) 석박錫箔: 납과 주석의 합금을 종이처럼 얇게 늘인 것.

5) 천후天候: 날씨.

6) 중문中門: 대문 안에 또 세운 문.

무제—초추初秋 [1]

초추初秋, 양지 쪽은 아직 덥다. 그 일광 아래서 옥수수는 황옥으로 날마다 익어 간다.

집들의 첨하檐下 [2] 밑에 구슬 같은 옥수수 묶음이 매달려 있다. 명년에 대한 준비─한없이 윤회하는 농가의 세월이여.

나락은 이삭만을 급각도急角度로 굽히고 있다. 그래 꼼짝할 수도 없다. 그리고 그럼으로써 들은 만경萬頃의 물결을 일으키고 있다.

그 논둑 위에 서서 나는 그 불투명한 물결 사이로 자태도 없이 흐르는 잔잔한 맑은 물소리를 듣는다.

한낮, 망막한 원경은 이 사소한 맑은 물소리로써 계산되고 있는 것만 같다. 건강한 정밀靜謐이여. 명징한 맥박이여.

아침은, 나는 식어 들기 일쑤였다. 만사는 나에게 더욱 냉담한 사념思念이 되어 간다.

신神을 엄습하는 가을의 사색, 그럴 때마다 느끼는 생존의 적막과 울고鬱苦에 견뎌낼 수 없다. 나의 전방前方에 선명한 문자처럼 전개하는 자살에의 유혹.

그러나…….

나의 냉각한 피는 이 성성聲쇠처럼 꽃다운 맥박 속에서 포옹처럼 따뜻해지는 것이었다.

창백한 맨발을 일광이 불타듯 물들였다. 나의 보조步調는 한가하고 즐겁다. 걸으면서 집들을 빠끔히 들여다본다.

문과 창은 깊이 잠겨 있었다. 어째서 그들은 그들의 곰팡난 미밀微密을 일광에 쪼이지 않는 것일까. 음참陰慘한 전통이여. 오랜 옛 조선祖先이 그 둔중한 창문 뒤에서 앓고 있다. 골수를, 불결을…….

점괘의 암담함이여, 언제면 이 땅과 폐쇄된 집집마다 행운과 환희가 찾아올 것인가.

그래도 남루 조각 같은 아해들은 복숭아씨를 돌멩이로 두들겨 깨면서 묵묵히 놀고 있었다. 저주 같은 햇빛이 그 위에 그림자가 깊숙이 두드러지게 내리쬐고 있었다.

뜰엔 시어머니와 새 며느리가 있다. 남자들은 모두 들에 나간 것일 게다.

회화會話—4, 5명의 여인들은 상반신을 벌거벗고 씩씩하게 선 일들을 한다. 암소와 함께—소도 수소는 들에 나간 것이다.

도색桃色의 젖 빠는 어린것을 흔들흔들 흔들면서 맷돌을 돌리는 암소의 큰 실체는 의외로 적게 여자답게 보여서 상냥스러웠다.

소중한 가족인 것이다. 암소까지도 생계를 함께하면서 여러 가지 말을 주고받는 것처럼 보였다.

돼지, 닭, 그리고 오래된 솜털 같은 강아지. 들은 넓고 해님은 단 하나이다.

이 땅에도 문명은 침입해 왔다. 먼 산등을 넘어 늘어서 있는 철골의 망대가 보이고 그리고 그것으로 이 촌도 전화電話하려는 전기회사의 사택의 빨간 인조 슬레이트 지붕을 짚으로 이엉을 인 지붕과 겹친 저편에 병적으로 선명히 빛나 보였다.

맑은 물소리도 멀어서 들리지 않는다. 촌과 들은 마치 백주의 슬픈 점괘에 서버린 채 굳어 버린 화폭이다. 혼수昏睡와 같은 문명의 마술에 드디어 꾸벅꾸벅 조는 것일까. 이 촌에 행복 있으라.

___주

1) 「무제」 「이 아해들에게 장난감을 주라」 「모색」 「어리석은 석반」 「첫 번째 방랑」 「산책의 가을」 등 6편은 미발표 창작 노트의 글이다.
2) 첨하檐下: '처마'의 한자식 표현.

이 아해兒孩들에게 장난감을 주라

토지 일대는 현무암질이어서 중中·남선南鮮에 많이 있는 화강암질과 비하면 몹시 아름답지 못하다. 그래서 지방 아해들은 선천적으로 조약돌도 줍지 않는다.

나는 해양 같은 권태 속을 헤엄치고 있다. 지느러미는 미적지근한 속에 있다.

아해들은 아우성을 지르면서 나의 유쾌한 잠을 송두리째 뒤흔들어 놓았다. 나는 깜짝 놀랐다. 구릿빛 살결을 한 남아처럼 뵈는 아해 두셋이 내가 누워 있는 곁에서 놀고 있는 것이다. 모색暮色이 망토 모양으로 그들의 시체 같은 불결을 휩싸고 있다.

오호라, 아해들은 어떻게 놀아야 좋을지 모르는 모양이다. 그러나 그들은 완전히 거세되어 버린 것이 아니다. 풀을 휘뚜루 뽑아 가지고 와서 그걸 만지작거리며 놀아 본다. 영원한 절색絶色—절색은 그들에게 조금도 특이하거나 신통치 않다. 아해는 뭐든 그들을 경탄케 해줄 특이한 것이 탐나는 것이다. 하지만 아무리 둘러봐야 현재의 그들로선 규모가 지나치게 큰 가옥과 권속(혈연)과 끝없는 들판과 그들의 깔긴 똥이나 먹고 돌아다니는 개새끼들 등.

그들은 이런 모든 것에 지쳐 버렸다. 그들은 흥취를 느낄 만한 출구가 없다. 그들은 무의식적으로 어째야 좋을지 어쩔 줄을 모른다. 그들, 상처에 어지러이 쥐어 뜯긴 풀잎 조각들이 함부로 흩어져 있다.

오호라, 이 아해들에게 가지고 놀 것을 주라.

비록 더러우나 그들의 신선한 손엔 아무것도 없다.

조그맣게 그리고 못 견디도록 슬픈 그들의 두뇌가 어떡하면 좋을까 하고 생각한다. 유희를 버린 아해란 것이 과연 있을 수 있는가, 하고.

그렇다. 유희 않는 아해란 있을 수 없다. 유희를 주장한다. 유희를 요구한다.

아무래도 살길 없는 죽음(우리는 이래도 역시 아해랄 수 있는가?).

이윽고 그들은 발명한다. 장난감 없어도 놀 수 있는 방법을.

두 손을 앞으로 쭉 뻗기도 하며 뛰돌아다니기도 하며 한곳에 버티고 서서 몸을 뒤틀기도 하며 이것은 전혀 율동적이 아니며 그저 척해 보는 것이다.

그리고 어느 품사에도 소속치 않는 기묘한 아우성을 지르면서 거의 자신들을 동댕이치듯 떠들어 댔다. 가엾게도 볼수록 엉터리다.

이것도 유희인가, 이래도 재미있는가——이렇게 광적이고도 천격賤格인 광경에 적이 눈시울을 적셨다.

나는 이 불쌍한 소란 옆에서 정신을 잃었다.

암만 기다려도 아해들은 이 어처구니없는 유희를 그만두지 않는다. 어렵쇼, 이러다가 이 아해들은 참으로 미쳐 버리지나 않을까. 어디서나 권태로워서 안절부절못한다는 것은 치명적인 부상이라기 보다도 인간에겐 더욱 치명적인 것만 같다. 현재 내 자신을 보라. 나는 혹 내부에서 이미 구원될 수 없을 정도로 미쳐 버리지 않았다고 누가 나를 보증하겠는가?

내게서 이미 불쾌한 감정이 뭉게뭉게 일어났다.

이 우주의 오점보다도 더욱 밉살스런 불행한 아해들이 태어났다는 것을 나는 저주한다.

허나 그러는 중에 이 기괴한 유희에도 이만 싫증이 난 것이겠지—고요히 실망하고 만 그들은 아무런 동기도 목적도 없는 것만 같다. 도무지 분명치 못한 작태로 그 근방을 방황하고 있었다.

나는 그들이 벌써 발광한 거나 아닌가 생각하고 슬퍼하였다. 그러나 모색에서도 그들의 용모는 정상적이었다.

아해가 놀지 않는다는 현상은 병이 아니면 사망일 것이다. 아해는 쉴 새 없이 유희한다. 그래서 놀지 않는다는 것은 전연 불가능한 일이다. 그러니 앞으로 이 아해들은 또 어떻게 놀 것인가. 나는 걱정하였다. 다음에서 그 다음으로 놀 수 있는(장난감 없이) 그런 방법을 발견 못한 아해들은 결국 혹시 어른처럼 자살이나 하지 않을까 하고.

나는 그들에게 가르쳐 주고 싶다. 말하자면 돌멩이를 집어 이 근방에 싸다니는 남루 조각 같은 개들을 칠 것. 피해 달아나는 개를 어디까지나 뒤쫓을 것 등. 그러나 그들은 선천적으로 이 토지의 돌멩이가 기막히게 추악하다는 걸 알고 있음인지, 결코 돌멩이를 줍지 않는다(또 농촌에선 돌 던지는 걸 엄금하고 있다는 이유도 있을 것이다).

이번만은 또 어떤 기상천외의 노는 법이라도 고안하여 그들의 생명을 유지할 것인가. 불연不然[1]이면 정말 발병하여 단번에 죽어 버릴 것인가. 이상한 흥분과 긴장으로 나는 눈을 홉뜨고 있다.

잠시 후 그들은 집 사립짝 옆 토벽을 따라 약속이나 한 것처럼 나란히 늘어서서 쭈그리고 앉는다. 뭔지 소곤소곤 모의하는 성하더니 벌써 침묵이다. 그리고 열중하기 시작하였다.

똥을 내지르는 것이었다. 나는 아연 놀랐다. 이것도 소위 노는 것이랄 수 있을까. 또는 그들은 일시에 뒤가 마려웠던 것일까. 더러움에 대한 불쾌감이 나의 숨구멍을 막았다. 하늘만큼 귀중한 나의 머리가 뭔지 철저히 큰 둔기에 얻어맞고 터지는 줄 알았다. 그뿐인가. 또 한 가지 나를 아연케 한 것은 남아인 줄만 알았었는데 빤히 들여다보이는 생식기—아니 기실은 배뇨기였을 줄이야. 어허 모조리 마이너스고녀. 기괴천만한 일도 다 있긴 있도다.

이번엔 서로의 엉덩이 구멍을 서로 들여다보기 시작하였다. 하는 짓마다 더욱 기상천외다.

그들의 얼굴빛과 대동소이한 윤기 없는 똥을 한 덩어리씩 극히 수월하게 해산하고 있다. 그것으로 만족이다.

허나 슬픈 것은 그들 중에 암만 안간힘을 써도 똥은커녕 궁둥이마저 나오지 않아 쩔쩔매는 것도 있다. 이러고야 겨우 착상한 유희도 한심스럽기 그만이다. 그 명예롭지 못한 아이는 이제 다시 한번 젖먹던 힘까지 내어 하복부에 힘을 줬으나 역시 한발不魃이다. 초조와 실망의 빛이 역력히 나타났다. 나도 이 아이가 특히 미웠다. 가엾게도, 하필이면 이럴 때 똥이 안 나오다니, 미움을 받다니, 동정의 대상이 되다니.

선수들은 목을 비둘기처럼 모으고 이 한 명의 낙오자를 멸시하였다(우리 좌석의 흥을 깨어 버린 반역자).

이 마사摩詞[2] 불가사의한 주문 같은 유희는 이리하여 허다한 불길과 원한을 품고 대단원을 고하였다. 나는 이제 발광하거나 졸도할 수밖에 없다. 만신창이 빈사의 몸으로 간신히 그곳에서 도망하였다.

— **주**

1) 불연不然: 그렇지 아니하다.

2) 마사摩詞: 다음에 오는 말을 찬미·강조하는 접두어. '큰' '위대한' '뛰어난' 등의
   뜻.

모색暮色

바구니의 삼베보를 벗기자 머루와 다래가 나왔다.

내게 사달라는 것이다. 머루와 다래의 덜 익은 맛을 나는 좋아 않는다. 나는 들어가지 않겠다고 하였다.

도대체 어처구니없이 젊다.

그리고 또 하나의 바구니엔 복숭아가 가득 들어 있었다. 복숭아는 복숭아 같은 모양을 하고 있다는 것만으로써 무릇 복숭아는 아니다. 새파랗고 조그만 하여간 다른 과실이었다. 그러나 이건 복숭아인 것이다.

나는 그것들을 조금씩 먹어 보곤 깜짝 놀랐다. 대체로 내 혓바닥은 약하다. 내 혀는 금세 맹목이 될 성싶다.

촌사람들 특히 아해들은 아귀처럼 입을 물들이며 먹는 것이었다. 나는 그들의 혀가 초인간적으로 건강한 데에 혀를 차지 않을 수 없었다. 아니 촌사람만도 아니다. 파는 사람 자신부터가 열심히 먹으면서 장사를 하는 것이다. 그건 그렇게 먹음으로써 다른 사람들에게도 식욕을 일으킬 수 있다는 속셈도 있을 것이다. 늘어진 팔자라 하겠다.

한 사람은 꼬부랑 노파로서 불행한 운명 때문에 50 평생을 이미 꼬깃꼬 깃 구겨 버리고 말았다. 보기만 해도 가엾은 상이다. 그리고 또 한 사람은 어처구니없이 젊다. 그것은 어머다.

젖먹이 어린놈은 더럽혀진 장난감처럼 삐이삐이 하고 때로 심술궂게 악을 쓴다. 그런데 어머니는 거의 무신경이다. 그뿐인가, 때묻은 유방을 축 늘어 뜨리고서 맛나게 머루만 씹고 있다.

과연 노파는 한푼이라도 더 돈으로 바꾸고 싶은 노파심에서였을 것이다. 먹지도 않고 그 곁에서 수연만장垂涎萬丈[1]하는 나에게 하나쯤 먹어 보는 것 도 좋다, 그리고 먹음직하거든 제발 좀 사달라고 얼굴은 울음 반 웃음 반이 다.

나는 나대로의 노파심 때문에 하여간 나는 사지 않을 테니 필요없다고 말한다.

그러자 이번엔 어린것에게 젖을 먹이느라고 잠시 먹던 걸 중지한 그 젊은 어머니에게 권하는 것이었다. 아마 그녀는 노파의 며느리일 것이다.

며느리는 다시 복숭아와 머루를 그 시원스런 즙을 입속 가득히 스며들도 록 넣으면서 음향 효과도 신명지게 씹고 있다.

무엇보다도 나는 스물일고여덟밖에 안 되는 새댁이 어떻게 어린 놈을 낳 았을까 하고 그것이 가장 불가사의해서 견딜 수 없었던 것이다.

서방은 건장한 농사꾼일 것이다. 약간 나이가 위인…… 아니면 나이가 아래일까?

부부의 비밀—노파의 저 쭈굴쭈굴한 얼굴에 나타난 단념과 만족의 표정. 아들의 행복은 바로 노파의 행복인 것이다.

그리고 이 새댁도 어느덧 저 세피아 색으로 반짝반짝거리는 노파가 될 것 이다.

그리고 지금 저 가슴팍에 매달려 있는 젖먹이 때문에 자기의 50 평생을 희생한 것도 잊고서 단념과 만족의 전생全生을 보낼 것이다.

또 새 며느리를 맞이할 때도 산엔 다래와 머루가 익을 것이다. 그땐 그것이 벌써 전매특허가 되어 버렸을지 모른다. 어느덧 모색暮色은 마을에 내려와서 저 빈약한 장사치들도 다 돌아가 버렸다.

그러나 저 노파의 자태는 다만 홀로 '조세장려표항租稅獎勵標杭' 곁에서 애닲게도 고요히 호젓하였다. 그러나 그것도 노파의 노파심에서일 것이다. 젊은 어머니의 자태는 이미 그 곁에 없었다.

— 주

1) 수연만장垂涎萬丈: '침을 만 길이나 흘린다'는 뜻으로, 몹시 먹거나 갖고 싶은 것을 이르는 말.

어리석은 석반夕飯

만복滿腹의 상태는 거의 고통에 가깝다. 나는 마늘과 닭고기를 먹었다. 또 어디까지나 사람을 무시하는 후쿠진쓰케(福神漬)[1]와 지우개 고무 같은 두부와 고춧가루가 들어 있지 않는 뎃도마수 같은 배추 조린 것과 짜다는 것 이외 아무 미각도 느낄 수 없는 숙란熟卵을 먹었다. 모든 반찬이 짜기만 하다. 이것은 이미 여러 가지 외형을 한 소금의 유족類族에 지나지 않는다. 이건 바로 생명을 유지하는데 목적을 두고 있는 완전한 쾌적 행위이다. 나는 이런 식사를 이젠 벌써 존경지념尊敬之念까지 품고서 대하는 것이다.

이 지방에 온 후, 아직 한 번도 담배를 피지 않았다. 장지長指의, 저 러시아 빵의 등허리 같은 기름진 반문斑紋은 벌써 사라져 자취도 없다. 나는 약간 남은 기름기를 다른 편 손의 손톱으로 긁어 버리면서, 난 담배는 피지 않습니다 하고 즉답할 때의 기쁨을, 내심으로 상상하며 혼자 유쾌했던 것이다. 요즘 나의 머리는 오로지 명료하다고 말할 수 없으나 적어도 담배 연기만을 제외한 명료만은 획득하고 있음을 자부한다. 물론 나는 단 한 번도 내두뇌를 시험해 본 일이 없으므로 분명한 것은 알 수 없다.

모색暮色은 침침하여 쓰르라미 소리도 시작되었다. 외줄기 도로에 면한 대청에 피차의 구별 없이 모여든다. 그것은 오로지 개항장開港場 비슷한 기분이다. 그리고 서로 상대에게 식사하셨냐고 물음으로써 으레 그 다음에 있을 어리석고 쓸데없는 잡담의 실마리부터 만드는 것이다. 이건 정말 평화롭고도 기묘하지만 그러나 이런 것이 그들에겐 지극히 자연적으로 취급된다. 실로 부러운 잡음들이다. 그중 한 사람은, 어느 고리대금을 하는 경찰서장보다도 권세에 있어 훨씬 능가한다는 점을 길게 말한다. 모두 약속이나 한 것처럼 감격한다. 그것은 그 고리대금쟁이가 은행이율에 비해서 다만 1푼밖에 높지 않는 이식利息을 취히기 때문에, 한 촌락의 존경을 여하히 일신에 모으고 있느냐에 의하여 권세는 증명된 셈이다. 도적이 결코 그를 습격하지 않는 것은 24시간 중 그의 집 문이 개방되어 있는 것만 보아도 내맥內脈을 빤히 알 수 있을 것이다. 그쯤 되면 나도 감격하여 무의식 중에 목을 끄떡였다. 그리고 장기를 두었다. 모두 한 덩어리가 되어 훈수를 한다. 마지막엔 완전히 훤소喧騷[2]의 덩어리로 화해 버린다. 그러는 중에 여러 번 주연자主演者가 무의식 중에 교대되었다. 호화스런 스포츠다.

나는 이 20여 호가 못 되는 촌락 한가운데를 관통하는 한 줄기 통로를 왕래한다. 나는 집들을 주의 깊이 더구나 타인에게 들키지 않게 들여다보았다. 결단코 그 속은 어두워서 아무것도 보이지 않았다. 모깃불을 올려서 연기는 푸르고 누렇다. 대규모의 모기 쫓는 불이다. 그것은 독가스 못지않는 독과 악취와 자극성을 갖고 있어 어느덧 눈물마저 짜내게 한다. 나는 이집 저집 들여다보던 것을 중지한다. 순전히 사람을 몰아내기 위해 올리는 모깃불이기도 하다. 별이 나왔다. 일찍이 아무도 촌사람에게, 하늘에서 별이 나온다는 걸 가르쳐 준 사람이 없으므로 그들은 별이란 걸 모른다. 그것은 별이 송두리째 하느님에 틀림없다. 더구나 1등성, 2등성 하고 구별하는 사람의 번쇄煩瑣야말로, 가히 짐작할 수 있도다. 불행한 사람들임에 틀림없다.

그러나 그 중에도 백면의 청년이 있어 이 촌락의 숭고한 교양을 교란한다. 경멸해야 할 작자다. 그런 백면들은 나이트가운을 입기도 하며, 머리에 포마드를 바르기도 하며, 바이올린을 켜기도 하며, 신문을 읽기도 하면서 촌사람을 얼떨떨하게 만든다.

그러나 이 촌락은 평화하다. 나는 마늘 냄새 풍기는 게트림을 하였다. 마늘, 이 토지의 향기를 빨아 올린 귀중한 것이다. 나는 이 권태 바로 그것인 토지를 사랑하는 동시, 백면들을 제외한 그들 촌사람의 행복을 축복하고 싶다. 이제 나는 움직일 수 없는 태산처럼 만족 상태이다.

인간이 인간의 능력으로써 어느 정도 타태楕怠할 수 있느냐가 문제일까. 사실 이 목적도 없는 게으른 생활은 어쩐 일인가. 도대체 이것이 과연 생활이라고 이름할 수 있는가.

추풍은 적막하여 새벽녘의 체온은 쥐에게 긁어 먹힌 듯 감하減下한다. 어느 정도까지 감하하면 겨우 그제부터 경계해야 할 상태가 되는 것일 게다. 곧 잠에서 깨어난다. 아침 햇빛은 깊이 그리고 쓸쓸한 음영과 함께 뜰 가운데 적막하다. 가을의 구슬픔이 은근히 몸에 스며든다.

어느덧 오줌이 마렵다. 이건 어젯밤부터의 소변일 것이다. 잠시동안 오줌이 마렵다는 것을 사유 속에 유지하면서 막연한 것을 생각한다. 아무 일도 떠오르지 않는다. 이건 소위 아무것도 생각지 않는 것보다 더욱 불순한 상태일 것이다.

갑자기 나는 오줌은 싸버리지 않으면 안 된다는 것과, 독소의 체내 침전은 신체에 유해하다는 데 정신이 쏠렸다. 나는 놀라 버린다. 호박의 백치 같은 잎사귀 밑에다 소변을 한다. 들은 이제야 누렇게 물들어 아침 햇빛에 제법 아름답게 빛나고 있다. 그러는 동안에도 나는 역시 어떤 정리된 것을 생각하는 것은 불가능하였다.

　7시다. 밤과 낮이 전혀 전도되어 있는 내게 있어 오전 7시에 잠을 깬다는 것은 지극히 우스꽝스런 일이다. 이건 정위생定衛生에 반드시 나쁘다고 나는 생각해 버린 것이다. 나 같은, 즉 건전한 신으로부터 버림받은 인간에게 있어 오전 7시의 기상은 오로지 비위생이며 불섭생이리라.

　다시 침구 속에 파고들어가, 진짜 수면은 이제부터라고 주장하면서도, 의식적으로 자는 척한다.

　잠들지 않는다. 우스울 지경이다. 더구나 아침 공기는 너무나 싸늘한 것 같다. 서늘하다는 것은 내게 있어 춥다는 것과 같다. 일어날까? 일어나서 어떡하겠다는 건가? 그걸 생각하면, 갑자기 불쾌해지고 모든 시간이 나에겐 터무니없는 고통의 연속 같기만 해서, 견딜 수 없다. 이러는 동안에 몸은 더욱 식어들 뿐, 나는 침구 속에 깊이 파고들면서 얼떨떨해진다. 너무 파고들면 발이 나온다. 발이 공기 속에 직하直下로 튀어나온다는 것은 내게 있어 가장 중대한 위구危懼이다. 발은 항상 양말이나 이불 속에 숨어 있어야 한다. 벌써 초조해진 이상, 잠든다는 것은 단념해야 한다.

　그런데…… 이건 또 어떤 일인가. 배가 명동鳴動하는 것이다. 소화 성적은 극히 양호하다고 하던데, 벌써 위주머니 속엔 아무것도 남았을 리 없는데, 전혀 원인을 알 수 없다. 필시 발, 발이 싸늘해진 때문일 것이다.

　무슨 일이건 다 불쾌하다는 걸 계속해서 생각하는 것은 불쾌하다. 그러자 이번은 이웃방 사람들의 식사하는 소리가 들려온다. 꼭 개가 죽 먹을 때의 그 소리다. 인간이 식사하는 것을, 보이지 않는 곳에서 숨어서 들을 때, 개의 그것과 똑같다는 것을 발견함은 일대 쾌사快事라 하겠다. 나는 그 반찬들을 상상해 본다. 나의 식사와 조금도 다르지 않는 것들일 것이니 말이다. 이러고 보니 나는 몹시 시장하다. 빨리 일어나 밥을 먹자. 그건 좋은 생각이다. 그럼 밥을 먹은 후 또 뭣을 먹으면 좋을까. 먹을 것이라곤 없다. 닭이 요란스레 울부짖는다. 알을 낳는 것일 게다. 아니라면 꽭[3]일까. 꽭이라면 근사하겠다. 맘속으로 날개가 흩어지는 민첩한 광경을 그려 보면서 마침내 일어나 볼까. 따뜻한 갓 낳은 계란이 하나 먹고 싶고나 하고, 부질없는 일을 원해 본다.

이렇게 오고 가는 방향이 서로 어긋나는 생리상태와 심리상태는 도대체 어쩌자는 셈일까. 심리상태가 뭣이든 사사건건마다 생리상태에 대하여 몹시 노하고 있는 것이다. 아니라면 그 반대일 것이다. 오로지 그렇게밖에 볼 수 없는, 수습할 수 없는, 상태며 난국이다. 나는 건강한지 불건강한지, 판단조차 할 수 없다. 건강하다면 나는 이 세상 모든 건강한 사람의 그 누구와도 (조금도) 닮지 않았다. 불건강하다면 이건 얼마나 처치 곤란하리만큼 뻔뻔스런 그렇게 약해 빠진 몰골인가.

시계를 보았다. 9시 반이 지난. 그건 참으로 바보 같고 우열愚劣한 낯짝이 아닌가. 저렇게 바보 같고 어리석은 시계의 인상을 일찍이 한 번도 경험한 일이 없다. 9시 반이 지났다는 것이 대관절 어쨌단 거며 어떻게 된다는 것인가. 시계의 어리석음은 알 도리조차 없다. 세수하기 전에 나는 잠시 동안 무슨 의의라도 있는 듯이 뜰을 배회한다. 뜰 한구석에 함부로 자라는 여러 가지 화초를 들여다본다. 그것들은 다 특색이 있어 쾌적하다. 아침 햇볕에 종용從容히 목을 숙인 것만 같아서 단정하고도 가련하다. 기생화 - 언제면 이 간드러진 이름을 가진 식물은 꽃을 보여줄까 하고, 내가 걱정하자, 주인은 앞으로 3일만 지나면 꽃이 필 것이라고 말한다. 아직 꽃봉오리도 나와 있지 않으니 터무니없는 거짓말일 것이다. 주인의 엉터리 대답은 참말처럼 꾸미고 있어서 쾌적하다.

여인숙집 주인은 우스꽝스런 사나이다. 그 멀쩡하게 시침 떼고 있는 얼굴 표정은 사람을 웃기기에 충분하다.

호박꽃에 벌이 한 마리 앉았다. 벌은 개구리 같은 형태를 하고 있다. 이 소[牛] 같은 꽃에 열심히 물고 늘어졌대야 별수 없을 것이다.

유자넝쿨엔 상당수의 열매가 늘어져 있다. 제법 오렌지 비슷한 것은 사람의 불알 같아서 우습다. 특히 그 전표면에 나타나 있는 많은 소돌기는 보는 사람으로 하여금 심심케 하지 않는 형태다.

나는 얼굴을 씻으면서 사람이 매일 이렇게 세수를 해야 한다는 것이 얼마나 번쇄한가에 대해 고민하였다. 사실 한없이 게으름뱅이인 나는 한 번도 기꺼이 세숫물을 써본 기억이 없다.

밥상이 오기까지 나는 이제 한번 뜰 가운데를 소요하였다. 그러자 남루한 강아지가 한 마리 어디서 나타났는지 끼어들었다. 이 여인숙에선 개를 기르지 않으니 이건 다른 집 개일 것이다. 내겐 전혀 구애 없이, 그러면서도 내심으론 몹시 나를 두려워하는 듯, 나에게서 약간 거리를 둔 지점에 걸음을 멈추는 기색도 없이 머물러 서서, 내 눈엔 아무것도 보이지 않는 땅바닥 위를 벌름거리며 냄새만 연 방 맡는다. 그러자 여인숙집의 일곱 살쯤 된 딸아이가 옥수수(알맹이는 다 먹어 버린) 꽁다리를 그 강아지 앞에 던졌다. 강아지는 잠깐 그 냄새를 맡아 보다가, 이윽고 그것이 식용에 적합하지 않는 물체란 걸 알아차리자, 원래 아무것도 없는 땅바닥을 다시 한번 맡아 보는 시늉을 하곤, 거기서마저 아무런 소득이 없자 그대로 살금살금 그곳을 떠나 버렸다. 나는 갑자기 촌락 중에 득실거리는 저 많은 개들은 다 뭣을 먹고서 살아 있는 것일까 하고 그것이 걱정되기 시작하였다. 생각하면 개를 기르는 주인이 제각기 일정한 시간에 일정한 식물을 개에게 주겠지. 그럼 개주인은 항상 그렇게 빠짐없이 그것을 이행하는 것일까. 어느새 잊는 수도 있을 것이다. 그럴 때 한 집안에서 기르는 여러 마리 개는 어떻게 될까. 촌락은 좁다.

사람들은 옥수수 꽁다리 같은 물건 이외엔 잘 물건을 버리지 않는다.

암담할 뿐이다. 그러나 개도 개지, 글쎄 아무것도 없는 땅바닥을 열심히 몇 번씩이나 냄새를 맡는 것은 얼마나 우열한 일이뇨. 개는 개다. 나는 인간으로 태어나서 행복하다—역시 이런 걸 생각하는 자체부터가 아무것도 없는 땅바닥을 냄새 맡는 것과 다름없을 것이다. 그러나…….

개도 가버렸다. 나는 이제 무엇을 관찰해야 좋을지 모르겠다. 나는 울타리 너머로 산과 들을 바라보기로 한다. 산은 어젯날과 같이, 자체마저 알 수 없는 새벽녘 빛을 대변하고 있다. 들은 어젯밤 이래 아무 일도 일어나지 않았다. 저 밑바닥은, 태양도 없는 어두운 공포의 한가운데 있으면서도, 얼마나 무신경한 둔감 바로 그것인가. 산은 소나무도 없는 활엽수만으로써 전혀 유치한 자격뿐이다. 이 광대무변한 제애際涯[4]도 없는 세련되지 못한 영원의 녹색은 도대체 어디로부터 어디에까지 계속하고 있는 것인가.

나는 이 정도로써 이 홍수 같은 녹색의 조망에 싫증이 나버렸다. 나는 하늘을 쳐다보기로 한다. 원래부터 하늘엔 무어고 있을 리 만무하다. 그러나 구름이 있다. 그것은 어제도 백색이었다. 그리고 오늘도 하얗다. 여름 구름에도 있을 성싶지 않은 단조롭고도 저능한 일이다. 구름의 존재란 것은 무엇을 의미하는가? 비가 된다고? 나는 아직 한 번도 구름이 비가 된다는 것을 믿어본 적이 없다. 그렇다면 저건 자기 스스로를 속이고 있다. 부끄러운 줄도 모른다. 완전히 부운浮雲 같은 존재에 지나지 않는다. 나는 이 아침의 이 세상의 어느 나라의 지도와도 닮지 않은 백운을 망연히 바라보며 인생의 무한한 무료함에 하품을 하였다.

감벽紺碧의 하늘, 종일 자기 체온으로 작열하는 태양, 햇볕은 황금색으로 반짝이고 있다.

어찌한 까닭인가? 저 감벽의 하늘이 중후하여서 괴롭고 무더워 보이는 것일 게다. 화초는 숨이 막혀 타오르고, 혈혼의 빨간 잠자리는 병균처럼 활동한다.

쇠파리와 함께 이 백주白晝는 죽음보다도 더욱 적막하여 음향이 없다. 지구의 끝 성스런 토지에 장엄한 질환이 있는 것일 게다.

닭도 그늘에 숨고 개는 목을 드리우고 있다. 대기는 근심의 빛에 충만하였다.

뼈마디 마디가 봉명封命을 목표하고 쑤신다. 모든 나의 지식은 망각되어 방대한 암석 같은 심연에 임하여, 일악一握[5]의 목편木片만도 못하다.

미온적인 체취를, 겨우 녹슬어 가는 화초의 혼잡 속에 유지하고 있는 나.

헛된 포옹. 사랑하는 자들이여. 어느 곳으로? 정서의 완전한 고독 속에서 나는 나의 골절마다 동통을 앓는다.

그러나 나에겐 들린다. 이 크나큰 불안의 전체적인 음향이. 쇠파리와 함께 밑바닥 깊숙이 적요해진 천지는, 내 뇌수의 불안에 견딜 수 없음으로 인한 혼도昏倒에 의한 것이다. 나는 그걸 알고 있다. 이제 지상에 무슨 일이 일어나지 않으면 안 된다. 만일 이대로 아무 일도 일어나지 않는다면 우주는 그냥 그대로 암흑의 밑바닥에서 민절悶節[6]하여 버릴 것이다.

늘어선 집들은 공포에 떨고 계시啓示의 종이 조각 같은 백접白蝶 두서너 마리는 화초 위를 방황하며 단말마의 숨을 곳을 찾고 있다. 그러나 어디에 그런 곳이 있는가. 대지는 간모間毛의 틈조차 없을만큼 구석마다 불안에 침입되어 있는 것이다.

그때였다. 나의 가슴에 음향한 것은 유량한 종소리였다. 나는 아차! 하고 머리를 들었다.

대지의 성욕에 대한 결핍. 이 엄중하게 봉쇄된 금제의 대지에 불륜의 구멍을 뚫지 않으면 안 된다.

이 이상 참을 수 없는 충혈. 나는 이 천년처럼 무겁고 괴로운 건강한 악혈惡血 속을 헤엄치고 있다. 경계의 종이 마지막 울렸던 것이다. 그러나 역시 지상엔 아무 일도 일어날 기색조차 없다.

나는 시뻘겋게 충혈되고 팽창한 손가락이 손가락질하는 곳으로, 쑤시고 아픈 보조를, 소보다도 둔중히 일보 일보 옮기고 있었다.

벌써 백접의 번득임도 음삼陰森한 사물의 그림자 속에 숨어 버린 후, 공간은 발음이 막혀서 헛되이 울고 있다. 적적히. 적적히.

일순, 숨결의 거친 곳에…….

사태는 그 절정에서 폭발하였다. 그리하여 촌락의 모든 조화와 토인土人은 정상적인 정서를 회복하였다.

나는 안심하였다. 그러고서 욕망하였다. 성욕을 수욕獸慾을. 나의 구간軀幹[7]은 창백히 유척庾瘠[8]하였다. 성욕에의 갈망으로 초조와 번민 때문에.

지구의 이런 구멍에서 나오는 것일 게다. 한 마리의 순백한 암캐가 무겁게 머리를 드리우고 농밀한 침으로 주둥이를 더럽히면서 슬금슬금 나온다. 어떻게 될 것이냐. 시구의, 한없는 성욕의 백주白晝 속에서, 여하히 이행되어갈 것인가, 하고 나의 가슴은 뛰었다.

순백한 털은, 격렬한 탐욕 때문에 약간 더럽혀졌으므로, 오래된 솜을 생각게 하였다. 그리고 방순芳醇한 체취를 코에서 발산하고 있었다. 코 가장자리의 유연한 얄팍한 근육은 끊임없이 씰룩씰룩 신경질로 씰룩거렸다. 그리고 보조는 더욱더욱 졸린 듯이, 돌멩이 냄새를 맡기도 하며, 나무 조각 냄새를 맡기도 하며, 복숭아씨 냄새를 맡기도 하며, 마침내 아무것도 없는 지면地面 냄새를 맡기도 하면서, 연신 체중의 토출구吐出口를 찾는 것 같다.

음문陰門은 사향처럼 살집 좋게 무게 드리워서 농후한 습기로 몹시 더럽혀져 있었다. 그리고 때로는 목을 비틀고서 제 음문을 냄새 맡기까지도 하였다. 그러나 불만과 대기의 무료함이 그 악혈에 충만한 체중을 더욱더욱 무겁게 할 뿐이다.

마침내 취기는 먼 곳을 불렀다. 한 마리의 순흑색 개가 또 어디선지 모르게 나타나 괴상한 이 고혹적인 음문의 주위를 걸음마저 어지러이 늘어놓는다. 암캐는 꼬리를 약간 높이 들어올리면서 천천히 정든 표정으로 돌아본다.

생비린내 나는 공기가 유동하면서, 넋을 녹여낼 듯한 잔물결의 바람이 가벼운 비단바람을 흔들어 일으켰다.

일광 아래서 코도반9)처럼 촌녀의 피부는 염염艶艶히 빛났다.

그녀들의 체취는 목장 풀과 봉선화 향기로 변하였다. 이 처녀들도 격렬한 노역엔 땀을 흘릴까.

투명한 맑은 물 같은 땀…… 곡물처럼 따뜻이 향기 나는 땀…….

저 생률生栗처럼 신선한 뇌수는 동백 기름을 바른 모발 밑에서 뭣을 생각하고 있는 것일까. 무슨 꿈을 꾸고 있는 것일까. 황옥黃玉처럼 투겨진 옥수수의 꿈. 우물 속에 움직이는 목고어目高魚10)의 꿈. 그리고 가엾은 물빛 인견人絹의 꿈. 그리고 서투른 사랑의 꿈.

촌처녀의 성욕은 대추처럼 푸르기도 하고 세피아 빛으로 검붉기도 하다.

그러나 그 중에 증기처럼 백색인 처녀를 보기도 한다. 목공미木公尾를 머리에 이고, 내 곁을 지나는 것이 께름해서, 일부러 머언 길을 돌아가는 그 증기 같은 처녀…….

조부는 주름투성이인 백지 같은 한 방 속에 웅크리고서 노후를 앓으며 묵묵히 죽음을 기다리고 있다. 고요한 골편이여, 우울한 유령이여.

나는 어젯밤도 조셋드와 요트와 해변 호텔과 거류지와의 혼잡한 도회의 신문 같은 꿈을 보았다.

두뇌는 어젯날 신문처럼 신선함을 잃으며 퇴색하고 있었다.

나는 이들 처녀 앞에서 이런 부륜腐倫한 유혹을 품고 길 잃은 아해가 되어 버렸다.

아해들은 어디로 가버린 것일까. 풀덤불 속에?

파랗게 질리면서 납촉蠟燭[11]처럼 타고 있다. 축 늘어진 나의 자태를, 저 증기의 처녀는, 거친 발[簾] 너머로 보고 있다.

나는 완전히 불쌍하게 보이겠지. 또는 메마른 풀 같은 나의 듬성듬성 난 수염이 이상해 보이는 것일까.

만취한 양 비틀거리며 나는 세수수건을 지팡이로 의지하며 목욕장 속으로 떨어져 갔다. 모든 걸 물에 흘려 버리자는 슬픈 생각을 하면서.

대기는 약간 평화하다. 그러나 나의 함정은 아직 보이지 않는다.

― 주

1) 후쿠진쓰케(福神漬): 여러 가지 채소로 만든 일본식 장아찌의 한 종류.

2) 훤소喧驛: 왁자하게 떠들어 소란스러움.

3) 괭: '고양이'의 준말.

4) 제애際涯: 끝이 닿는 곳.

5) 일악一握: '한 줌'이라는 뜻으로, 적은 양을 이르는 말.

6) 민절悶絶: 너무 기가 막혀 정신을 잃고 까무러침.

7) 구간軀幹: 포유동물에서 머리와 사지를 제외한 몸통 부분.

8) 유척廋瘠: 앙상하고 수척함.

9) 코도반cordovan: 말꼬리 쪽 등부분 가죽으로 만든 고급 가죽 구두. 말 한 마리
   에서 구두 2켤레분밖에는 나오지 않으므로 값이 매우 비싸다.

10) 목고어目高魚: 송사리.

11) 납촉蠟燭: 밀랍으로 만든 초.

첫 번째 방랑

출발

통화通化는 시골이라고들 한다. 그리고 아직껏 위험하다고들 한다. 그는 진도陣刀[1] 모양의 끈 달린 지팡이를 가지고 있었다. 나는 그것이 금세 칼집에서 불쑥 알맹이를 드러내는 것이나 아닌지 겁이 났다. 나는 또 그에게 아편을 본 적이 있느냐고 물어 보았다. 그가 어떤 대꾸를 했는지, 그건 잊어버렸다.

그—그는 작달막하고 이쁘장하게 생긴 사나이다. 안경 쓰는 걸 머리에 포마드[2] 바르는 것처럼이나 하이칼라로 아는 그는 바로 요전까지 종로의 금융조합에 근무하고 있었단다. 그가 나를 어떻게 생각하고 있는지는 모르지만, 나는 그를 아주 사람 좋고 순진하고 인정이 넘치는 사람인 줄 알고 있다. 그를 멸시할 생각도 자격도 나에겐 추호도 있을 수 없다.

그리고 그는 현재 만주의 통화라는 곳에 전근해 있다고 하지 않는가.

오랜만에 돌아온 경성은 정답기 그지없다고 한다. 경성을 떠나고 싶지 않다. 카페, 그리고 지분脂粉냄새도 그득한 바[3]하며 참으로 뼈에 사무치게 좋다는 게다. 통화는 시골이라 오락 기관—그의 말을 따르면—같은 것이

통 없어서 쓸쓸하단다.

　나는 그의 말에 일일이 고개를 끄덕여 보였다. 실상 나는 그 방면의 일은 제법 잘 알고 있을 것 같으면서 조금도 그렇지 못한 것인데, 그는 자꾸만 그런 것에 대해 고유명사를 손꼽아 대곤 나를 깜짝깜짝 놀라게 하는가 하면, 또 나아가서는 사계斯界의 종업자從業者[4]인 나보다도 이처럼 많은 것을 알고 있다는 걸 뽐내 보임으로써, 그 천생의 도락벽에다 여하히 달콤한 우월감을 더해 볼까 하는 속셈인 것 같으나, 나는 또 나로서 사실 말이지 그의 여러 가지 이야기에 고분고분 경의를 표하지 않을 수 없는 노릇이었다.

　그의 하찮은, 한 번에 3원 정도의, 좀더 소규모로는 5, 60전의 도락은 정말 싫증 나는 법이 없는가 보다. 그는 또 무엇보다도 금수강산으로 이름난 평양에 한나절 놀고 싶노라고도 했다. 평양기생은 예쁘다. 하지만 노는 상대는 어쩐지 기생은 아닌 성싶다.

　그와 얘기한다는 건 한없이 나를 침묵케 하는 일이다. 그가 하는 이야기에 일일이 감탄을 표하고 있지 않으면 안 되니 말이다.

　나는 얘기해서 그를 감격케 할 만한 아무것도 갖지 않았다. 나의 이야기는 그가 그저 괴상하다는 느낌만 들게 할 따름이리라. 첫째, 나는 나의 초라한 행색을 어떻게 변명해야 좋을는지를 알지 못한다. 그는 나의 이 빈약한 꼴을 비웃을 것에 틀림없다. 나로선 그것은 참기 어려운 노릇이다.

　나의 여행은 진실로 모파상[5] 식이라는 것을 그에게 설명해 주고 싶다. 허나 나의 혼탁한 두뇌는 그것을 어떻게 설명해야 좋을지 엄두가 나지 않는다. 나는 입을 다물고 그저 무턱대고 초조해하는 수밖엔 없다.

　집을 나설 때, 나는 역에서 또 기차간에서 아무하고도 만나지 않았으면 싶었다. 다행히 역에는 아무도 없다. 내가 아는 사람은 아무도 없었다.

　나의 이 뭐가 뭔지 알 수 없는 여행에 대해 변명을 하는 것은 정말이지 나로선 괴로운 일이다. 나는 기차간에서도 아무하고도 만나지 않았으면 싶었다.

그는 이렇게 언짢은 얼굴을 한 나를 보고, 참으로 치근치근하게 인사를 했다. 나는 애써 얼굴에 웃음을 지으면서 한동안 어리둥절해 있었다. 그는 그런 일에는 무관심한 모양이다. 나그넷길에 길동무…… 어쩌고 하면서, 그는 자진해서 그의 만주행이 얼마만큼 장도의 여행인가를 설명한다.

경성 신의주 6시간 하고도 20분, 스피드업한 국제열차 아니고선 그를 만족시킬 수는 없다고 그런다. 그러나 그는 여태 비행기라는 편리한 교통기관이 있다는 사실을 알지 못하는 것만 같다.

나는 왜 이렇게 피로해 있는가에 대하여 생각해 보았다. 어제는 엊그제 같기도 하고, 또한 내일 같기조차 하다. 나에겐 나의 기억을 정리할 만한 끈기가 없어졌다. 나는 이젠 입을 다물고 있는 수밖엔 별도리가 없었다.

거대한 바위 같은 불안이 공기와 호흡의 중압이 되어 마구 짓눌렀다. 나는 이 야행열차 안에서 잠을 자지 않으면 아니 된다.

미지의 사람들이 우글거리는 차내의 한구석에서, 나의 눈은 자꾸만 말똥말똥해지기만 한다.

그는 이윽고 이 불손하기 짝이 없는 사나이한테 이야기하는 것이 얼마나 부질없는 노릇인가를 깨달았던 것일까. 비스듬히 맞은편 좌석에 누이동생인 듯한 열 살쯤 난 여자아이를 데리고 있는 한 여학생 차림의 얌전한 여인 위에 그의 주의를 돌리기 시작한다(그런 것 같았다). 나처럼 그는 결코 여인을 볼 때에 눈을 번쩍이거나 하지 않는다. 느슨한 먼 풍경을 바라보는 사람과 같이 그야말로 평화스럽다. 평화스러운 눈매 그것이다.

나도 그 여자 쪽을 본다. 잘생기지는 못했다. 그러나 꽤 감성적인 얼굴이다. 살찐 듯하면서도 날렵하게 야윈 정강이는 가볍고 또 애처롭다. 포도를

먹었을 때처럼 가무스레한 입술이다. 멀리 강서 근처에서 폐를 요양하는 애
인을 생각하는 그런 표정이었다.

나는 모든 것을 잊어버리지 않으면 아니 된다. 나 자신을 암살하고 온 나
처럼, 내가 나답게 행동하는 것조차도 금지되지 않으면 아니 된다.

『세르팡』[6]을 꺼낸다. 아폴리네르[7]가 즐겨 쓰는 테마 소설이다. 「암살 당
한 시인」[8]. 나는 신비로운 고대의 냄새를 풍기는 주인공에게서 '벤케이'[9]를
연상한다. 그러나 그것은 시인이기 때문에, 낭만주의자이기 때문에, 저 벤케
이와 같이 결코 화려하지는 못할 것이다.

글자는 오수午睡처럼 겨드랑이 밑에 간지럽다. 이미지는 멀리 바다를 건
너간다. 벌써 바닷소리마저 들려온다.

이렇게 말하는 환상 속에 나오는 나, 영상은 아주 반지르한 루바슈카
를 입은 몹시 퇴폐적인 모습이다. 소년 같은 창백한 털북숭이 풍모를 하고
있다. 그리곤 언제나 어느 나라인지도 모를 거리의 십자로에 멈춰 서 있곤
한다.

나는 차가운 에나멜의 끝이 뾰족한 구두를 신고 있다. 나는 성큼성큼 걷
기 시작한다. 얼마 후 꿈 같은 강변으로 나선다. 강 저편은 목멘 듯이 날씨
가 질척거리고 있다. 종이 울리는가 보다. 허나 저녁 안개 속에 녹아 버려 이
쪽에선 영 들리지 않는다.

나처럼 창백한 얼굴을 한 청년이 헌책을 팔고 있다. 나는 그것들을 뒤적
거린다. 찾아낸다. 나카무라 쓰네[10]의 자화상 데생 말이다.

멀리 소년의 날, 린시드 유의 냄새에 매혹되면서 한 사람의 화인畵人은,
곧잘 흰 시트 위에 황달색 피를 토하곤 했었다.

문득 그가 페이지를 넘기는 소리가 났다. 이건 또 어찌 된 셈일까? 그도

열심히 책을 읽고 있다. 그리고 미간에 주름살마저 잡혀 있지 않는가. 『킹구』[11]—이 천진한 사나이의 마음을 아프게 하는 그 어떤 기사가 그 속에 있다는 것일까?

나는 담배를 피우듯이 숨을 쉬었다. 그 아가씨는? 들녘처럼 푸른 사과 껍질을 깎고 있다. 그 옆에서 저 여동생 같기도 한 소녀는 점점 길게 드리워지는 껍질을 열심히 응시하고 있다. 독일 낭만파의 그림처럼 광선도 어둡고 심각한 화면이다.

나는 세상 불행을 제가끔 짊어지고 태어난 것 같은 오욕에 길든 일족을 서울에 남겨 두고 왔다. 그들은 차라리 불행을 먹고 살고 있는 것인지도 모른다. 그들은 오늘 저녁도 또 맛없는 식사를 했을 테지. 불결한 공기에 땀이 배어 있을 테지.

나의 슬픔이 어째서 그들을 진심으로 사랑할 수 없는가? 잠시나마 나의 마음에 평화라는 것이 있었던가. 나는 그들을 저주스럽게 여기고 증오조차 하고 있다. 그렇지만 그들은 멸망하지 않는다. 심한 독소를 방사하면서, 언제나 내게 거치적거리며 나의 생리에 파고들지 않는가.

지금 야행열차는 북위北緯를 달리고 있다. 무서운 저주의 실마리가 엿가락처럼 이 열차를 쫓아 꼬리가 되어 뻗쳐 온다. 무섭다, 무섭기만하다.

나는 좀 자야겠다. 허나 눈꺼풀 속은 별의 보슬비다. 암야暗夜의 거울처럼 습기 없이 밝고 맑은 눈이 자꾸만 더 말똥말똥하기만 하다.

책을 덮었다. 활자는 상箱에게서 흘러 떨어졌다. 나는 엄격한 자세를 하지 않으면 아니 된다. 나는 이젠 혼자뿐이니까.

차창
사람들은 모두 잠이 들어 있다. 그것이 나에겐 아무래도 이상스럽기만

하다. 어째서 앉은 채 사람들은 잠자는 것일까? 그러한 사람들의 생리조직
이 여간 궁금하지 않다. 저 여학생까지도 자고 있다. 검은 드로어즈가 보인
다. 허벅다리 언저리가 한결 수척해 보인다.

피는 쉬고 있나 보다. 가만히 들여다보니 그 얼굴은 몹시 창백하다. 슬픈
나머지 울고 있는 것처럼 보이기까지 한다.

기차는 황해도 근처를 달리고 있는 모양이다. 가끔가끔 터널 속에 들어
가 숨이 막히곤 했다. 도미에[12]의 〈삼등열차〉가 머리에 떠올랐다.

나는 고양이처럼 말똥말똥해서 단정히 앉아 있었다. 이따금 포즈를 흐트
려 잠잘 수 있을 만한 자세를 해본다. 하지만 그것은 부질없이 뼈마디를 아
프게 하는 이외의 아무것도 아니다. 나는 체념한다. 해저에 가라앉는 측량
기처럼 나는 단정히 앉아 있다.

창밖은 깊은 안개다. 아무것도 안 보인다. 능형菱形[13]으로 움직이 는 차
창의 거꾸로 비친 그림자에 풀 같은 것들의 존재가 간신히 인정된다.

내가 앉아 있는 쪽으로 이건 또 누구일까, 다가오는 기척이 난다. 나는
반사적으로 고개를 그쪽으로 돌린다. 지극히 키가 큰 사람이다. 중대가리
다. 입을 한일자로 다물고 있다. 눈엔 독기를 띠고 있는 것 같기만 했다.

옆에까지 온 그 사람은, 별안간 무엇을 떨어뜨리기나 한 것처럼 커다란
소리를 내었다. 나는 오싹했다. 하지만 몸이 움직여지지 않는다.

지나가는 무슨 악귀처럼 그 사람은 맞은편 도어를 열고 다음 찻간으로
자취를 감추었다. 이게 어찌 된 일까. 저 금융조합 사나이가 가지고 있던
진도 모양의 단장短杖을 넘어뜨렸던 것이다. 그는 잠이 깨지는 않았다. 이
건 또 어찌 된 일까.

사람들은 답답한 숨들을 쉬었다. 개중엔 커다라니 입을 벌리고 있는 사
람조차 있었다. 폐들은 풀무처럼 소리내어 울렸다.

탁한 공기는 빠져나갈 구멍을 잃고 있다. 송사리떼 같은 세균의 준동이

육안에도 보이는 것만 같다. 나는 코를 손가락으로 집어 봤다. 끈적거리면서 양쪽 벽면은 희미한 소리마저 내면서 부착했다. 나는 더 숨을 쉴 수가 없다. 정신이 아찔했다. 안면은 순식간에 빨갛게 물들어 갔다. 다시마가 집채 같은, 콘크리트 같은 파도에 흔들리고 있는 것이 보였다. 일순간 그들 다시마는 뱀장어로 변형돼 갔다. 독기를 품은 푸르름이 나의 육체를 압착했다. 나를 내부로 질질 끌고 갔다. 이제 완전히 나는 선머슴애가 되고 말았다. 세월은 나의 소년의 것이다. 나는 가련한 아이였다.

풀밭이 먼 데까지 펼쳐져 있다. 언덕 너머 목초 냄새가 풍겨 온다. 빨간 지붕이 보였다. 여기는 대체 어디란 말인가?

나의 강막綱膜에 거대한 괴물이 비쳤다. 그것은 점점 멀어져 가는 것 같았다. 나는 이제 놀라지 않는다. 이렇게 내 손은 희다.

이 사나이는 또다시 저 진도처럼 생긴 단장을 넘어뜨렸던 것이다. 이 무슨 경망스런 작자일까. 그건 그렇다 치더라도 아까 넘겨졌던 그걸 일으켜 단정히 세워 놓은 사람은 누구일까. 나는 그것을 보지 않는다. 그런데도 그것은 얌전하게 서 있지 않으면 안 된다는 이치인 것이다. 그렇다 치더라도 또 나는 이 무슨 환상의 풍경을 눈앞에 본 것일까. 나는 그만 꾸벅꾸벅 졸았던 모양이다. 그러는 동안에 어쩌면 누군가가 내 옆을 지나갔을 것이다. 그리고 저 단장을 일으켜 놓은 모양이다. 저 사나이는 아직도 잠에서 깨어나지 않고 있다.

몹시 두드려대는(도어를) 소리로 해서 나의 의식은 한층 또렷해졌다. 내 앞에서 저 진도처럼 생긴 단장이 뒹굴어 있다. 나는 반쯤 조소로써 그것을 응시하고 있다. 그것은 어째 알맹이가 없는 그저 그런 장님 진도인 것 같다. 사람들은 저런 걸 사는 것이다. 이걸 만든 사람은 그것을 알고 있었기에 바로, 저 얼토당토않은 물건을 만들었을 것이다. 나는 그것을 짚어 보았다.

나는 단장 휘두르기를 좋아한다. 머리가 민짜인 그 단장은 휘두를 수는 없다. 나는 발밑 풀을 후려처 쓰러뜨리는 그런 시늉을 해보았다.

풀을 건드리지 않고 단장은 날카롭게 공기를 베었다. 나는 또 그 끝으로 흙을 눌러 보았다. 시뻘건 피 같은 액체가 아주 조금 배어 나왔다. 나는 몸에 가벼운 그러나 추위에 충분히 대비할 수 있는 고귀한 양복을 입고 있었다.

내 눈앞에서 한 여인이 해산을 하고 있다. 치골 언저리가 몹시 아프다. 팔짱을 끼듯 나는 그 애처로운 광경을 그저 바라만 보고 있다. 팔굽 언저리는 딱딱한 책상이다. 책상 위엔 아무것도 없다.

말소리가 유리를 뚫고 맑게 울리는 시골 사투리가 되어 들려왔다. 그것들은 더없이 즐겁다. 그리고 좀 시끄럽기조차 하다.

나는 개떼한테 쫓기고 있었다. 나는 쏜살같이 달아난다. 이윽고 나의 속도는 개들의 그것보다 훨씬 뒤진다. 개들의 흙투성이 발이 내 위에 포개졌다. 무수한 체중이 나를 짓누른다. 개들은 나를 쫓고 있는 것은 아니리라. 나를 밟고 넘어선 나의 전방 먼 저쪽 방향을 향해 달려가는 것이었다. 그렇다 치더라도 이건 또 어쩌면 이렇게도 숱한 개의 수효란 말인가.

열차는 멈춰 있었다. 밤안개 속에 체온을 증발시키고 있었다. 턱수염인 것처럼 때때로 기관차는 뼈 돋친 숨을 쉬었다.

차창 밖을 흘깃 내다보았더니 이건 또 유령의 나라 순사인가. 금빛 번쩍거리는 모자를 쓴 사람이 습득물 바퀴 하나를 가지고 우두커니 서 있다. 이윽고 태엽을 감기나 한 듯이 종종걸음으로 걷기 시작했다. 그 순간 그의 얼굴에 어디선지 불이 옮겨 붙었는가 하자, 이미 그 모습은 무슨 방대한 어둠의 본체 속으로 빨려들어 보이지 않게 되었다.

나는 모골이 송연했다. 보아선 아니 된다. 나는 또 그 무슨 참혹한 광경을 목도한 것일까. 그런 생각을 하고 있자니까 내 귀에 산 같은것이 무너져 떨어졌다.

내 귀는 멀어 있었던가. 그것은 남행의 국제특급인 것 같았다. 그렇다 치더라도 내 귀는 멀어 있었던가.

아무것도 남기지 않고, 그리고 모든 것을 남기고 또 하나의 야행 열차는 야기夜氣 때문에 흠씬 젖은 덩치를 엇비비듯 지나쳤다.

누군가가 슬픈 음색으로 기적을 불었다. 그렇게 느껴졌다. 마을은 보이지 않는다. 마을은 잠든 사이에 멸형滅刑되었나 보다.

개찰구에 홀로 우두커니 기대고 있던 백의白衣의 사람이 에스컬레이터처럼 움직이기 시작했다. 금빛을 번쩍거리던 사람은 다시 어디선가 나타나서 엄숙하게 거수경례를 해보였다. 나는 내심 혀를 낼름 내밀었다. 이건 혹시 장난감 기차인지도 모른다. 진짜 기차는 어딘가 내 손이 결코 닿을 수 없는 위대한 지도 위를 달리고 있는 것이나 아닌지 그렇게 나는 생각해 보았다.

내 곁의 그는 어느새 잠이 깨고 그 진도처럼 생긴 단장을 턱에 짚고 눈을 깜박거리고 있었다. 고쳐 앉은 나를 향해 지금 엇갈려 간 열차는 '히카리'[14]가 분명하다고 말하는 것이었다. 나는 그렇구말구 하듯 끄덕여 보였다. 그는 만족한 듯 그 '히카리'호의 속력이 어떻게 절륜적絶倫的인 것인가에 대해 그 체험을 이야기했다. 그것은 얼마나 드물게밖엔 정차하지 않는가에 의해 증명되는 것이라고 한다.

그리고 그는 슈트케이스에서 사륙반절형 소책자와 담배 케이스를 꺼냈다.

만주 담배라도 들어 있나 했더니, 그것은 만주에서 샀다는 케이스였다.

그때 그의 슈트케이스의 내용이 얼마나 빈약한가를 목격하고 말았다. 그 흔해 빠진 여송연 한 개비를 나에게 권했다.

나는 그것을 피우리라. 이미 이 야행열차 속에 10년 전의 그 커다란 잎 그대로의 칙칙한 연기를 볼 수는 없다.

그들은 먼 조상의 담뱃대를 버리고 우습기 짝이 없는 궐련 피우는 대[竹], 또는 오동 파이프를 입에 물고 있다. 그들 중 누군가는 그 맛의 미흡함과 자신의 어지간히 큰 덩치에 비해 파이프가 너무나 작은 멋쩍음으로 해서 눈에서 주루루 눈물마저 흘리고 있는 것이었다.

구토가 자꾸만 치밀어 목은 좌로 향하고 우로 향했다. 무거운 짐짝 같은 두통이 눈구멍 속에 있었다. 이것은 분명 불결한 공기 탓이리라. 이 불결한 공기로부터 잠시나마 도망치지 않으면 안 되겠다.

승강구에 섰다. 요란한 음향이다. 철과 철이 맞부딪는 대장간 같은 소리는 고통에 넘쳐 있다. 나는 산소로만 만들어졌다고 할 수밖에 없는 시원한 공기를 마시면서, 이 정수리를 때리는 것만 같은 음향에 익숙하려 했던 것이다. 공기는 냉랭한 채 머리털에 엉겨 붙었 다. 이마에 제법 차가운 손이 얹혀지는 것만 같았다. 사람을 초조하게 하는 이 음향에 어서 익숙했으면 좋겠다.

승강구에 멈춰 서 보았다. 몸은 좌 혹은 우였다. 아직 머리는 비슬거리고 있나 보다.

소변을 누어 보는 것도 좋겠다. 달리는 기차 위로부터 떨어지는 소변은 가루눈처럼 산산이 흩어져, 그것은 땅바닥에 가닿지도 못할 것이다.

이때 나의 등 뒤에서 차량과 차량과의 접속해 있는 부분의 복잡한 기계를 만지작거리는 사람이 있다. 차장일 테지.

그렇다하더라도 익숙한 손짓이다. 나는 소변을 보면서 귀찮은 일은 그만 잊어버리기로 했다.

언제까지나 무엇을 저렇게 만지작거리는 것일까. 고장이 난 것일까. 그런 일이 있어서야 어디 되겠는가. 그렇더라도 너무 시간이 길다. 나는 더 참을 수가 없다. 돌아다보기로 하자. 아니 이거 아무도 없구나.

가느다란 공기 속에서 그전처럼 철과 철이 광명단光明丹[15]을 가운데 끼고 맞부딪고 있다. 그리고 슬픈 소리를 내고 있다. 나의 소변은 어이없게 끝나 버렸다. 이젠 이 이중二重—이부二部로 이루어진 음향에 익숙해져야 한다. 나는 먼 곳을 바라다보기로 했다.

거기엔 경치랄 것이 없다. 모든 것을 삼켜 버린 방대한 살기가 어디까지나 펼쳐져 있다.

저 안개같이 보이는 것은 실은 고열의 증기일 것이 분명하다. 이 무슨 바닥 없는 막대한 어둠일까.

들판도 삼켜졌다. 산도 풀과 나무를 짊어진 채 삼켜져 버렸다. 그리고 공기도, 보아하니 그것은 평면처럼 얄팍한 것 같기도 하다.

그것은 입체가 없기 때문이다. 그것은 이미 헤아릴 수 없는 심원 한 거리를 그득히 담고 있다. 그 심원한 거리 속에는 오직 공포가 있을 따름이다.

반짝이지 않는 별처럼 나의 몸은 오무러들면서 깜박거리고 있었다. 이미 이것은 눈물과 같은 희미한 호흡일 수밖에 없다.

그러나—나는 핸들을 꽉 붙잡고 있다. 차가운 것이 흐르고 있다. 나는 그것을 놓을 수는 없다—저 막대한 공포와 횡포의 아주 초입은 역시 조그마한 초원, 그것은 계절의 자잘한 꽃마저 피우고 있는, 목초가 있는 약간의 땅인 것 같다.

실상 일전에 이 열차의 등불 있는 생명에 매달리려고 필사의 아우성을 치면서—그것은 내 마음을 아프게 하기에 충분하다.

저기 멈춰 서자. 메마른 한 그루의 나무가 있으면 그것에 산책자이듯이 기대서자. 거창한 동공이 내 위에 쏟아진다. 나는 그것에 놀라면 안 된다.

아름다운 시를 상기한다. 또는 범할 수 없는 슬픈 시를 상기한다. 그리곤 고개를 수그리면서 외워 본다. 공포의 해소海嘯[16]는 얼마쯤 멀어진다. 그러나 아무것도 보이지는 않는다. 내 손에는 어느새 은빛으로 빛나는 단장이 쥐어져 있다. 그것을 가볍게 휘둘러 본다.

그리하여 나는 무엇을 기다리고 있는 것일까. 이윽고 사람들은 오고야 말 것이다. 오오, 아직 이 살벌한 몽몽濛濛[17]한 대기는 나를 위협하고 있다.

하현달이다. 굳이 니는 아름답다고 본다. 그것은 몹시 수척한 심각하게 표정적인, 보는 눈에도 가엾게 담배 연기로 혼탁해 있는 달이다. 함성을 지르기엔 아직 이르다. 공포의 심연 속에는 분노의 호흡이 들린다. 이젠 사람들이 와도 좋을 시기다.

왔다. 일순, 달은 분연噴煙을 울리고 자취를 감추었다. 사람들은 철을 운반해온 것이다. 사람들은 묵묵히 다가온다. 다만 철과 철이 알몸인 채 맞부딪고 있다. 나의 귀는 동굴처럼 그러한 음향들을 하나하나 반향한다. 아니, 이건 또 후방으로부터 오나 보다. 그렇다면 난 방향을 잘못 잡고 서 있는 것일까. 이건 반의叛意를 품고 있는 것 같다. 이건 단 혼자인 것 같다. 나는 아찔했다. 나는 상아처럼 차갑게 가늘어지면서 뒤를 돌아다보았다. 거기엔 아무도 없다. 나는 끝끝내 대지垈地를 분실하고 말았다.

나는 나의 기억을 소중히 하지 않으면 안 된다. 나의 정신에선 이상한 향기가 나기 시작했으니 말이다.

이 뼈만 남은 몸을 적토赤土 있는 곳으로 운반하지 않으면 안 되겠다. 나의 투명한 피에 이제 바야흐로 적토색을 물들여야 할 시기가 왔기 때문이다.

적토 언덕 기슭에서 한 마리의 뱀처럼 말라 죽을지도 모르지만, 나는 아름다운—꺾으면 피가 묻는 고대古代스러운 꽃을 피울 것이다.

이제 모든 사정이 나를 두렵게 하고 있다. 사람들이 평화롭다는 그것이, 승천하려는 상념 그것이, 그리고 사람들의 치매증 그것마저가.

그러한 온갖 위협을 나는 참고 견디지 않으면 안 된다. 그러한 것들의 침범으로 정신의 입구를 공허하게 해서는 안 된다.

끝없는 어둠에 나의 쇠약한 건강은 견디어 내지 못하는가 보다. 나는 이 먼 데 공포로부터 자진 도피하지 않으면 안 된다.

등불은 어스름하다. 이건 옥체실屋體室임에 틀림없다.

공기는 희박하다—아니면 그것은 과중하게 농밀한가. 나의 폐는 이런 공기 속에서 그물처럼 연약하다. 전실全室에한 사람 몫 공기 속에 가사假死의 도적이 침입해 있는가 보다.

이 무슨 불길한 차창일까. 이 실내에 들어서는 즉시 두통을 앓지 않으면 안 되다니.

승강대에 다시 서서 저 어둠 속을 또 바라보았다. 이건 또 별과 달을 삼켜 버리고 있다. 악취로 가득 차 있을 테지.

머리 위 하늘을 찌르는 곳에 한 그루 나무가 보였다. 그것은 거멓게 그을은 수목의 유적일 것이다. 유령보다도 처참하다.

몽몽한 대기가 사라지고 투명한 거리는 가일층 처참하다. 그 위를 거꾸로 선 나의 그림자가 닳아 없어지면서 질질 끌려간다.

8월 하순—이 요란하기 짝이 없는 음향 속에 애매미 소리가 훨씬 선명하다는 건 이상한 일이다. 그들은 저 어둠에 압살되었을 것이다.

따스한 애정이 오한처럼 나를 엄습한다. 또 실로 오전 3시의 냉기는 오한이나 다름없다.

일순 나는 태고를 생각해 본다. 그 무슨 바닥 없는 공포와 살벌에 싸인 저주의 위대한 혼백이었을 것인가. 우리는 더더구나 행복하지 않으면 안 된다. 식어 가는 지구 위에 밤낮 없이 따스하니 서로 껴안지 않으면 안 될 것이다.

역마다 정지한다는 이 열차가, 한 번도 정차하지 않았다. 적어도 나의 기억엔 없다. 나는 그것을 모조리 건망健忘하고 있나 보다.

먼동이 트여올 것이다. 이윽고 공포가 끝나는 장엄한 그리고 날쌘 광경에 접하게 될 것이다.

그러나 언제까지나 그것은 어둠의 연속이다. 하지만 이미 이젠 저 해룡의 혀 같은 몽몽한 대기는 완전히 가시었다. 나는 하늘을 쳐다보았다.

시원한 공기가 폐부에 흐르고, 별들이 운행하는 소리가 체내에 상쾌하다.

어느 틈엔가 별의 보슬비다. 그리고 수줍어하듯 하늘은 엷은 은빛으로 빛나기 시작했다. 별은 한층 더 기쁜 듯이 반짝인다.

수목이 시원스러운 녹색을 보이는 시간은 언제쯤일까. 나무들은 움직이는 것처럼 보이기도 한다.

아주 딴 방향으로부터 저 하현달이 다시금 모습을 나타냈다. 하지만 그 방향이 다른 것으로 보아 그것은 다른 것임에 틀림없다.

그것은 약간 따스함조차 띠고 있다. 그리고 스스로의 사치로 해서 참을 수 없이 빛나고 있다. 참을 수 없는 아름다움이다.

나에게 표정을 강요하는 것 같기도 하다. 나는 어떤 표정을 짓지 않으면 아니 된다. 나는 기꺼이 표정을 선택할 것이다.

이런 때, 내가 해야 할 표정은 어떤 것이 제일 좋을까? 어떤 것이 제일 달의 자랑에 알맞는 것이 될까?

나는 잠시 망설인다.

산촌

돼지우리다. 사람이 다가서면 꿀꿀거린다. 나직한 초가지붕마다 호박덩굴이 덮이고, 탐스런 호박이 매달려 있다. 그리고 모양은 노랗고 못생겼으며, 자꾸만 꿀벌을 불러 대고 있다. 자연의 센슈얼한 부면部面…….

우리 속은 지독한 악취다. 허나 이것이 풀의 훈기와 마찬가지로 또한 요란하고 자극적이다.

돼지, 귀여운 새끼 돼지, 즐거운 오예汚穢 속에 흐느적거리고 있는 돼지, 새끼 돼지—수뢰水雷[18] 모양을 하고 있는 꿀돼지다.

바람이 불었다. 비는 이젠 저 철골 망루가 있는 산등성이를 넘어서 또 다른 산촌으로 가버렸나 보다.

남쪽은 모로 길게 가닥가닥이 푸르고, 자줏빛 구름은 어쩌면 오렌지 빛 안쪽을 유혹이나 하듯 뒤집어 보이곤 한다.

야트막한 언덕 가득히 콩밭—그것은 그대로 푸른 하늘에 잇닿아 있다. 그것은 그러므로 끝이 없이 넓어 보이는 것이었다.

그리고 산 쪽으로는 수수밭, 들판 쪽으로는 벼밭과 지경地境을 이루고 있다.

또 바람이 불었다. 개구리가 뛰었다. 조그만 개구리다. 잔물결이 개구리밥 사이에 잠시 보였다.

벼밭에서 벼밭으로 아래로 아래로 맑은 물은 흐르고 있는 것이다. 논두렁을 잘라 물길을 낸 곳에 샴페인을 터뜨리는 그런 물소리가 끊일 새 없다.

피가, 지칠 줄 모르는 피가 이렇게 내뿜고 있는 대자연은 천고에도 결코 늙어 보이는 법이 없다.

또 바람이 불었다. 좀 비를 머금은 바람이다. 수수 옥수수 잎 스치는 소리가 소조롭다. 그리고 정겨웁다. 어쩌면 치마끈 끄르는 소리와도 같이.

농가다. 개가 짖는다. 새하얀 인간의 얼굴보다도, 오히려 가축답지 않은 생김새다. 아래 온천 마을에선 개는 어떤 사람을 보아도 짖지를 않는다. 여기선 조심스레 겸손하는 태도마저 보이면서, 한층 더 슬픈 소리로 짖어 댔다.

산에 산울림하여 인간의 호흡을 전달하는 것이었다.

밤나무와 바위와 약간 가파른 낭떠러지에 둘러싸여 온돌처럼 따스해 보이는 농가 두셋, 문어귀의 소로까지 양쪽 댑싸리 옥수수 울타리가 어렴풋하게 구부러지면서 지나갔다. 그래서 문어귀를 곧바로 내다볼 수가 없다. 마당에는 공만한 백일초가 새빨갛게 타오르고 있다.

울타리 사이로 개가 이쪽을 겁난 눈으로 엿보고 있다. 그리고 마당. 말끔히 쓸어 놓은 마당과 소로엔 수수며 조 같은 곡식이 떨어져 있음직도 하다.

툇마루 끝에선 노파가 손주딸 머리의 이를 잡고 있다. 원후류猿猴類[19]가 하듯이―둘이 다 상반신은 알몸이다.

그리고 어두컴컴한 부엌 속에 이 또한 상반신은 알몸인 젊은 며느리가 서서 일하고 있다. 초콜릿 빛 피부 건강한 육체다.

집 뒤꼍에는 옥수수가, 이것만은 들쭉날쭉으로 서 있다. 커다란 이삭을 몇 개 달고는 가을풀들 사이에 유난히 키가 크다.

바위에는 칡넝쿨이 붉다. 그리고 그것은 바위에 낀 무슨 광물이거나 한 것처럼 찰싹 바위에 달라붙어 있다. 그리고 검은 바위를 배경삼아 한층 더 붉다.

어린아이 둘이 검붉은 머리카락을 바람에 나부끼면서 마당 안에서 놀고 있는 것인지 노는 걸 그만두고 있는 것인지, 둘이 다 멍하니 서 있다.

매일같이 가뭄이 계속되어, 땅바닥은 입덧 난 것처럼 균열이 생기고, 암석은 맹수처럼 거칠게 숨쉬었다.

농부는 짙푸르게 개어 오른 초가을 허공을 쳐다보았다. 한 점 구름조차 없다.

삶을 지닌 모든 것은 모두 피를 말려 쓰러질 것이다. 이제 바야흐로.

아카시아 이파리엔 흰 티끌이 덧쌓이고, 시냇물은 정맥처럼 가늘게 부어 올라 거무죽죽하다.

뱀은 어디에도 그 꼴을 보이지 않는다. 옥수수 키 큰 풀숲 속에 닭을 작게 축소한 것 같은 산새가 꼭 한 마리 내려앉았다. 천벌인 양.

그리고 빈민처럼 야위어 말라빠진 조밭이 끝없이 잇달아, 수세미처럼 말라 죽은 이삭을 을씨년스럽게 드리우곤 바람에 울부짖고 있었다.

그러는 사이에도 잠실 누에는 걸신들린 것처럼 뽕을 먹어 치웠다.

아가씨들은 조밭을 짓밟았다. 어차피 인간은 굶어 죽지 않으면 안 되는 것이라면, 지푸라기보다도 빈약한 조밭을 짓밟고 그리곤 뽕을 훔치라고.

야음을 타서 마을 아가씨들은 무서움도 잊고, 승냥이보다도 사납게 조밭과 콩밭을 짓밟았다. 그리고는 밭 저쪽 단 한 그루의 뽕나무를 물고 늘어졌다.

그래도 누에는 눈 깜박할 새에 뽕잎을 먹어 치웠다. 그리곤 아이들보다도 살찌면서 커갔다. 넘칠 것만 같은 건강. 풍성한 안심安心이라고도 할 만한 것은 거기에밖엔 없었다. 처녀들은 죽음보다도 누에를 사랑했다.

그리곤 낮 동안은 높은 나뭇가지 위로 기어올라갔다. 부끄러움을 무릅쓰고, 그 하얀 세피아 빛 과일을 해는 태워 버릴 것만 같이 쬐고 있었다.

어디에도 행복은 없다. 천사는 소년군少年軍처럼 도시로 모여들고 만 것이다.

풍우에 쓰러진 비석 같은 마을이여. 태고의 구비口碑를 살고 있는 촌사람들. 거기엔 발명은 절대로 없다.

지난해처럼 옥수수는 푸짐하게 익어, 더욱더 숱한 주홍빛 수염을 바람에 나부끼고는, 초가을 고추잠자리 날으는 하늘에 잎 쏠리는 흥겨운 소리를 울렸다.

그리고 옥수수 수수깡을 둘러친 울타리엔, 황금빛 탐스런 호박이 어떤 축구공보다도 크고 묵직하다.

산기슭 도수장屠獸場은 오래도록 휴업중이다. 그리고 아이들은 고무신을 벗어 들고는, 송사리보다 조금 더 큰 붕어를 잡는다.

개들은 가족들이 보는 앞에서 마구 야위어 갔다. 그리고 시집을 앞둔 많은 처녀들이 노파와 같은 얼굴로 되어 갔다.

줄기는 힘없이 부러지기만 했고, 조 이삭의 큰 것은 자살처럼 제 체중 때문에 모가지를 접질리곤 했다.

마른 뱅어같이 딱딱하고 가느다란 콩넝쿨은 길 잃은 자라처럼 땅바닥을 기고 있다. 그리고는 생식기 같은 콩 두서너 개를 매달고 있다. 버들잎이 담겨 있는 시냇물까지 젊은 두 아낙네가 물동이를 이고 물길러 왔다.

그리하여 피[血]는 이어져 있다. 메마른 공기 속 깊숙이.

나는 물을 마셨다. 시원한 밤이 오장으로 흘러들었다.

귀뚜리 소리는 한층 야단스레 한결 선연해진 것 같다. 달 없는 천근千斤의 마당 안에.

홀로 이 귀뚜리는 속세의 시끄러움에서 빠져나와, 이 인외경人外境에 울적하게 철학하면서 야위도록 애태움은 어찌 된 까닭일까? 이 귀뚜리는 지독한 염세가인지도 모른다. 램프의 위치는 어쩌면 그 화려한 자살 장소로서 선정된 것이나 아닐지.

그의 저 등피 밖에서 흥분과 주저는 어떠했던가.

귀뚜리의 자살. 여기에 일가권속을 떠나, 붕우朋友를 떠나, 세상의 한없는 따분함과 권태로 해서 먼 낯선 땅으로 흘러온 고독한 나그네의 모습을 보지 않는가. 나의 공상은 자살하려고 하는 귀뚜리를 향해 위안의 말을 늘어놓는다.

귀뚜리여, 영원히 침묵할 것인가. 귀뚜리여, 너는 어쩌면 방울벌레인지도 모른다. 네가 방울벌레라 해도 너는 침묵할 것이다.

죽어선 안 된다. 서울로 돌아가라. 서울은 시방 가을이 아니냐. 그리고 모든 애매미들이 한껏 아름다운 목청을 뽑아 노래하는 계절이 아니냐.

서울에선 아무도 너를 기다리고 있지 않다 그 말인가. 그래도 좋다. 어쨌든 너는 서울로 돌아가라. 그리고 노력해 보게나. 그리하여 전과는 다른 의미에서의 삶의 새로운 의의와 광명을 발견하게나, 고안해 보게나.

하지만 나의 이 같은 우습지도 않은 혼잣말은 귀뚜리의 귀에는 가닿지 않은가 보다. 어쩌면 귀뚜리는 내심 나를 몹시 조소하면서 도, 외관만은 모르는 척하고 꿀 먹은 벙어리로 있는 것이나 아닐지. 나는 적이 불안하다.

나는 이 지방에 와서 아무와도 친하지 않는다. 그들은 모두 나를 질색하는 것만 같았기 때문이다. 하지만 일주일도 안 되어 슬금슬금 그들은 두어 마디 서너 마디 나한테 말을 걸어 오는 수도 있게 됐다. 그것이 나로선 참을 수 없이 무섭다.

그들은 도대체 나한테서 무엇을 탐지하려는 것일까? 내 악의 충동에 대해 똑똑히 알고 싶은 것이리라. 나는 위구危懼를 느껴 마지 않는다. 나는 그들의 누구를 보고도 싱글벙글했다. 무턱대고 싱글벙글함으로써 나의 그러한 위구감을 얼버무리는 수밖엔 없었다.

아침부터 밤까지 남을 보면 나는 그저 싱글벙글했다. 그들의 어떤 자는 괴상하다는 표정조차 했다. 하지만 나는 그런 것에 상관하지 않았다.

하지만 이제 나는 귀뚜리를 향해 어찌 싱글벙글할 수 있겠는가? 너의 혜안은 나의 위에 별처럼 빛난다.

다시금 귀뚜리는 아무것도 아직 써넣지 않은 나의 원고용지 위에 앉았다. 그리곤 나의 운명을 점쳐 주기라도 할 그런 자세이다. 이번은 몹시도 생각에 골똘한 것 같다. 그리고 나의 이 펜촉이 달리는 소리를 열심히 도청하고 있는 것만 같다.

귀뚜리여, 이 사각거리는 소리를 듣기만 해도, 너는 능히 나의 이 모자란 글을 읽어 내릴 수 있을 것이다. 정녕 선지자 같은 정돈된 그 이지적인 모습을 보면, 나는 그렇게 생각되니 말이다. 그러나 어쩌냐, 나는 이렇게 많은 거짓말을 하고 있다. 얄미운 놈이라고 생각하느냐, 요사한 놈이라고 생각하느냐.

하지만 너만은 알 것이다. 보다 속 깊이 싹트고 있는 나의 악에 대한 충동을, 그리고 염치도 없는 나의 욕망을, 그리고 대해大海 같은 나의 절망까지도. 그리고 너만이 나를 용서할 것이다. 나를 순순히 받아들여 줄 것이다.

그러나 귀뚜리는 다시 흰 벽으로 옮아 앉았다. 그것이 내가 필설로써 호소할 수가 전혀 없는 수많은 깊은 악과 고통마저 알고 있다는 꼭 그런 얼굴인 것이다. 나는 나의 무능함이 폭로되는 것을 생생하게 보았던 것이다. 나는 더욱 깊이 절망할 수밖에 없다.

─ 주

1) 진도陣刀: 군도軍刀. 군인이 차는 칼.

2) 포마드pomade: 머리털에 바르는 반고체의 진득진득한 기름. 광택과 방향芳香을 내는데, 머리를 매만져서 다듬기 위하여 주로 남자가 사용한다.

3) 바bar: 스탠드바.

4) 사계斯界의 종업자從業者: 이상 스스로 서울에서 수차례 다방을 경영한 것을 두고 한 말.

5) 모파상(Guy de Maupassant, 1850~1893): 프랑스의 작가.

6) 『세르팡』: 일본의 문화 잡지. 해외 예술 정보가 많이 실렸다.

7) 아폴리네르(Guillaume Apollinaire, 1880~1918): 프랑스의 시인.

8) 「암살당한 시인」: 아폴리네르가 쓴 소설 제목.

9) 벤케이(弁慶, ?~1189): 일본의 무사·승려. 유명한 무사 미나모토 요시쓰네(源義經)를 주군으로 섬겼으며, 그 초인적인 헌신으로 일본 역사상 가장 인기 있는 인물이 되었다. 많은 전설·연극·영화에 자주 등장한다.

10) 나카무라 쓰네(中村 , 1888~1924): 일본의 화가.

11) 『킹구』: 일본의 대중 잡지. 당시 최대의 발행부수를 자랑했다.

12) 도미에(Honoré Daumier, 1808~1879): 프랑스의 풍자만화가·화가·조각가.

13) 능형菱形: '마름모'의 옛날 말.

14) 히카리(光): '빛'이라는 뜻의 일어. 일제시대 '히카리'라는 이름의 급행열차가 있었다.

15) 광명단光明丹: 쇠가 녹슬지 않게 칠하는 붉은 도료.

16) 해소海嘯: 거센 파도 소리.

17) 몽몽濛濛: 가랑비가 자욱이 내리는 모양. 앞이 흐릿하고 어두움.

18) 수뢰水雷: 물속에서 폭발시켜 적의 함정 따위를 파괴하는 무기.

19) 원후류猿猴類: 원숭이.

산책의 가을

여인 유리장 속에 가만히 넣어 둔 간쓰메[1], 밀크, 그렇지 구멍을 뚫지 않으면 밀크는 안 나온다. 단홍백 혹은 녹綠, 이렇게 색색이 칠로 발라 놓은 레테르의 아름다움의 외에, 그리고 의외에도 묵직한 포옹의 즐거움밖에는 없는 법이니 여기 가을과 공허가 있다.

비 오는 백화점에 적寂! 사람이 없고 백화百貨가 내 그림자나 조용히 보존하고 있는 거리에 여인은 희붉은 종아리를 걷어 추켜 연분홍 스커트 밑에 야트막이 묵직히 흔들리는 곡선! 라디오는 점원 대표 서럽게 애수를 높이 노래하는 가을 스미는 거리에 세상 것 다 버려도 좋으니 단 하나 가지가지 과일보다 훨씬 맛남직한 도색桃色 종아리 고것만은 참 내놓기가 아깝구나.

윈도 안의 석고石膏—무사는 수염이 없고 비너스는 분 안 바른 살갗이 찾을 길 없고 그리고 그 장황한 자세에 단념이 없는 윈도 안의 석고다.

소다의 맛은 가을이 섞여서 정맥주사처럼 차고 유니폼 소녀들 허리에 번쩍번쩍하는 깨끗한 밴드, 물방울 낙수지는 유니폼에 벌거벗은 팔목 피부는 포장지보다 정한 포장지고 그리고 유니폼은 피부보 다정한 피부다. 백화점 새 물건 포장—밴드를 끄나풀처럼 꾀어 들고 바쁘게 걸어오는 상자 속에는 물건보다도 훨씬훨씬 호기심이 더 들었으리라.

여름은 갔는데 검둥 사진은 왜 허물이 안 벗나. 잘된 사진의 간줄한 소녀 마음이 창백한 월광 아래서 감광지에 분 바르는 생각 많은 초저녁.

과일가게는 문이 닫혔다. 유리창 안쪽에 과일 호흡이 어려서는 살짝 향훈香薰에 복숭아—비밀도 가렸으니 이제는 아무도 과일 사러 오지는 않으리라. 과일은 마음껏 굴려 보아도 좋고 덜 익은 수박 같은 주인 머리에 부딪쳐 보아도 좋건만 과일은 연연然然! 복숭아의 향훈에, 복숭아의 향훈에 복숭아에 바나나에…….

인쇄소 속은 죄 좌左다. 직공들 얼굴은 모두 거울 속에 있었다. 밥 먹을 때도 일일이 왼손이다. 아마 또 내 눈이 왼손잡이였는지 모르지만 나는 쉽사리 왼손으로 직공과 악수하였다. 나는 교묘하게 좌左된 지식으로 직공과 회화하였다. 그들 휴게와 대좌하여—그런데 웬일인지 그들의 서술은 우右다. 나는 이 방대한 좌와 우의 교차에서 속 거북하게 졸도할 것 같길래 그냥 문 밖으로 뛰어나갔더니 과연 한 발자국 지났을 적에 직공은 일제히 우로 돌아갔다. 그들이 한인閑人과 대화하는 것은 꼭 직장 밖에 있는 조건인 것을 알 수 있었다.

청계천 헤벌어진 수채 속으로 비행기에서 광고 삐라, 향국鄕國의 동해童孩는 거진 삐라같이 삐라를 주우려고 떼지었다 헤어졌다 지저분하게 흩날린다. 마꾸닝[2] 회충 구제 그러나 한 동해도 그것을 읽을 줄 모른다. 향국의 동해는 죄다 회충이다. 그래서 겨우 수챗구멍에서 노느라고 배 아픈 것을 잊어버린다. 동해의 양친은 쓰레기라서 너희 동해를 내다버렸는지는 모르지만 빼빼 마른 송사리처럼 통제 없이 왱왱거리며 잘도 논다.

롤러 스케이트 장의 요란한 풍경, 라디오 효과처럼 이것은 또 계절의 웬 계절 위조일까. 월색이 푸르니 그것은 흡사 교외의 음향! 그런데 롤러 스케이트 장은 겨울 - 이 땀 흘리는 겨울 앞에 서서 찌꺼기 여름은 소름끼치며 땀흘린다. 어떻게 저렇게 겨울인 체 잘도하는 복사 빙판 위에 니희 인간들도 결국 알고 보면 인간모형인지 누구 아느냐.

── **주**

1) 간쓰메(缶詰): '통조림'을 가리키는 일어.
2) 마꾸닝: 해인초로 만든 회충약 상품명.

서간

이상
전집

여동생 김옥희에게— 세상 오빠들도 보시오

8월 초하룻날 밤차로 너와 네 애인은 떠나는 것처럼 나한테는 그래 놓고 기실은 이튿날 아침 차로 가버렸다.

내가 아무리 이 사회에서 또 우리 가정에서 어른 노릇을 못하는 변변치 못한 인간이라기로서니 그래도 너희들보다야 어른이다.

"우리 둘이 떨어지기 어렵소이다."

하고 내게 그야말로 강담판強談判을 했다면 낸들 또 어쩌랴. 암만,

"못한다."

고 딱 거절했던 일이라도 어머니나 아버지 몰래 너희 둘 안동眼同[1]시켜서 쾌히 전송餞送[2]할 내 딴은 이해도 아량도 있다.

그것을, 나까지 속이고 그랬다는 것을 네 장래의 행복 이외의 아무것도 생각할 줄 모르는 네 큰오빠 나로서 꽤 서운히 생각한다.

예정대로 K가 8월 초하루 밤 북행차로 떠난다고, 그것을 일러 주려 하룻날 아침에 너와 K 둘이서 나를 찾아왔다 요전날 너희 둘이 의논차로 내게 왔을 때 말한 바와 같이 K만 떠나고 옥희 너는 네 큰오빠 나와 함께 K를 전송하기로 한 것인데, 또 일의 순서상 일은 그렇게 하는 것이 옳지 않았다냐.

그것을 너는 어찌 그렇게 천연스러운 얼굴로,

"그럼 오빠, 이따가 정거장에 나오세요."

"암! 나가구말구, 이따 게서 만나자꾸나."

하고 헤어진 것이 그게 사실로 내가 너희들을 전송한 모양이 되었고 또 너희 둘로서 말하면 너희끼리는 미리 그렇게 짜고 그래도 내게 작별 모양이 되었다.

나는 고지식하게도 밤에 차시간을 맞춰서 비 오는데 정거장까지 나갔겠다. 내가 속으로 미리미리 꺼림칙이 여겨 오기를,

'요것들이 필시 내 앞에서 뻔지르르하게 대답을 해놓고 뒤꽁무니로는 딴 궁리들을 채렸지!'

했더니 아니나다를까.

개찰도 아직 안 했는데 어째 너희 둘 모양이 아니 보이더라. '이것 필시!' 하면서도 그래도 끝까지 기다려 보았으나 종시 너희 둘의 모양은 보이지 않고 말았다. 나는 그냥 입맛을 쩍쩍 다시고 집으로 돌아왔다. 와서는 그래도,

'아마 K의 양복 세탁이 어쩌니저쩌니 하더니 그래저래 차시간을 못 댄 게지, 좌우간에 무슨 통지가 있으렷다.'

하고 기다렸다.

못 갔으면 이튿날 아침에 반드시 내게 무슨 통지고 통지가 있어야 할 터인데 역시 잠잠했다. 허허, 하고 나는 주춤주춤하다가 동경서 온 친구들과 그만 석양판부터 밤새도록 술을 먹고 말았다.

물론 옥희 네 얼굴 대신에 한 통의 전보가 왔다. 옥희 함께 왔어도 근심 말라는 K의 독백이구나.

나는 전보를 받아들고 차라리 회심의 미소를 금할 수 없을 만하였다. 너희들의 그런 이도利刀[3]가 물을 베는 듯한 용단을 쾌히 여긴다.

옥희야! 내게만은 아무런 불안한 생각도 가지지 마라!

다만 청천벽력처럼 너를 잃어버리신 어머니 아버지께는 마음으로 잘못했습니다고 사죄하여라.

나 역亦 집을 나가야겠다. 열두 해 전 중학을 나오던 열여섯 살 때부터 오늘까지 이 허망한 욕심은 변함이 없다.

작은오빠는 어디로 또 갔는지 들어오지 않는다.

너는 국경을 넘어 지금은 이역異域의 인人이다.

우리 3남내는 모조리 어버이 공경할 줄 모르는 불효자식들이다.

그러나 우리들은 이것을 그르다고 생각하지는 않는다.

갔다 와야 한다. 갔다 비록 못 돌아오는 한이 있더라도 가야 한다.

너는 네 자신을 위하여서도 또 네 애인을 위하여서도 옳은 일을 하였다. 열두 해를 두고 벼르나 남의 맏자식된 은애恩愛의 정에 이끌려선지 내 위인이 변변치 못해 그랬던지 지금껏 이 땅에 머물러 굴욕의 조석朝夕을 송영送迎하는 내가 지금 차라리 부끄럽기 짝이 없다.

너희들의 연애는 물론 내게만은 양해된 바 있었다. K가 그 인물에 비겨서 지금 불우의 신상이라는 것도 나는 잘 알고 있다.

다행히 K는 밥 먹을 걱정은 안 해도 좋은 집안에서 태어났다. 그렇다고 밥이나 먹고 지내면 그만이지 하는 인간은 아니더라.

K가 내게 말한 바 K의 이상이라는 것을 나는 비판하지 않는다. 그것도 인생의 한 방도리라. 다만 그것이 어디까지든지 굴욕에서 벗어나려는 일념인 것이니 그렇다는 이유만으로도 나는 인정해야 하리라.

나는 차라리 그가 나처럼 남의 맏자식임에도 불구하고 집을 사뭇 떠나겠다는 술회에 찬성했느니라.

허허벌판에 쓰러져 까마귀밥이 될지언정 이상에 살고 싶구나. 그래서 K의 말대로 3년, 가 있다 오라고 권하다시피 한 것이다.

3년, 3년이라는 세월은 이상의 두 사람으로서는 좀 긴 것같이 생각이 들더라. 그래서 옥희 너는 어떻게 하고 가야 하나 하는 문제가 나왔을 때 나는—너희 두 사람의 교제도 1년이나 가까워 오니 그만하면 서로 충분히 서로를 알았으리라. 그놈이 재상 재목이면 무엇 하겠느냐, 네 눈에 안 들면 쓸 곳이 없느니라. 그러니 내가 어줍잖게 주둥이를 디밀어 이러쿵저러쿵 할 게제가 못 되는 일이지만—나는 나 유流로 그저 이러는 것이 어떻겠느냐는 정도로 또 그래도 네 혈족의 한 사람으로서 잠자코만 있을 수도 없고 해서,

"3년은 과연 너무 기니 위선 3년 작정하고 가서 한 1년 있자면 웬만큼 생활의 터는 잡히리라. 그렇거든 돌아와서 간단히 결혼식을 하고 데려가는 것이 어떠냐. 지금 이대로 결혼식을 해도 좋기는 좋지만 그것은 어째 결혼식을 위한 결혼식 같아서 안됐다. 결혼식 같은 것은 나야 그야 우습게 알았다. 하지만 어머니 아버지도 계시고 사람들의 눈도 있고 하니 그저 그까진 일로 해서 남의 조소를 받을 것도 없는 일이오."

이만큼 하고 나서 나는 K와 너에게 번갈아 또 의사를 물었다.

K는 내 말대로 그러만다. 내년 봄에는 꼭 돌아와서 남보기 흉하지 않을 정도로 결혼식을 한 다음 데려가겠다는 것이다.

그러나 네 말은 이와 다르다. 즉 결혼식 같은 것은 언제 해도 좋으니 같이 나서겠다는 것이다. 살아도 같이 살고 죽어도 같이 죽고 해야지 타역他域에 가서 어떻게 될는지도 모르는 것을 그냥 입을 딱 벌리고 돌아와서 데려가기만 기다릴 수 없단다. 그리고 또 남자의 마음 믿기도 어렵고. 우물 안 개구리처럼 자라난 제가 고생 한번 해보는 것도 좋지 않느냐는 네 결의였다.

아직은 이 사회기구가 남자 표준이다. 즐거울 때 같이 즐기기에 여자는 좋다. 그러나 고생살이에 여자는 자칫하면 남자를 결박하는 포승 노릇을 하기 쉬우니라. 그래서 어느만큼 자리가 잡히도록은 K 혼자 내버려두라고 재삼 내가 다시 충고하였더니 너도 OK의 빛을 보이고 할 수 없이 승낙하였다. 그리고 나는 너 보는 데서 K에게 굳게 굳게 여러 가지로 다짐을 받아 두

었건만…….

이제 와서 알았다. 너희 두 사람의 애정에 내 충고가 끼어들 백지 두께의 틈바구니도 없었다는 것을 말이다. 또한 내 마음이 든든하지 않으랴.

3남매의 막내둥이로 내가 너무 조숙인 데 비해서 너는 응석으로 자라느라고 말하자면 '만숙晚熟'이었다. 학교 시대에 인천이나 개성을 선생님께 이끌려 가본 이외에 너는 집 밖으로 10리를 모른다. 그런 네가 지금 국경을 넘어서 가 있구나 생각하면 정신이 번쩍 난다.

어린애로만 생각하던 네가 어느 틈에 그런 엄청난 어른이 되었누.

부모들도 제 따님들을 옛날 당신네들이 자라나던 시절 따님 대접하듯 했다가는 엉뚱하게 혼이 나실 시대가 왔다. 오빠들이 어림없이 동생을 허명무실하게 취급했다가는 코 떼일 시대다. 나는 그렇게 느꼈다.

나는 망치로 골통을 얻어맞은 것처럼 어쩔어쩔한 가운데서도 네가 집을 나가지 않으면 안 된 이유를 생각해 본다.

첫째, 너는 네 애인의 전부를 독점해야 하겠다는 생각이겠으니 이것이야 인력으로 좌우되는 일도 아니겠고 어쩔 수도 없는 일이다.

둘째, 부모님이 너희들의 연애를 쾌히 인정하려 들지 않은 까닭이다. 제 자식들의 연애가 정당했을 때 부모는 그 연애를 인정해 주어야 할 뿐 아니라 나아가서는 그 연애를 좋게 지도할 의무가 있을 터인데……. 불행히 우리 어머니 아버지는 늙으셔서 그러실 줄을 모르신다. 네게는 이런 부모를 설복할 심경의 여유가 없었다. 그냥 행동으로 보여주는밖에는 없었다.

셋째, 너는 확실치 못하나마 생활이라는 인식을 가졌다. '여자에게도 직업이 있어서 경제적으로 언제든지 독립해 보일 실력이 있어야만 한다'는 것이 부모님 마음에는 안 드는 점이었다. '돈 버는 것도 좋지만 계집애 몸 망치기 쉬우니라'는 것은 부모님들의 말씀이시다.

너 혼자 힘으로 암만해도 여기서 취직이 안 되니까 경도京都 가서 여공 노릇을 하면서 사는 네 동무에게 편지를 하여 그리 가서 같이 여공이 되려고까지 한 일이 있지.

그냥 살자니 우리 집은 네 양말 한 켤레를 마음대로 사줄 수 없을 만치 가난하다. 이것은 네 큰오빠 내가 네게 다시없이 부끄러운 일이다만…… 그러나 네가 한 번도 나를 원망한 일은 없는 것을 나는 고맙게 안다.

그런 너다. K의 포승이 되기는커녕 족히 너도 너대로 활동하면서 K를 도우리라고 나는 믿는다.

이왕 나갔다. 나갔으니 집의 일에 연연하지 말고 너희들의 부끄럽지 않은 성공을 향하여 전심을 써라. 3년 아니라 10년이라도 좋다. 패잔한 꼴이거든 그 벌판에서 개밥이 되더라도 다시 고토를 밟을 생각을 마라.

나도 한번은 나가야겠다. 이 흙을 굳게 지켜야 할 것도 잘 안다. 그러나 지켜야 할 직책과 나가야 할 직책과는 스스로 다를 줄 안다.

네가 나갔고 작은오빠가 나가고 또 내가 나가 버린다면 늙으신 부모는 누가 지키느냐고? 염려 마라. 그것은 맏자식된 내 일이니 내가 어떻게라도 하마. 해서 안 되면…… 혁혁한 장래를 위하여 불행한 과거가 희생되었달 뿐이겠다.

너희들이 국경을 넘던 밤에 나는 주석酒席에서 올림픽 보도를 듣고 있었다. 우리들은 이대로 썩어서는 안 된다. 당당히 이들과 열列하여 똑똑하게 살아야 하지 않겠느냐.

정신차려라!

신당리 버터고개 밑 오동나뭇골 빈민굴에는 송장이 다 되신 할머님과 자유로 기동도 못하시는 아버지와 50 평생을 고생으로 늙어 쭈그러진 어머니가 계시다.

네 전보를 보시고 이분들이 우시었다. 너는 날이면 날마다 그 먼길을 문門 안으로 내게 왔다. 와서 그날의 양식거리를 타갔다. 이제 누가 다니겠니.

어머니는,

"내가 말[馬]을 잊어버렸구나. 이거 허전해서 어디 살겠니" 하시더라. 그날부터는 내가 다 떨어진 구두를 찍찍 끌고 말노릇을 하는 중이다.

이런 것 저런 것을 비판 못하시는 부모는 그저 별안간 네가 없어졌대서 눈물이 비 오듯 하시더라. 그것을 내가,

"아, 왜들 이리 야단하십니까. 아, 죽어 나갔단 말입니까."

이렇게 큰소리를 해가면서 무마시켜 드리기는 했으나 나 역亦 한 3년 너를 못 보겠구나 생각을 하니 갑자기 네가 그리웠다. 형제의 우애는 떨어져 봐야 아는 것이던가.

한 3년 나도 공부하마. 그래서 이 노멀[4]하지 못한 생활의 굴욕에서 탈출해야겠다. 그때 서로 활발한 낯으로 만나자꾸나.

너도 아무쪼록 성공해서 하루라도 속히 고향으로 돌아오너라.

그야 너는 여자니까 아무 때 나가도 우리 집안에서 나가기는 해야 할 사람이지만 일이 너무 그렇게 급하게 되어 놓아서 어머니 아버지께서 놀라셨다 뿐이지, 나야 어떻겠니.

하여간 이번 너의 일 때문에 내가 깨달은 바 많다. 나도 정신차리마.

원래가 포류지질蒲柳之質[5]로 대륙의 혹독한 기후에 족히 견뎌 넬는지 근심스럽구나. 특히 좀 조심을 잊어서는 안 된다. 우리 같은 가난한 계급은 이 몸뚱이 하나가 유일 최종의 자산이니라.

편지하여라.

이해 없는 세상에서 나만은 언제라도 네 편인 것을 잊지 마라. 세상은 넓다. 너를 놀라게 할 일도 많겠거니와 또 배울 것도 많으리라.

이 글이 실리거든 『중앙』 한 권 사보내 주마. K와 같이 읽고 이 큰오빠 이야기를 더 잘하여 두어라.

축복한다.

내가 화가를 꿈꾸던 시절 하루 5전 받고 모델 노릇 하여준 옥희, 방탕불효한 이 큰오빠의 단 하나 이해자인 옥희, 이제는 어느덧 어른이 되어서 그 애인과 함께 만리 이역 사람이 된 옥희, 네 장래를 축복한다.

이틀이나 걸렸다. 쓴 이 글이 두서를 잡기 어려울 줄 아나 세상의 너 같은 동생을 가진 여러 오빠들에게도 이 글을 읽히고 싶은 마음에 감히 발표한다. 내 충정만을 사다고.

—닷샛날 아침, 너를 사랑하는 큰오빠 쓴다.

―주

1) 안동眼同: 사람을 데리고 함께 가거나 물건을 지니고 감.

2) 전송餞送: 서운하여 잔치를 베풀고 작별하여 보냄.

3) 이도利刀: 날이 날카롭고 썩 잘 드는 칼.

4) 노멀normal: 정상적인.

5) 포류지질蒲柳之質: '잎이 일찍 떨어지는 연약한 나무'라는 뜻으로, 갯버들처럼 몸이 잔약하여 병에 걸리기 쉬운 체질을 이르는 말.

김기림에게 · 1

기림 형.

인천 가 있다가 어제 왔소.

해변에도 우울밖에는 없소. 어디를 가나 이 영혼은 즐거워할 줄을 모르니 딱하구려! 전원도 우리들의 병원이 아니라고 형은 그랬지만 바다가 또한 우리들의 약국이 아닙디다.

독서하오? 나는 독서도 안 되오.

여지껏 가족들에게 대한 은애恩愛의 정을 차마 떼기 어려워 집을 나가지 못하였던 것을 이번에 내 아우가 직업을 얻은 기회에 동경가서 고생살이 좀 하여볼 작정이오. 아직은 큰소리 못하겠으나 9월 중에는 어쩌면 출발할 수 있을 것 같소.

형, 도동渡東하는 길에 서울 들러 부디 좀 만납시다. 할 이야기도 많고 이 일저일 의논하고 싶소.

고황膏肓[1]을 든, 이 문학병을…… 이 익애溺愛[2]의, 이 도취의…… 이 굴레를 제발 좀 벗고 표연할 수 있는 제법 근량 나가는 인간이 되고 싶소. 여기서 같은 환경에서는 자기 부패작용을 일으켜서 그대로 연화煙化할 것 같소. 동경이라는 곳에 오직 나를 매질할 빈고가 있을 뿐인 것을 너무 잘 알고 있지만 컨디션이 필요하단 말이오, 컨디션, 사표師表, 시야, 아니 안계眼界, 구속, 어째 적당한 어휘가 발견되지 않소만그려!

태원은 어쩌다나 만나오. 그 군도 어째 세대고世帶苦 때문에 활갯짓이 잘 안 나오나 봅디다.

지용은 한 번도 못 만났소.

세상 사람들이 다 제각기의 흥분, 도취에서 사는 판이니까 타인의 용훼 容喙[3]는 불허하나 봅디다. 즉 연애, 여행, 시, 횡재, 명성—이렇게 제 것만이 세상에 제일인 줄들 아나 봅디다. 자, 기림 형은 나하고나 악수합시다. 하, 하.

편지 부디 주기 바라오. 그리고 도동 길에 꼭 좀 만나기로 합시다. 굿바이.

━ 주

1) 고황膏肓: 심장과 횡격막의 사이. 고는 심장의 아랫부분이고, 황은 횡격막의 윗부분으로, 이 사이에 병이 생기면 낫기 어렵다고 함.

2) 익애溺愛: 흠뻑 빠져 지나치게 사랑하거나 귀여워함.

3) 용훼容喙: 간섭하여 말참견을 함.

김기림에게 · 2

기림 형.

형의 그 구부러진 못과 같은 글자로 된 글을 땀을 흘리면서 읽었소이다. 무사히 착석着席하였다니 내 기억 속에 '김기림'이라는 공석이 하나 결정적으로 생겼나 보이다.

구인회는 그 후로 모이지 않았소이다. 그러나 형의 안착安着은 아마 그럭저럭들 다 아나 봅디다.

사실 나는 형의 웅비를 목도하고 선제공격을 당한 것 같은 기분이 들어 우울했소이다. 그것은 무슨 한 계집에 대한 질투와는 비교할 것이 못 될 것이오. 나는 그렇게까지 내 자신이 미웠고 부끄러웠소이다.

불행히, 혹은 다행히 이상도 이달 하순경에는 동경 사람이 될 것 같소. 그러나 그것은 어디까지든지 형의 웅비와는 구별되는 것이오.

아마 이상은 그 '속이 빤히 들여다보이는' 문학은 그만두겠지요.

『시와 소설』은 회원들이 모두 게을러서 글렀소이다. 그래 폐간하고 그만둘 심산이오. 2호는 회사 쪽에 내 면목이 없으니까 내 독력獨力으로 내 취미 잡지를 하나 만들 작정입니다.

그러든지 지금이라도 늦지 않았으니 서둘러 원고들을 써오면 어떤 잡지에도 지지 않는 버젓한 책을 하나 만들 작정입니다.

「기상도氣象圖」[1]는 조판이 완료되었습니다. 지금 교정중이오니 내 눈에

교료가 되면 가본假本을 만들어서 보내 드리겠사오니 최후 교정을 하여 보내 주시기 바랍니다. 동시에 『시와 소설』도 몇 권 한데 보내 드리겠소이다.

그리고 '가벼운 글' 원고 좀 보내 주시오. 좀 써먹어야겠소. 기행문? 좋지! 좀 써보내구려!

빌어먹을 거, 세상이 귀찮구려!

불행이 아니면 하루도 살 수 없는 '그런 인간'에게 행복이 오면 큰일나오. 아마 즉사할 것이오. 협심증으로…….

'일절 맹세하지 마라' '아무것도 믿지 않는다고 맹세하라'의 두 마디 말이 발휘하는 다채한 패러독스를 농락하면서 혼자 미고소微苦笑를 하여 보오.

형은 어디 한번 크게 되어 보시오. 인생이 또한 즐거우리다.

사날 전에 〈FUA 장미신방薔薇新房〉이란 영화를 보았소. 충분히 좋습디다. '조촐한 행복'이 진정의 황금이란 타이틀은 아노르도황 영화에서 보았고, '조촐한 행복'이 인생을 썩혀 버린다는 타이틀은 장미의 침상에서 보았소. "아, 철학의 끝도 없는 낭비어!" 그랬소.

'모든 법칙을 비웃어라' '그것도 맹세하지 말라'. 나 있는 데 늘 고기덮밥을 사다 먹는 승려가 한 분 있소. 그이가 이런 소크라테스를 성가시게 구는 논리학을 내게 띄워 주는 것이오.

소설을 쓰겠소. '우리들의 행복을 하느님께 과시해 줄 거야' 그런 해괴망측한 소설을 쓰겠다는 이야기요. 흉계지요? 가만 있자! 철학공부도 좋구려! 따분하고 따분해서 못 견딜 그따위 일생도 또한 사死보다는 그래도 좀 재미가 있지 않겠소?

연애라도 할까? 싱거워서? 심심해서? 스스로워서?

이 편지를 보았을 때 형은 아마 뒤이어 「기상도」의 교정을 보아야 될 것 같소.

형이 여기 있고 마음 맞는 친구끼리 모여서 조용한 「기상도」의 밤'을 가지고 싶던 것이 퍽 유감되게 되었구려. 우리 여름에 할까? 누가 아나?

여보! 편지나 좀 하구려! 내 고독과 울적을 동정하고 싶지는 않소?

자, 운명에 순종하는 수밖에! 굿바이.

　　　　　　　　　　　　　　　　　　　　　　　　—6일 이상.

— 주

1) 「기상도氣象圖」: 김기림의 장시.

김기림에게 · 3

기림 형.

어떻소? 거기도 덥소? 공부가 잘되오?

「기상도」 되었으니 보오. 교정은 내가 그럭저럭 잘 보았답시고 본 모양인데 틀린 데는 고쳐 보내오.

구具 군[1]은 한 1,000부 박아서 팔자고 그럽디다. 당신은 50원만 내구 잠자코 있구려. 어떻소? 그 대답도 적어 보내기 바라오.

참 체재도 고치고 싶은 대로 고치오.

그리고 검열본은 안 보내니 그리 아오. 꼭 소용이 된다면 편지하오. 보내 드리리다.

이것은 교정쇄니까 삐뚤삐뚤한 것은 '간조'[2]에 넣지 마오. 그것은 인쇄할 적에 바로잡아 할 것이니까 염려 마오. 그러니까 두 장이 한 장 셈이오. 알았소?

그리고 페이지 넘버는 아주 빼어 버리는 게 좋을 것 같은데 의견이 어떻소? 좀 꼴불견 같지 않소?

구인회는 인간 최대의 태만에서 부침중이오. 팔양八陽[3]이 탈회했소. 잡지 2호는 흐지부지요. 게을러서 다 틀려먹을 것 같소. 내일 밤에는 명월관에서 「영랑시집」[4]의 밤이 있소. 서울은 그저 답보 중이오.

자주 편지나 하오. 나는 아마 좀더 여기 있어야 되나 보오.

참 내가 요새 소설을 썼소. 우습소? 자, 그만둡시다.

—이상.

1) 구具 군: 서양화가 구본웅을 말함.

2) 간조: '계산'을 뜻하는 일어.

3) 팔양八陽: 시인 박팔양(朴八陽, 1905~1966)을 말함.

4) 「영랑시집」: 시인 김영랑(金永郎, 1903~1950)의 시집. 1935년에 시문학사에서 발
   행했다.

김기림에게 · 4

기림 형.

형의 글 받았소. 퍽 반가웠소.

북일본 가을에 형은 참 엄연한 존재로구려!

위밍업이 다 되었건만 와인드업을 하지 못하는 이 몸이 형을 몹시 부러워하오.

지금쯤은 이 이상이 동경 사람이 되었을 것인데 본정서本町署 고등계에서 '도항渡航을 허락할 수 없음'의 분부가 지난달 하순에 내렸구려! 우습지 않소?

그러나 지금 다시 다른 방법으로 도항 증명을 얻을 도리를 차리는 중이니 금월 중순, 하순경에는 아마 이상도 동경을 헤매는 백면白面의 표객漂客이 되리다.

졸작 「날개」에 대한 형의 다정한 말씀 골수에 스미오. 방금은 문학 천년이 회신灰燼에 돌아갈 지상 최종의 걸작 「종생기」를 쓰는 중이오. 형이나 부디 억울한 이 내출혈을 알아주기 바라오!

『삼사문학』[1] 한부저 호소로狐小路[2] 집으로 보냈는데 원 받았는지 모르겠구려!

요새 『조선일보』 학술란에 근작시 「위독」 연재중이오. 기능어, 조직어, 구성어, 사색어로 된 한글문자 추구시험이오. 다행히 고평을 비오. 요다음쯤

일맥의 혈로가 보일 듯하오.

지용, 구보, 다 가끔 만나오. 튼튼히들 있으니 또한 천하는 태평성대가 아직도 계속될 것 같소.

환태煥泰[3]가 종교예배당에서 결혼하였소.

〈유령, 서부로 가다〉[4]는 명작 〈홍길동전〉과 함께 영화사상 굴지의 잡동 사니입니다. 르네 클레르, 똥이나 먹으라지요.

『영화시대』[5]라는 잡지가 실로 무보수라는 구실하에 이상 씨에게 영화소 설 「백병白兵」을 집필시키기에 성공하였소. 뉴스 끝.

추야장秋夜長! 너무 소조하구려! 아당만세我黨萬歲! 굿나잇.

—오전 4시 반 이상.

─ 주

1) 『삼사문학』: 1934년 9월 1일 창간, 1935년 3월 1일 통권 6호를 끝으로 폐간된 문학 동인지. 1934년에 창간한 문학잡지라는 뜻으로 '삼사문학'이란 이름을 붙 였다. 연희전문학교 출신인 신백수·이시우·정현웅·조풍연이 모여 창간했으며, 제2호에 장서언·최영해·홍이섭 등이, 제3호 이후에는 황순원·한적선 등이 동인 으로 참여했다. 조풍연·정현웅을 제외하고는 당시 모더니즘과 초현실주의 시에 관심을 가졌던 시인들이었다.

2) 호소로狐小路: 김기림이 유학중이던 센다이의 지역명인 듯.

3) 환태煥泰: 문학평론가 김환태(金煥泰, 1909~1944)를 말함. 시문학파 및 구인회 동인들과 교유했다.

4) 〈유령, 서부로 가다〉: 프랑스의 영화감독 르네 클레르(René Clair, 1898~1981)가 만든 영화. 작품으로 〈파리의 지붕밑〉〈백만장자〉〈우리에게 자유를!〉〈침묵은 금이다〉 등이 있다.

5) 『영화시대』: 1930년대 영화잡지.

김기림에게 · 5

기림 형.

기어코 동경 왔소. 와보니 실망이오. 실로 동경이라는 데는 치사스런 데로구려!

동경 오지 않겠소? 다만 이상을 만나겠다는 이유만으로라도…….

『삼사문학』 동인들이 이곳에 여럿이 있소. 그러나 그들은 어디까지든지 학생들이오. 그들과 어우러지지 못하는 것을 보면 우리는 인제 그만하고 늙었나 보이다.

『삼사문학』에 원고 좀 주어 주오. 그리고 씩씩하게 성장하는 새 세기의 영웅들을 위하여 귀하가 귀하의 존중한 명성을 잠깐 낮추어 『삼사문학』의 동인이 되어줄 의사는 없는지 이곳 청년들의 갈망입니다. 어떻소?

편지 주기 바라오. 이곳에서 나는 빈궁하고 고독하오. 주소를 잊어서 주소를 알아 가지고 편지하느라고 이렇게 늦었소. 동경서 만났으면 작히 좋겠소?

형에게는 건강도 부귀도 넘쳐 있으니 편지 끝에 상투로 빌[祈] 만한 말을 얼른 생각해 내기가 어렵소그려.

—1936년 11월 14일.

김기림에게 · 6

기림 대인大人.

여보! 참 반갑습디다. 가지야마에마치(鍛治屋前町)[1] 주소를 조선으로 물어서 겨우 알아 가지고 편지했는데 답장이 얼른 오지 않아서 나는 아마 주소가 또 옮겨진 게로군 하고 탄식하던 차에 반가웠소.

여보! 당신이 배구 선수라니 그 배구 팀인즉 내 어리석은 생각에 세계 최강 팀인가 싶소그려! 그래 이겼소? 이길 뻔하다 만 소위 석패를 했소?

그러나 저러나 동경 오기는 왔는데 나는 지금 누워 있소그려. 매 오후면 똑 기동 못할 정도로 열이 나서 성가셔서 죽겠소그려.

동경이란 참 치사스런 도십디다. 예다 대면 경성이란 얼마나 인심 좋고 살기 좋은 '한적한 농촌'인지 모르겠습디다.

어디를 가도 구미가 당기는 것이 없소그려! 꼴사납게도 표피적인 서구적 악습의 말하자면 그나마도 그저 분자식分子式이 겨우 여기 수입이 되어서 진짜 행세를 하는 꼴이란 참 구역질이 날 일이오.

나는 참 동경이 이따위 비속卑俗 그것과 같은 물건인 줄은 그래도 몰랐소. 그래도 뭣이 있겠거니 했더니 과연 속 빈 강정 그것이오.

한화휴제閑話休題[2]—나도 보아서 내달 중에 서울로 도로 갈까 하오. 여기 있댔자 몸이나 자꾸 축이 가고 겸하여 머리가 혼란하여 불시에 발광할 것 같소. 첫째 이 가솔린 냄새 미만彌蔓[3] 넘쳐흐르는 것 같은 거리가 참 싫소.

하여간 당신 겨울방학 때까지는 내 약간의 건강을 획득할 터이니 그때는 부디부디 동경 들러 가기를 천번 만번 당부하는 바이오. 웬만하거든 거기 여학도들도 잠깐 도중 하차를 시킵시다그려.

그리고 시종이 여일하게 이상 선생께서는 프롤레타리아니까 군용금을 톡톡히 나래拏來[4]하기 바라오. 우리 그럴듯하게 하루저녁 놀아 봅시다. 동경 첨단 여성들의 물거품 같은 '사상' 위에다 대륙의 유서 깊은 천근 철퇴를 내려뜨려 줍시다.

『조선일보』 모씨 논문 나도 그 후에 얻어 읽었소. 형안炯眼이 족히 남의 흉리胸裏를 투시하는가 싶습디다. 그러나 씨의 모랄에 대한 탁견에는 물론 구체적 제시도 없었지만 약간 수미愁眉를 금할 수 없는가도 싶습디다. 예술적 기품 운운은 씨의 실언이오. 톨스토이나 기쿠치 간[5]씨는 말하자면 영원한 대중문예(문학이 아니라)에 지나지 않는 것을 깜빡 잊어버리신 듯합디다. 그리고 「위독」에 대하여도……

사실 나는 요새 그따위 시밖에 써지지 않는구려. 차라리 그래서 철저히 소설을 쓸 결심이오. 암만해도 나는 19세기와 20세기 틈바구니에 끼여 졸도하려 드는 무뢰한인 모양이오. 완전히 20세기 사람이 되기에는 내 혈관에는 너무도 많은 19세기의 엄숙한 도덕성의 피가 위협하듯이 흐르고 있소그려.

이곳 34년대의 영웅들[6]은 과연 추호의 오점도 없는 20세기 정신의 영웅들입니다. 도스토예프스키는 그들에게는 선조에 지나지 않는다는 것을 그들은 생리生理를 가지고 생리하면서 완벽하게 살으오.

그들은 이상도 역시 20세기의 운동선수이거니 하고 오해하는 모양인데 나는 그들에게 낙망(아니 환멸)을 주지 않게 하기 위하여 그들과 만날 때 오직 20세기를 근근이 포즈를 써 유지해 보일 수 있을 따름이로구려! 아! 이 마음의 아픈 갈등이여.

생, 그 가운데만 오직 무한한 기쁨이 있는 것을 너무도 잘 알기 때문에 이미 옴짝달싹 못할 정도로 전락하고 만 자신을 굽어 살피면서 생에 대한 용기, 호기심, 이런 것이 날로 희박하여가는 것을 자각하오.

이것은 참 제도할 수 없는 비극이오! 아쿠타가와[7]나 마키노[8] 같은 사람들이 맛보았을 성싶은 최후 한 찰나의 심경은 나 역亦 어느 순간 전광같이 짧게 그러나 참 똑똑하게 맛보는 것이 이즈음 한두 번이 아니오. 제전帝展도 보았소. 환멸이라기에는 너무나 참담한 일장의 난센스입디다. 나는 그 페인트의 악취에 질식할 것 같아 그만 코를 꽉 쥐고 뛰어나왔소. (중략)

오직 가령 자전字典을 만들어 냈다거나 일생을 철鐵 연구에 바쳤다거나 하는 사람들만이 훌륭한 사람인가 싶소.

가끔 진짜 예술가들이 더러 있는 모양인데 이 생활거세씨生活去勢氏들은 당장에 시궁창의 쥐가 되어서 한 2, 3년 만에 노사老死하는 모양입디다.

기림 형.

· 이 무슨 객쩍은 망설을 늘어놓음이리오? 소생 동경 와서 신경쇠약이 극도에 이르렀소! 게다가 몸이 이렇게 불편해서 그런 모양이오.

방학이 언제나 될는지 그 전에 편지 한번 더 주기 바라오. 그리고 올 때는 도착 시각을 조사해서 전보 쳐주우. 동경역까지 도보로도 한 15분, 20분이면 갈 수가 있소. 그리고 틈 있는 대로 편지 좀 자주 주기 바라오.

나는 이곳에서 외롭고 심히 가난하오. 오직 몇몇 장 편지가 겨우 이 가련한 인간의 명맥을 이어 주는 것이오. 당신에게는 건강을 비는 것이 역시 우습고…… 그럼 당신의 러브 어페어[9]에 행운이 있기 를 비오.

—29일 배拜.

— 주

1) 가지야마에마치(鍛冶屋前町): 김기림이 유학중이던 센다이의 동네 이름.

2) 한화휴제閑話休題: 쓸데없는 이야기는 그만함. 어떤 내용을 써나갈 때 한동안 다른 내용을 쓰다가 다시 본래의 내용으로 돌아갈 때 쓰는 말.

3) 미만彌漫: 널리 가득 차 그들먹함.

4) 나래拏來: 가지고 옴.

5) 기쿠치 간(菊池寬, 1888~1948): 일본의 극작가·소설가.

6) 34년대의 영웅들: 『삼사문학』 동인들을 가리킴.

7) 아쿠타가와 류노스케(芥川龍之介, 1892~1927): 일본의 소설가.

8) 마키노 신이치(牧野信一, 1896~1936): 일본의 소설가.

9) 어페어affair: 일. 사건.

기림 형.

궁금히구려! 내각內閣이 여러 번 변했는데 왜 편지 하지 않소? 아하, 요새
참 시험 때로군그래! 머리를 긁적긁적하면서 답안용지를 이리 뒤척 저리 뒤
척하는 당신의 어울리지 않는 풍채가 짐짓 보고 싶소그려!

허리라는 지방은 어떻게 좀 평정되었소? 병원 통근은 면했소? 당신은 스
포츠라는 초근대적인 정책에 깜박 속아 넘어갔소. 이것이 이상 씨의 '기림
씨, 배구에 진출하다'에 대한 비판이오.

오늘은 음력 섣달그믐날이오. 향수가 대두擡頭하오. O라는 내지인內地
人[1] 대학생과 커피를 먹고 온 길이오. 커피 집에서 랄로[2]를 한 곡조 듣고 왔
소. 후베르만[3]이란 제금가提琴家[4]는 참 너무나 탐미주의입디다. 그저 한없
이 예쁘장할 뿐이지 정서가 없소. 거기 비하면 요전 엘먼[5]은 참 놀라운 인물
입디다. 같은 랄로의 더욱이 최종 악장 론도의 부部를 그저 막 헐어 내서는
완전히 딴것을 만들어 버립디다.

엘먼은 내가 싫어하는 제금가였었는데 그의 꾸준히 지속되는 성가聲價의
원인을 이번 실연을 듣고 비로소 알았소. 소위 '엘먼 톤'이란 무엇인지 사도
斯道[6]의 문외한 이상으로서 알 길이 없으나 그의 슬라브적인 굵은 선은 그리
고 그 분방한 변주는 경탄할 만한 것입디다. 영국 사람인 줄 알았더니 나중
에 알고 보니까 역시 이주민입디다.

한화휴제─차차 마음이 즉 생각하는 것이 변해 가오. 역시 내가 고집하고 있던 것은 회피였나 보오. 흉리에 거래하는 잡다한 문제 때문에 극도의 불면증으로 고생중이오. 가끔 혈담을 토하고 (중략) 체계 없는 독서 때문에 가끔 발열하오. 2, 3일씩 이불을 쓰고 문외불출하는 수도 있소. 자꾸 자신을 잃어버리면서도 양심 양심 이렇게 부르짖어도 보오. 비참한 일이오.

한화휴제─3월에는 부디 만납시다. 나는 지금 참 쩔쩔매는 중이오. 생활보다도 대체 어떻게 했으면 좋을지를 모르겠소. 의논할 일이 한두 가지가 아니오. 만나서 결국 아무 이야기도 못하고 헤어지는 한이 있더라도 그저 만나기라도 합시다. 내가 서울을 떠날 때 생각한 것은 참 어림도 없는 도원몽桃源夢이었소. 이러다가는 정말 자살할 것 같소.

고향에는 모두를 베개를 나란히 하여 타면墮眠들을 계속하고 있는 꼴이오.

여기 와보니 조선청년들이란 참 한심합디다. 이거 참 썩은 새끼조차도 주위에는 없구려!

진보적인 청년도 몇 있기는 있소. 그러나 그들 역亦 늘 그저 무엇인지 부절不絶히 겁을 내고 지내는 모양이 불민하기 짝이 없습니다.

3월쯤은 동경도 따뜻해지리다. 동경 들르오. 산보라도 합시다.

『조광』 2월호의 「동해」라는 졸작 보았소? 보았다면 게서 더 큰 불행이 없겠소. 등에서 땀이 펑펑 쏟아질 열작이오.

다시 고쳐쓸 작정이오. 그러기 위해서는 당분간 작품을 쓸 수 없을 것이오. 그야 「동해」도 작년 6월, 7월경에 쓴 것이오. 그것을 가지고 지금의 나를 촌탁忖度하지 말기 바라오.

조금 어른이 되었다고 자신하오. (중략)

망언 망언. 엽서라도 주기 바라오.

─음력 제야 이상.

1) 내지인內地人: 일본인.

2) 랄로(Édouard Lalo, 1823~1892): 프랑스의 작가.

3) 후베르만(Bronislaw Hubermann, 1882~1947): 폴란드 태생의 바이올리니스트.

4) 제금가提琴家: 바이올리니스트.

5) 엘먼(Misha Elman, 1891~1967): 러시아 태생의 미국 바이올리니스트.

6) 사도斯道: 어떤 전문적인 방면의 도道나 기예技藝.

H형에게

H형.

형의 글 반가이 읽었습니다. 저의 못난 여편네[1]를 위하여 귀중한 하룻밤을 부인으로 하여금 허비하시게 하였다니 어떻게 감사해야 할는지 모르겠습니다. 부인께도 이 말씀 전해 주시기 바랍니다.

형의 「명상」을 잘 읽었습니다. 타기할 생활을 하고 있는 현재의 저로서 계발받은 바 많았습니다. 이것은 찬사가 아니라 감사입니다.

저에게 주신 형의 충고의 가지가지가 저의 골수에 맺혀 고마웠습니다. 돌아와서 인간으로서, 아니, 사람으로서의 옳은 도리를 가지고 선처하라 하신 말씀은 참 등에서 땀이 날 만치 제 가슴을 찔렀습니다.

저는 지금 사람 노릇을 못하고 있습니다. 계집은 가두街頭에다 방매放賣하고 부모로 하여금 기갈케 하고 있으니 어찌 족히 사람이라 일컬으리까? 그러나 저는 지식의 걸인은 아닙니다. 7개 국어 운운도 원래가 허풍이었습니다.

살아야겠어서, 다시 살아야겠어서 저는 여기를 왔습니다. 당분간은 모든 죄와 악을 의식적으로 묵살하는 도리 외에는 길이 없습니다. 친구, 가정, 소주, 그리고 치사스러운 의리 때문에 서울로 돌아 가지 못하겠습니다. 여러 가지를 생각하고 있습니다. 어떻게 했으면 좋을지를 전연 모르겠습니다. 저는 당분간 어떤 고난과라도 싸우면서 생각하는 생활을 하는 수밖에 없습니다. 한 편의 작품을 못 쓰는 한이 있더라도, 아니, 말라비틀어져서 아사하는 한이 있더라도 저는 지금의 자세를 포기하지 않겠습니다. 도저히 '커피' 한 잔으로 해결될 문제가 아닌 것입니다.

『조광』 2월호의 〈동해〉는 작년 6월경에 쓴 냉한삼곡冷汗三斛[2]의 열작입니다. 그 작품을 가지고 지금의 이상을 촌탁하지 말아 주시기 바랍니다.

과거를 돌아보니 회한뿐입니다. 저는 제 자신을 속여 왔나 봅니다. 정직하게 살아왔거니 하던 제 생활이 지금 와보니 비겁한 회피의 생활이었나 봅니다.

정직하게 살겠습니다. 고독과 씨우면서 오직 그것만을 생각하며 있습니다. 오늘은 음력으로 제야입니다. 빈대떡, 수정과, 약주, 너비아니, 이 모든 기갈의 향수가 저를 못살게 굽니다. 생리적입니다. 이길 수가 없습니다.

가끔 글을 주시기 바랍니다. 고독합니다. 이곳에는 친구삼을 만한 사람이 없습니다. 아직 발견하지 못했습니다. 언제나 서울의 흙을 밟아 볼는지 아직은 망연합니다. 저는 건강치 못합니다. 건강하신 형이 부럽습니다. 그러면 과세過歲 안녕히 하십시오. 부인께도 인사 여쭈어 주시기 바랍니다.

　　　　　　　　　　　　　　　　　　　　　　　　—우제愚弟 이상.

— 주

1) 여편네: 이상이 일본으로 건너가기 석 달 전에 결혼한 아내 변동림(卞東琳, 1916 ~2004)을 말함.
2) 냉한삼곡冷汗三斛: '차가운 땀 세 말'이라는 뜻으로, 애써 노력하지 않음을 일컫는 말.

남동생 김운경에게[1]

어제 동림이 편지로 비로소 네가 취직되었다는 소식 듣고 어찌 반가웠는지 모르겠다. 이곳에 와서 나는 하루도 마음이 편한 날이 없이 집안 걱정을 하여 왔다. 울화가 치미는 때는 너에게 불쾌한 편지도 썼다. 그러나 이제는 마음을 놓겠다. 불민한 형이다. 인자人子의 도리를 못 밟는 형이다. 그러나 나에게는 가정보다도 하여야 할 일이 있다. 아무쪼록 늙으신 어머님 아버님을 너의 정성으로 위로하여 드러라. 내 자세한 글, 너에게만은 부디 들려주고 싶은 자세한 말은 2,3일 내로 다시 쓰겠다.

―1937년 2월 8일.

— 주

1) 이상이 고국에 보낸 최후의 편지이다.

부록

이상
전집

고故 이상李箱의 추억

김기림

상은 필시 죽음에게 진 것은 아니리라. 상은 제 육체의 마지막 조각까지라도 손수 길러서 없애고 사라진 것이리라. 상은 오늘의 환경과 종족과 무지 속에 두기에는 너무나 아까운 천재였다. 상은 한 번도 잉크로 시를 쓴 일은 없다. 상의 시에는 언제든지 상의 피가 임리하다. 그는 스스로 제 혈관을 짜서 시대의 혈서를 쓴 것이다. 그는 현대라는 커다란 파선破船에서 떨어져 표랑하던, 너무나 처참한 선체 조각이었다.

다방 N 등의자에 기대앉아 흐릿한 담배 연기 저편에 반나마 취해서 몽롱한 상의 얼굴에서 나는 언제고 현대의 비극을 느끼고 소름쳤다. 약간의 해학과 야유와 독설이 섞여서 더듬더듬 떨어져 나오는 그의 잡담 속에는 오늘의 문명의 깨어진 메커니즘이 엉켜 있었다. 파리에서 문화 옹호를 위한 작가 대회가 있었을 때 내가 만난 작가나 시인 가운데서 가장 흥분한 것도 상이었다.

상이 우는 것을 나는 본 일이 없다. 그는 세속에 반항하는 한 악한(?) 정령이었다. 악마더러 울 줄을 모른다고 해서 비웃지 마라. 그는 울다 울다 못해서 이제는 누선淚腺이 말라 버려서 더 울지 못하는 것이다. 상이 소속한

20세기의 악마의 종족들은 그러므로 번영하는 위선의 문명을 향해서 메마른 찬 웃음을 토할 뿐이다.

흐르고 어지럽고 게으른 시단의 낡은 풍류에 극도의 증오를 품고 파괴와 부정에서 시작한 그의 시는 드디어 시대의 깊은 상처에 부딪혀서 참담한 신음 소리를 토했다. 그도 또한 세기의 암야 속에서 불타다가 꺼지고 만한 줄기 첨예한 양심이었다. 그는 그러한 불안, 동요 속에서 '동動하는 정신'을 재건하려고 해서 새 출발을 계획한 것이다. 이 방대한 설계의 어귀에서 그는 그만 불행히 자빠졌다. 상의 죽음은 한 개인의 생리의 비극이 아니다. 축쇄된 한 시대의 비극이다.

시단과 또 내 우정의 열석列席 가운데 채워질 수 없는 영구한 공석을 하나 만들어 놓고 상은 사라졌다. 상을 잃고 나는 오늘 시단이 갑자기 반세기 뒤로 물러선 것을 느낀다. 내 공허를 표현하기에는 슬픔을 그린 자전字典 속의 모든 형용사가 모두 다 오히려 사치하다. '고故 이상李箱'—내 희망과 기대 위에 부정의 낙인을 사정없이 찍어 놓은, 세 억울한 상형문자야.

반년 만에 상을 만난 지난 3월 스무날 밤 동경 거리는 봄비에 젖어 있었다. 그리로 왔다는 상의 편지를 받고 나는 지난 겨울부터 몇 번인가 만나기를 기약했으나 종내 센다이를 떠나지 못하다가 이날에야 동경으로 왔던 것이다.

상의 숙소는 구단九段 아래 꼬부라진 뒷골목 이층 골방이었다. 이 '날개' 돋친 시인과 더불어 동경 거리를 산보하면 얼마나 유쾌하랴고 그리던 온갖 꿈과는 딴판으로 상은 '날개'가 아주 부러져서 기거도 바로 못하고 이불을 둘러쓰고 앉아 있었다. 전등불에 가로비친 그의 얼굴은 상아보다도 더 창백하고 검은 수염이 코밑과 턱에 참혹하게 무성하다. 그를 바라보는 내 얼굴의 어두운 표정이 가뜩이나 병들어 약해진 벗의 마음을 상하게 할까 보아서

나는 애써 명랑을 꾸미면서,

"여보, 당신 얼굴이 아주 페이디아스의 〈제우스 신상〉 같구려."

하고 웃었더니 상도 예의 정열 빠진 웃음을 껄껄 웃었다. 사실은 나는 뒤비에의 〈골고다의 예수〉의 얼굴을 연상했던 것이다. 오늘 와서 생각하면 상은 실로 현대라는 커다란 모함에 빠져서 십자가를 걸머지고 간 골고다의 시인이었다.

암만 누우라고 해도 듣지 않고 상은 장장 2시간이나 앉은 채 거의 혼자서 그동안 쌓인 이야기를 풀어놓는다. 엘먼을 찬탄하고 정돈停頓에 빠진 몇몇 벗의 문운文運을 걱정하다가 말이 그의 작품에 대한 월평에 미치자 그는 몹시 흥분해서 속견을 꾸짖는다. 최재서(崔載瑞, 1908~1964: 영문학자·문학평론가. 김문집과 더불어 1930년대 후반 비평계의 쌍벽을 이루었다)의 모더니티를 찬양하고 또 씨의 「날개」 평은 대체로 승인하나 작자로서 다소 이의가 있다고도 말했다. 나는 벗이 세평에 대해서 너무 신경과민한 것이 벗의 건강을 더욱 해칠까 보아서 시인이면서 왜 혼자 짓는 것을 그렇게 두려워하느냐, 세상이야 알아주든 말든 값있는 일만 정성껏 하다가 가면 그만이 아니냐, 하고 어색하게나마 위로해 보았다.

상의 말을 들으면, 공교롭게도 책상 위에 몇 권 이상스러운 책자가 있었고, 본명 김해경 외에 이상이라는 별난 이름이 있고, 그리고 일기 속에 몇 줄 온건하달 수 없는 글귀를 적었다는 일로 해서 그는 한 달 동안이나 OOO에 들어가 있다가 아주 건강을 상해 가지고 한 주일 전에야 겨우 자동차에 실려서 숙소로 돌아왔다는 것이다. 상은 그 안에서 다른 OO주의자들과 마찬가지로 수기를 썼는데 예의 명문名文에 계원도 찬탄하더라고 하면서 웃는다. 니시간다(西神田) 경찰서원 속에조차 애독자를 가졌다고 하는 것은 시인으로서 얼마나 통쾌한 일이냐고 나도 같이 웃었다.

음식은 그 부근에 계신 허남용 씨 내외가 죽을 쑤어다 준다고 하고 마침

소운素雲이 동경에 와 있어서 날마다 찾아 주고 주영섭, 한천, 여러 친구가 가끔 들러 주어서 과히 적막하지는 않다고 한다.

이튿날 낮에 다시 찾아가서야 나는 그 방이 완전히 햇빛이 들지 않는 방인 것을 알았다. 지난해 8월 그믐께다. 아침에 황금정(지금의 을지로) 뒷골목 상의 신혼 보금자리를 찾았을 때도 방은 역시 햇빛 한 줄기 들지 않는 캄캄한 방이었다. 그날 오후 조선일보사 3층 빈방에서 벗이 애를 써 장정을 해준 졸저『기상도』의 발송을 마치고 둘이서 창에 기대서서 갑자기 거리에 몰려오는 소낙비를 바라보 는데 창전窓前에 뱉는 상의 침에 새빨간 피가 섞였었다.

평소부터라도 상은 건강이라는 속된 관념은 완전히 초월한 듯 보였다. 상의 앞에 설 적마다 나는 아침이면 정말 체조를 잊어버리지 못하는 나 자신이 늘 부끄러웠다. 무릇 현대적인 퇴폐에 대한 진실한 체험이 없는 나는 이 점에 대해서는 늘 상에게 경의를 표했다. 그러면서도 그를 아끼는 까닭에 건강이라는 것을 너무 천대하는 벗이 한없이 원망스러웠다.

상은 스스로 형용해서 천재일우의 기회라고 하면서 모처럼 동경서 만나 가지고도 병으로 해서 뜻대로 함께 놀러 다니지 못하는 것을 한탄한다. 미진한 계획은 4월 20일께 동경서 다시 만나는 대로 미루고 그때까지는 꼭 맥주를 마실 정도로라도 건강을 회복하겠노라고, 그리고 햇빛이 드는 옆방으로 이사하겠노라고 하는 상의 뼈뿐인 손을 놓고 나는 동경을 떠나면서 말할 수 없이 마음이 캄캄했다.

상의 부탁을 부인께 아뢰려 했더니 내가 서울 오기 전날 밤에 벌써 부인께서 동경으로 떠나셨다는 말을 서울 온 이튿날 전차 안에 서 조용만(趙容萬, 1909~1995: 영문학자·소설가. 이상과 더불어 구인회 회원으로 활동했다)씨를 만나서 들었다. 그래 일시 안심하고 집에 돌아와서 잡무에 분주하느라고 다시 벗의 병상을 보지도 못하는 사이에 원망스러운 비보가 달려들었다.

"그럼 다녀오오. 내, 죽지는 않소."

하고 상이 마지막 들려준 말이 기억 속에 너무나 선명하게 솟아올라서 아프다.

이제 우리들 몇몇 남은 벗들이 상에게 바칠 의무는 상의 피 엉킨 유고를 모아서 상이 그처럼 애를 써 친하려고 하던 새 시대에 선물하는 일이다. 허무 속에서 감을 줄 모르고 뜨고 있을 두 안공과 영구히 잠들지 못할 상의 괴로운 정신을 위해서 한 암담하나마 그윽한 침실로서 그 유고집을 만들어 올리는 일이다.

나는 믿는다. 상은 갔지만 그가 남긴 예술은 오늘도 내일도 새 시대와 함께 동행하리라고.

—『조광』(1937. 6)

오빠 이상

김옥희

　'이상'. 그러니까 큰오빠 해경의 생활을 말하라는 『신동아』의 청을 처음에는 거절할 생각이었습니다. 그것은 문학인도 아닌 시중의 일개 주부가 할 구실이 못 된다는 것과 또 너무도 불행했던 오빠의 지난날의 생활을 들춘다는 것은 나에게 지나치게 벅찬 고역이리라는 생각 때문이었습니다.

　그러나 돌이켜 오빠 가신 지 이미 30년의 세월이 갔고, 또 가히 천명을 안다는 내 연륜으로 지나친 감상에만 젖고 있을 수 없는 일이라 생각하여 붓을 들어 보기로 했습니다.

　혹 내 이 글이 오빠 이상의 생활과 문학을 알고자 하는 분들에게 티끌만큼의 도움이라도 되었으면 하는 것이 내 염원입니다. 이제 이 땅에 무덤마저 없는 큰오빠가 이 일을 알면 어떤 표정을 할까? 회억의 비감 속에서도 빙그레 웃음 짓는 그 독특한 모습이 떠오릅니다.

　그런데 오빠의 문학은 감히 내가 말할 소임의 것이 아닐 것 같아 여기서는 주로 오빠의 생활, 즉 그의 성장에서 운명까지 생활의 단편들을 기억나는 대로 적어 보겠습니다.

　오빠와 나의 연차는 6년, 여느 가정 같으면 사생활의 저변까지 샅샅이 알 수 있는 사이겠습니다만 우리는 그렇지가 못했습니다. 그것은 작은오빠 운경도 아마 그러할 것입니다(작은오빠는 통신사 기자로 있다가 6·25 때 납북됨). 왜냐하면 큰오빠는 세 살 적부터 우리 큰아버지 김연필 씨 댁에 가서 살았기 때문입니다. 그러므로 큰오빠의 어린 시절 이야기는 지금도 생존해 계시는 큰댁 큰어머니나 또 우리 어머니(이상의 생모)께 들어서 알 뿐입니다.

오빠 이야기만 나오면 눈시울에 손이 가시는 어머니—의지 없으시어 지금까지 내가 모시고 있는—께 들은 오빠의 성장에 대한 이야기부터 적기로 하겠습니다.

오빠의 생활은 어쩌면 세 살 적 큰아버지 댁으로 간 일부터가 잘못이었는지 모릅니다. 「공포의 기록」이란 글에서 '그동안 나는 나의 성격의 서막을 닫아 버렸다'고 말한 것처럼, 오빠의 성격을 서막부터 어두운 것으로 채워준 사람은 우리 큰어머니였다고 집안에서는 다들 그렇게 생각하고 있습니다.

처음 공업학교 계통의 교원으로 계시다가 나중엔 총독부 기술직으로 계셨던 큰아버지 김연필 씨는, 슬하에 자식이 없었기 때문에 큰오빠를 양자삼아 데려다 길렀던 것입니다. 그런데 자식을 보겠다고 안간힘을 쓰시던 큰어머니께 작은오빠가 생겼으니 큰오빠의 존재가 마땅치 않은 것은 너무도 당연한 일입니다.

두 돌 때부터 「천자문」을 놓고 '따, 지' 자를 외며 가리키는 총명을 귀여워 못 배겨 하시던 큰아버지, 그래서 모든 일을 어린 큰오빠와 상의하시는 큰아버지를 못마땅하게 여기시던 큰어머니가 오빠를 어떻게 대했을까 하는 것은 능히 상상할 수가 있는 일입니다.

"그렇게도 총명하더니 재주 있어도 명 없으니……."

오빠의 지난날을 생각하는 어머님 말씀처럼 그의 총명과 재주가 명 때문에 발휘 못 된 그 먼 원인이 우리 가정적 비극에 있었다고 생각하면 참 원통하기 이를 데가 없습니다.

잠시만 자리를 비워도 '해경이 어디 갔느냐?'고 찾으시던 큰아버지의 끔찍한 사랑과 큰어머니의 질시 속에서 자란 큰오빠, 무던히도 급한 성미에 이런 환경을 어떻게 참아 냈는지 모릅니다. 하기는 그랬기에 외부로 발산하지 못한 울분들이 그대로 내부로 스며들어 폐를 파먹는 병균으로 번식해 갔는지도 모르겠습니다만, 어쨌든 그런 가운데서도 공부는 무척 했었나 봅니다.

한글을 하루저녁에 모두 깨우쳐 버렸다는 수재형의 오빠는, 일곱 살 때에야 홍역을 치러서 아주 중병을 앓았는데, 그 고열에도 머리 맡에 책을 두고 공부 못하는 것을 한탄했다니 말입니다.

1926년, 그러니까 오빠가 열일곱 살 때 보성고보를 졸업했습니다. 그 사이의 고생은 이루 말할 수가 없었다고 합니다. 점심시간에 현미빵을 교내에서 팔아 그것으로 학비를 댔다고 하는데, 후에 오빠가 다방 같은 장사를 시작한 것도 아마 이때부터 싹튼 돈에 대한 집념 때문이 아닌가 생각됩니다.

오빠는 또 어릴 때부터 그림을 매우 잘 그렸습니다. 무엇이든지 예사로 보아 넘기는 일이 없는 그는, 밤을 새워 무엇인가를 골똘히 생각하고 그것을 종이에 옮겨 써보고, 그려 보고 하는 것이 버릇처럼 되었더라고 합니다. 열 살 때인가 당시 '칼표'라는 담배가 있었는데, 그 껍질에 그려져 있는 도안을 어떻게나 잘 옮겨 그렸는지 오래도록 어머니가 간직해 두었다고 합니다. 보성고보 때 이미 유화를 그렸는데 어느 핸가는 〈풍경〉이라는 그림을 선전에 출품하여 입선된 일도 있었습니다.

고보를 나오자 그해에 경성고공 건축과에 입학한 것은 아마 큰아버지의 영향을 받은 것이 아닌가 생각됩니다. 오빠 나이 스무 살이 되던 1929년에 고공을 졸업하고 그해 4월에 총독부 내무국 건축과 기수로 근무하게 되었습니다. 학교를 갓 나온 정열과 그 당시 큰아버지의 직장이 또한 그곳이었기 때문에 처음은 일본인 과장들과도 그리 의가 틀리지 않게 일을 한 모양입니다만 오빠 성질에 봉급자 생활 그것도 일본 사람들과의 사이가 원만하게 이루어졌을 리가 없었던 것은 당연합니다. 그러나 오빠로서는 큰아버지 체면을 생각해서라도 오래 견디지 않을 수가 없었을 것입니다.

그해 12월인가 『조선과 건축』 지의 표지 도안 현상에 1등과 3등으로 당선된 것으로만 보아도 그사이 큰오빠의 의욕을 짐작할 수가 있습니다.

그 이듬해인 1931년부터 시작을 발표하기 시작했고 또 그해에 오빠의 그림 〈자화상〉이 선전에 입선되었습니다.

김해경이라는 본 이름이 이상으로 바뀐 것은 오빠가 스물세 살 적 그러니까 1932년의 일입니다. 건축 공사장에서 있었던 일로, 오빠가 김해경이고 보면 '긴상'이라야 되는 것을 인부들이 '이상'으로 부른 데서 이상이라 자칭했다는 것은 누구나 다 아는 이야깁니다. 그때 이상이라는 이름으로 처음 발표한 시가 「건축무한육면각체」입니다.

그러는 동안에도 오빠의 건축기사로서의 면목은 발휘되었던 것으로 전매국 청사가 오빠의 설계에 의해서 건축되었고, 지금의 서울 문리대 교양학부로 생각되는 대학 건물도 오빠가 설계한 것이라고 듣고 있습니다.

며칠씩이고 직장을 쉬고, 그런가 하면 나왔어도 멍하니 책상 앞에 앉아서 해를 보내던 오빠의 당시를 이야기하는 사람이 있습니다. 그러다가도 무슨 어려운 일을 맡기면 그 기한 안에는 자동 계산기처럼 정확하게 해다 놓더라고 합니다. 꾸깃꾸깃한 종이 쪽지 하나를 꺼내 놓으면 이미 일은 다 된 것이나 마찬가지였다니, 어떤 일을 어떻게 처리한 것이었는지 알 길이 없습니다.

그래서인지 일본인 과장 한 사람과는 아주 뜻이 통했었는데 그 뒤에 온 후임인가 아니면 다른 과장인가, 어쨌든 다른 한 사람과는 몹시 사이가 좋지 않아서 매사에 서로 의견이 충돌되었다고 합니다.

'사각형의 내부의 사각형의 내부의 사각형'의 답답한 정황이 아마 이러한 오빠의 직장 생활에서 얻어진 이미지가 아닐까 이런 생각을 할 때가 있습니다.

오빠의 불행한 생활이 표면화된 것은 1933년 3월 오빠가 직장을 버리던 날로부터 시작되었습니다. 하기는 사표를 내던지고 억압된 직장을 떠난 일이 오빠로서는 시원하기까지 했을 것입니다만 이 해부터 각혈이 시작되었으니 불행의 시초로밖에 더 표현할 길이 없습니다. 흔히 각혈로 인한 건강을 오빠의 사직 이유로 말합니다만 그렇지가 않습니다. 일본인 과장의 이제는 더 참을 수 없는 모욕을 박차고 나온 오빠였습니다.

오빠의 몸은 그때부터 극도로 쇠약하기 시작했습니다.

조용만 선생이 말씀하신 대로 '서양 사람 같은 흰 얼굴, 많은 수염, 보헤미안 넥타이, 겨울에도 흰 구두……' 그런 모습으로 배천 온천으로 요양을 떠난 것은 이 무렵의 일입니다.

오빠의 모습에 대한 생각이 났으니 말입니다만 오빠만큼 몸단장에 무관심한 사람도 좀 드물 것입니다. 겨울에 흰 구두를 신고 멋으로 생각할 사람은 없습니다. 그저 있는 대로 여름에 한 켤레 신었던 흰 구두를 겨울에, 다시 여름에 그렇게 신었을 것입니다.

이런 일이 있었습니다. 오빠는 집에 들어오면 항상 이불을 뒤집어쓰고 누웠는데 그 누워 있는 동안에 무엇을 생각하고 또 쓰곤 했습니다. 마침 친구가 찾아와서 함께 나가게 되었습니다. 오빠는 벽에 걸린 외투를 입었는데, 벗었을 때 상의를 외투와 함께 벗어 걸었던 것을 그냥 입었던 탓에 한쪽 상의 소매가 팔에 꿰어지지 않고 외투 소매만 꿰었으니 상의의 소매 하나가 외투 밖으로 나올 수밖에 없었습니다.

마침 길 가는 여인들이 이것을 보고 크게 웃었는데도 오빠는 무관심했습니다. 친구가 그 모양을 보고 고쳐 입으라고 해도 내처 가는 데까지 그대로 갔답니다.

이렇게 몸단장을 하지 않은 큰오빠는 머리도 항상 수세미처럼 헝클어져 있었습니다. 저는 한 번도 오빠가 빗질하는 것을 본 일이 없습니다. 오빠는 빗질만 안 하는 것이 아니라 앉으면 일부러 머리를 흐트려 놓곤 했습니다. 이발은 넉 달에 한 번 정도 하는 셈이었으나 그나마도 친구가 억지로 데리고 가다시피 해야 따라가는 형편이었습니다. 까무잡잡하고 긴 수염과 언제나 흐트러진 머리, 거기다가 허술한 옷차림이 오빠의 여윈 체구를 더욱 초라하게 만들었습니다.

　이렇듯 몸단장에 아주 관심이 없던 오빠가 배천 온천에 가서 우연히 알게 된 여자가 흔히 금홍이로 알려진 사람이었습니다. 병약한 몸에 밤새 술을 마시고 기생과 사귀었으니 그 건강은 말이 아닐 정도였을 것입니다.

　종로 2가에 '제비'라는 다방을 낸 것은 배천 여행에서 돌아온 그 해 6월의 일입니다. 금홍 언니와 동거하면서 집문서를 잡혀 시작한 것이 이 '제비'다방이었습니다. 그런데 오빠가 집문서를 잡힐 때 집에서는 감쪽같이 몰랐다고 합니다. 도시 무슨 일이고 집안과는 의논이 없던 오빠인지라, 집문서를 잡힐 때라고 사전에 의논했을 리는 만무한 일입니다만, 설령 오빠가 다방을 내겠다고 부모님께 미리 말했다고 하더라도 응하시진 않았을 것입니다.

　오빠는 늘 돈을 벌어 보겠다고 마음먹은 모양이지만 막상 돈벌이에는 소질이 없었던 것 같습니다. 더구나 장사, 그것도 다방 같은 물장사가 될 이치가 없습니다. 돈을 모르는 사람이 웬 물장사를 시작했는지조차 의심스러운 일입니다만, 거기다가 밤낮으로 문학하는 친구들과 홀 안에 어울려 앉아서 무엇인가 소리 높이 지껄이고 있었으니 더구나 다방이 될 까닭이 없었습니다.

　이 무렵 오빠와 자주 어울리던 문인들은 구보, 상허, 편석촌, 지용 등이었으며 이 밖에도 오빠가 속해 있던 구인회 동인으로 이효석, 이무영, 조용만,

이런 분들이 오빠와 가까이 지낸 것으로 알고 있습니다. 이분들은 다방에들 몰려 있다가 이내 어디론지 사라져 얼근히 취해 가지고는 여럿이서 저희 집에도 가끔 들르곤 했습니다.

친구 분들 얘기로는 큰오빠가 밖에서 술을 마실 때면 노래도 곧잘 불렀다고 하며 더듬거리는 소리로 이야기도 잘했다고 합니다.

그러나 술 마시고 친구와 동행일 때 말고는 집안 식구와 거의 말을 하는 일이 없었습니다. 집에 오면 으레 이불을 둘러쓰고 엎드려서 무엇인가를 끄적거리고 있기가 일쑤였습니다. 도무지 집안 식구와는 상대도 않고 자기 일만 하고 있어도 부모님께서는 오빠 일에 아예 참견하려 들지를 않았던 것 같습니다.

오빠가 쓰던 방은 늘 지저분하고 퀴퀴한 냄새까지 나서 집안 식구가 별로 드나들지도 않는데, 오빠가 있을 때는 더욱 출입을 삼갔고 방을 비우면 그때서야 겨우 들어가 방을 치우곤 했을 뿐입니다.

큰오빠가 다방을 경영할 즈음, 나는 이따금 우리 집 생활비를 얻으러 그곳으로 간 일이 있습니다. 오전 11시나 12시 그런 시간이었는데, 그때야 부시시 일어난 방 안은 언제나 형편없이 어지럽혀져 있었습니다. 지금도 그 방안이 기억에 선한데 그것은 방이라기보다는 '우리'라고나 할 정도로 그렇게 지저분하게 흩어져 있었습니다.

'저게 너의 언니니라'고 눈짓으로만 일러줄 뿐 오빠는 금홍이 언니를 한번도 제게 인사시켜 준 일이 없었습니다. 그래서 저는 금홍이 언니와는 가까이서 말을 걸어본 일이 없었습니다.

그러나 금홍이 언니를 이렇게 소홀히 취급했던 오빠도 집안일에는 여간 애를 태우지 않았습니다. 내가 돈을 타러 갈 때면 으레 주머니를 털어서 몇 푼이고 손에 잡히는 대로 몽땅 제 손에 쥐어 주시곤 했으니 말입니다.

다방을 경영할 무렵에도 오빠는 「오감도」를 발표했고 또 '하융'이란 이름으로 신문소설 「소설가 구보 씨의 1일」에 삽화도 그리는 등 창작 활동을 하는 한편, 돈벌이를 위해 그런대로 힘을 다한 흔적이 엿보이고 있습니다. 당시 곤란했던 우리 가정의 생활을 위해 장남으로서의 의무를 다해 보려고 그 앓는 몸으로 온갖 힘을 기울인 오빠를 생각할 때 그지없이 가엾게 생각될 때가 있습니다.

바깥일은 집에 와서 절대 이야기 않던 오빠도 부모에 대한 생각은 끔찍이 했던 것 같습니다. 지금 살아 계신 어머니도 큰오빠가 어머니에게 늘 공손했고 뭘 못 해드려서 애태우곤 했다고 말씀하십니다. 곧 돈을 벌어서 어머니를 편안히 모시겠다는 말을 입버릇처럼 되뇌던 큰오빠를 어머니는 지금도 잊지 못하고 계십니다.

큰오빠는 어머니께뿐만 아니라 아버님이나 동생들에게도 퍽 잘했습니다. 세 살 아래인 작은오빠 운경에게나 저에게 한 것으로 미루어 보면 여느 집의 형, 오빠에 못지않았습니다. 별로 말이 없어도 언제나 다정하게 동생들을 보살펴 주었고 친절하고 너그러운 오빠임에 틀림없었습니다. 큰오빠는 정말 착하고 따뜻한 분이었습니다. 한 번도 동생들에게 매질을 한 일도 없고 호되게 꾸중을 한 일도 없습니다. 돈을 못 벌어 생활인으로는 부실했을지 몰라도 가정적으로나 인간적으로 퍽 원만했던 큰오빠는 또 친구들과의 우정 관계도 모범적이었다고 듣고 있습니다. 사리 판단도 퍽 정확했던 모양으로 친구들 사이에 무슨 시비가 벌어지면 큰오빠가 중재를 맡고 나서서 화해를 시키곤 했다는 것입니다. 어떤 사람은 큰오빠를 천재, 기인 혹은 괴팍한 사람으로 이야기하지만 저는 오히려 그가 그저 범상한 사람으로 가정과 친구들 사이에서 착하고 평범하게 살아 보려고 애쓴 줄로 알고 있습니다.

1935년은 오빠에게 있어서 가장 불운한 해였습니다. 까먹어 들어 가던 '제비' 다방은 그해 9월경에 폐업을 하지 않을 수 없게 되고 인사동에 '쓰루'

라는 카페를 인수했는데 이것도 곧 실패로 돌아갔습니다.

한편 종로에서 다시 다방 '69'라는 것을 설계했으나 개업도 하기 전에 남의 손에 넘겨 주고 말았고 다시 시작한 다방 '맥' 또한 같은 운명을 당하였습니다.

그렇잖아도 돈이 있을 수 없던 오빠가 그야말로 빈털터리가 된 것입니다. 그리하여 오빠의 자학과 부정의 방랑생활이 시작되었던 것입니다.

임(변동림) 언니와 처음 알게 된 것은 그전이겠지만 오빠와 임이 언니가 동거를 하고 명색 결혼식을 올렸던 것은 오빠가 스물일곱 살 때 일입니다. 아마 지금 내무부 건너편 청계천과 을지로 중간 쯤으로 생각되는 수하동 일본 집 아파트에 오빠는 우거하고 있었습니다.

창문사에서 구인회의 동인지 『시와 소설』을 편집하고 있던 오빠는 그것이 1집만 나오고 그만되자 황금정으로 이사를 하고 거기서 임이 언니와 동거를 시작했습니다. 아마 6월이었다고 생각되는데 그때 7, 8명 구인회 동인들이라고 생각되는 분들과 신흥사에서 형식만의 결혼식을 올렸습니다.

작품 연보로 보아서 가장 많은 작품을 여러 가지 장르에 걸쳐 여러 곳에 발표한 것이 이 해였다고 기억됩니다. '절름발이' 세월에 '절름발이' 부부 생활이었으나마 오빠에게 그만큼 위안이 되었던 것이 사실이 아닌가 생각합니다.

임이 언니는 사실 우리 가족과는 상당히 가까이 내왕이 있었습니다. 특히 운경 오빠와는 자주 만나 친밀히 이야기하는 사이였습 니다.

그런데 임이 언니의 사랑도 결코 오빠를 행복하고 안정되게 하지는 못했습니다. 오빠는 임이 언니와 동거생활을 하던 바로 그해 동경으로 떠났습니다.

친정어머니 말씀을 들으면 오빠는 어느 때처럼 집에 들어와서는 2, 3일

동안 좀 다녀올 데가 있노라고 그러고는 집을 나섰다고 합니다. 그런데 어쩐 일인지 어머니에게는 이상한 예감이 있어 골목까지 나갔는데 오빠도 자꾸만 돌아보곤 했다고 합니다. 아마 이것이 이 세상에서의 마지막 작별이라는 것을 혈맥끼리가 서로 통한 것인지 모릅니다.

어머니는 그날부터 사나흘 동안을 온통 팔이 떨어져 나가는 것 같은 아픔과 한시도 앉아 있을 수 없는 안절부절못한 속에 날을 보냈다고, 이 글을 쓰는 지금도 자꾸만 되풀이하여 말씀하십니다. 그 때 이미 아버지도 사경에 계시었고 집안 살림이 말이 아니었는데 떠나는 오빠의 심중은 가히 짐작이 가는 일입니다. 그리하여 오빠는 2, 3일 갔다 온다는 동경에 갔습니다.

극도로 쇠약한 몸에 그나마도 생리에 맞지 않는 도시 동경에 간 오빠는 10월에 건너가서 피를 토하면서 한겨울을 나고, 그리고는 이듬해인 1937년 2월 니시간다 경찰서에 갇히는 몸이 되고 말았습니다. 까치집같이 헝클어진 머리며 그 많은 수염을 달고 다녔으니 사상불온의 혐의를 받음직도 한 일입니다.

심한 고문도 받았겠지만 워낙 뼈만 남은 오빠의 몸에 더 이상 손을 댔다가는 변을 당할 것 같아서인 한 달 남짓 만에 병으로 보석이 되었습니다.

동경에 있는 친구들이 동경제대 부속병원에 입원을 시켰는데 그 때는 이미 회춘할 가망이 전혀 없었다고 합니다. 당시 진료를 맡았던 일본인 모 의학박사는 "어쩌면 젊은 사람을 이렇게까지 되도록 버려두었을까, 폐가 형체도 없으니……" 이렇게 중얼거렸다고 합니다.

문밖에 넘치도록 들어서는 동경 유학생들 틈에서 오빠의 임종은 그리 외로운 것은 아니었나 봅니다. 밤낮을 가리지 않는 그들의 간호와 위문이 오빠가 세상에서 얻은 마지막 호강이었습니다.

몸은 다 죽어 가면서도 정신은 말짱해서 마지막 숨을 거둘 때까지 쉬지 않고 무슨 이야기를 했다고 합니다. 한번은 어떤 주사 하나에 힘을 얻어 벌떡 자리에서 일어났다가는 곧 쓰러졌다는데, 아마 이 세상에 남겨 두고 가는 많은 할 일을 위한 최후의 안간힘이 아니었을까 생각됩니다.

임이 언니도 마지막 병상에 달려갔고 유골도 언니의 손으로 환국하게 되었습니다. 오빠가 돌아가신 것은 1937년 4월 17일, 유해가 돌아온 것은 5월 4일의 일입니다. 그리하여 큰오빠의 스물여섯 해를 조금 더 산 파란 많은 일생은 끝났습니다.

그런데 야릇한 것은 오빠가 죽기 하루 전날인 4월 16일 아버지와 큰아버지께서 한꺼번에 숨을 거두어 우리 집안은 이틀 사이에 세 어른을 잃고 만 것입니다. 그러니까 오빠는 아버지와, 양부나 마찬가지인 큰아버지를 돌아가시기 하루 전날에 여읜 셈이지만 병이 하도 중태라서 그 비보조차 듣지 못하고 숨을 거두었다고 합니다.

오빠가 가신 지 서른 해가 된 오늘날 유물 중에서 가장 찾고 싶은 것이 있다면 오빠의 미발표 유고와 데드 마스크입니다. 오빠가 돌아가신 후 임이 언니는 오빠가 살던 방에서 장서와 원고 뭉치, 그리고 그림 등을 손수레로 하나 가득 싣고 나갔다는데 그 행방이 아직도 묘연하며, 오빠의 데드 마스크는 동경대학 부속병원에서 유학생들이 떠놓은 것을 어떤 친구가 국내로 가져와 어머니께까지 보인 일이 있다는데 지금 어디로 갔는지 찾을 길이 없어 아쉽기 짝이 없습니다.

5월에 돌아온 유해는 다시 한 달쯤 뒤에 미아리 공동 묘지에 묻혔고 그 뒤 어머니께서 이따금 다니며 술도 한잔씩 부어 놓곤 했던 것이, 지금은 온통 집이 들어서 버렸으니 한줌 뼈나마 안주의 곳이 없는 형편이 되었습니다. 생전에 '삼촌 석비 앞에 주과가 없는 석상이 보기에 한없이 쓸쓸하다'던 오빠 자신은 석비는커녕 무덤의 자취마저 없으니 남은 우리들의 마음이 편할 까닭이 없습니다.

'망령이 있다치고' 어드메쯤 오빠 시비 하나라도 세웠으면 하는 나의 의욕은, 그러나 하루의 생활마저 다급한 지금의 처지로서는 한갓 부질없는 염원에 지나지 않는 것입니다.

—『신동아』(1964. 12)

어휘 풀이

가구街衢 → 길거리.

가량假量 → (주로 부정하는 말과 함께 쓰여) 어떤 일에 대하여 확실한 계산은 아니나 얼마쯤이나 정도가 되리라고 짐작하여 봄.

가웃 → 되·말·자 따위로 되거나 잴 때, 그 단위의 절반가량에 해당하는, 남는 분량을 이르는 말.

간기癎氣 → 지랄병. 염병.

감발 → 발감개.

개무皆無 → 전혀 없음.

거상居喪 → 상중喪中에 있음.

거자遽者 → 심부름꾼.

건정乾淨 → 깨끗하며 단아함.

걸커밀어 → 거칠게 밀어.

게 → '거기'의 준말.

게사니 → '거위'의 방언.

격검擊劍 → 칼을 씀.

격장隔墙 → 담 하나를 사이에 두고 이웃함.

결 → '성결' 또는 '결기'의 준말. 못마땅한 것을 참지 못하고 성을 내거나 왈칵 행동하는 성미.

계제적階梯的 → 차례차례.

고랑떼 → 골탕.

고자리 → 무나 호박 따위의 살을 길게 오리거나 썰어서 말린 것.

고혈膏血 → 기름과 피.

곡직착종曲直錯綜 → 굽고 곧은 것이 복잡하게 뒤얽힘.

공구恐懼 → 몹시 두렵고 황송함.

괭 → '고양이'의 준말.

기미氣味 → 생각하는 바나 기분 따위와 취미.

기미期米 → 쌀의 시세를 이용하여 현물 없이 약속으로만 거래하는 일종의 투기 행위. 미두米豆.

기자忌恣 → 시기심이 많고 방자함.

기절期節 → 계절.

기지基趾 → 건축물의 기초.

꼬꼬마 → 옛날 군졸들이 모자에 꽂던 붉은 털.

꼭두서니 → 여러해살이 덩굴풀. 뿌리는 붉은 물감의 원료로 쓰인다.

꾀져 → '비어져'의 방언.

꿀방구리 → 꿀을 담아 놓은 질그릇.

꿈즉이던 → 꿈적거리던.

끌탕 → 속을 태우는 걱정.

끽다점喫茶店 → 찻집.

나래拏來 → 가지고 옴.

나잘 → '한나절'의 옛말.

낙역絡繹 → 왕래가 끊임이 없음.

난변難辨 → 제대로 분간을 못함.

납촉蠟燭 → 밀랍으로 만든 초.

납찰拉撮 → '부러뜨려 집는다'는 뜻.

낭자 → 여자의 예장에 쓰는 딴머리의 하나. 쪽찐 머리 위에 덧대어 얹고 긴 비녀를 꽂는다.

내부乃夫 → 아버지.

내운 → 연기나 불길이 아궁이로 되돌아 나오는 것.

내지인內地人 → 일본인.

노랑돈 → 몹시 아끼는 많지 않은 돈을 낮잡아 이르는 말.

노야老爺 → 노옹.

뇌명雷名 → 명성.

누깔잠 → 눈깔비녀.

눅거리 → '싼거리'의 방언. 싼 값으로 산 물건.

느얼 → 널빤지.

능형菱形 → '마름모'의 옛날 말.

다라지기도 → 야무지기도.

다랭이 → '다래끼'의 방언.

단것 → 과자류나 설탕 따위 맛이 단 음식.

달른다 → 살이 얼어서 부르트다.

닷곱→ 다섯 홉. 반 되를 이른다.

당콩 → 강낭콩.

더리다 → 더럽다.

던적스러운 → 치사하고 더러운.

덴겁해서 → 겁에 질려 허둥지둥거려서.

도승사渡繩師 → 줄을 타는 사람.

도야지 → '돼지'의 방언.

도회韜晦 → 지위나 재능 따위를 숨기어 감춤.

돌창 → '도랑창'의 준말.

동 → 사물의 조리條理.

뒤이지 → 양칫물을 담는 그릇.

따개꾼 → 소매치기.

뚝게 → '뚜껑'의 방언.

뜬숯 → 장작을 때고 난 뒤에 꺼서 만든 숯, 또는 피었던 참숯을 다시 꺼놓은 숯.

만적만적하는 → 만지작만지작거리는.

말승냥이 → 이리.

망쇄忙殺 → 정신을 차릴 수 없을 정도로 매우 바쁘다.

망해亡骸 → 유골.

매리罵詈 → 심하게 욕하며 나무람.

맥진驀進 → 좌우를 돌아볼 겨를이 없

이 힘차게 나아감.

맹동萌動 → 싹이 남.

명도冥途 → 사람이 죽은 뒤에 간다는 영혼의 세계.

목도 → 두 사람 이상이 짝이 되어, 무거운 물건이나 돌덩이를 얽어 맨 밧줄에 몽둥이를 꿰어 어깨에 메고 나르는 일.

목산目算 → 눈으로 어림셈함.

목첩目睫 → 눈과 눈썹 사이처럼 아주 가까운 거리를 이르는 말.

몽몽濛濛 → 가랑비가 자욱이 내리는 모양. 앞이 흐릿하고 어두움.

무지無地 → 무늬가 없이 전체가 한 가지 빛깔로 되거나 또는 그런 물건.

물고物故 → 죽거나 죽이는 것.

미두米豆 → 기미.

미만彌漫 → 널리 가득 차 그들먹 함.

미여기 → '메기'의 방언.

미엽媚靨 → 아양. 교태.

민절悶絶 → 너무 기가 막혀 정신을 잃고 까무러침.

박락剝落 → 껍질이 벗겨져 떨어짐.

반자 → 지붕 밑이나 위층 바닥 밑을 편평하게 하여 치장한 각 방의 천장.

발경脖頸 → 배꼽과 목.

방안지方眼紙 → 모눈종이.

법선法線 → 곡선이나 곡면과 직각으로 교차하는 선.

변해辯解 → 말로 풀어 자세히 밝힘.

별조別兆 → 별다른 징조.

병문屛門 → 골목 어귀의 길가.

보꾹 → 지붕의 안쪽, 지붕 밑과 천장 사이의 빈 공간에서 바라본 천장을 가리킴.

부작符作 → '부적符籍'의 변한 말.

부전부전하게 → 남의 사정은 돌보지 아니하고 자기가 하고 싶은 일에만 서두르는 모양.

부첩符牒 → 증거가 되는 서류.

불연不然 → 그렇지 아니하다.

비웃 → '생선으로서의 청어'를 일컫는 말.

비익裨益 → 보태고 늘여 도움이 되게 함.

사도斯道 → 어떤 전문적인 방면의 도道나 기예技藝.

산갓 → 산림.

세간기명 → 가재도구와 그릇들.

세봉 → 좋지 않은 일.

송명松明 → '관솔' 또는 '관솔불'.

쇠통 → '전혀'의 방언.

수구瘦軀 → 빼빼 마른 몸.

수종水腫 → 몸이 붓는 병.

수파람 → '휘파람'의 방언.

수형手形 → '어음'의 옛말.

심평 → 형편.

쑤석질 → 들쑤시는 짓.

악저惡疽 → 악성 종기.

악지 → 무리하게 해내려는 고집.

안동眼同 → 사람을 데리고 함께 가나 물건을 지니고 감.

안잠자기 → 남의 집에서 먹고 자며 그

집의 일을 도와주는 여자.

암치 → 배를 갈라 소금에 절여 말린 민어의 암컷.

앙감질 → 한 발은 들고 한 발로만 뛰는 짓.

양구良久 → 오랜 시간.

양자樣姿 → 모양. 모습.

얼금뱅이 → 얼굴이 얼금얼금 얽은 사람을 낮잡아 이르는 말.

여왕봉女王蜂 → 여왕벌.

여주 → 박과의 한해살이풀. 여름과 가을에 노란 꽃이 핀다.

연하嚥下 → 꿀떡 삼켜서 넘김.

영각 → 암소를 찾는 황소의 긴 울음소리.

오예汚穢 → 지저분하고 더러움.

오적어烏賊魚 → 오징어

완이이소莞爾而笑 → 빙그레 웃는 웃음.

왜떡 → 밀가루나 쌀가루를 얇게 늘여서 구운 과자.

용훼容喙 → 간섭하여 말참견을 함.

운소雲霄 → 높은 지위를 비유적으로 이르는 말.

움 → 땅을 파고 그 위에 거적 따위를 얹어 비바람이나 추위를 막도록 한 것.

웅봉雄峰 → 수벌.

원후류猿猴類 → 원숭이.

위선爲先 → 우선.

유계幽界 → 저승.

유랑嚠喨 → 음악 소리가 맑으며 또렷함.

유루遺漏 → 빠져나가거나 새어 나감.

유신廋身 → 짚단처럼 앙상한 몸.

유야랑遊冶郎 → 주색잡기에 빠진 사람.

유척庾瘠 → 앙상하고 수척함.

육향분복肉香芬馥 → 몸에서 나는 향기로운 냄새.

율률慄慄 → 두려워 떠는 모양.

융전絨氈 → 융단.

의거리 → '옷가지'란 뜻으로, 몇 벌의 옷.

의료意料 → 뜻을 헤아리다.

인비因憊 → 곤궁하고 고달픔.

일게一憩 → 잠시 동안의 휴식.

일고용인日雇庸人 → 날품팔이.

일악一握 → '한 줌'이라는 뜻으로, 적은 양을 이르는 말.

일타화一朶花 → 한 떨기 꽃.

임리淋漓 → 피·땀·물 따위의 액체가 흘러 떨어지는 모양.

자리물 → 자리끼.

자분참 → 지체없이 곧.

자작자장自作自藏 → 스스로 짓고 스스로 감춤.

자죽 → '자국'의 방언.

작소鵲巢 → 까치집.

잡답雜踏 → 사람들이 많이 몰려 북적북적하고 복잡함.

장광長廣 → 장광설長廣舌.

장속裝束 → 몸을 꾸며 차림 또는 그 몸차림.

재래면在來面 → 그전과 동일한 면.

저립佇立 → 우두커니 섬.

저상沮喪 → 기력이 꺾여서 기운을 잃음.

적빈赤貧 → 몹시 가난함.

전면纏綿 → 실이나 노끈 따위가 친친 뒤엉킴. 혹은 남녀의 애정이 깊이 얽혀 헤어지기 어려움.

전송餞送 → 서운하여 잔치를 베풀고 작별하여 보냄.

전질顚跌 → 넘어짐.

전충塡充 → 빈 곳을 채워 메움.

절선折線 → '꺾은선'의 구 용어.

정돈停頓 → 침체하여 나아가지 아니함.

제애際涯 → 끝이 닿는 곳.

제웅 → 짚으로 만든 사람 모양의 물건.

제출물에 → 제 생각대로 하는 바람에.

종종淙淙 → 물이 흐르는 소리나 모양.

즐만驕慢 → 매우 교만함.

지질리워 → 기운이나 의견 따위가 꺾여 눌리어.

진솔 → 옷이나 버선 따위가 한 번도 빨지 않은 새것 그대로인 것.

질구疾驅 → 질주.

징겨졌다 → '쟁여졌다'의 방언.

착의일식着衣一式 → 입은 옷 전부.

찰짜 → 성질이 수더분하지 아니하고 몹시 까다로운 사람.

창량蹌踉 → 이리저리 비틀거리는 모양.

창이瘡痍 → 날카로운 것에 다친 상처.

척신瘠身 → 수척한 몸.

천결闡潔 → 간결.

천애天涯 → '천애지각天涯地角'의 준말. 아득히 멀리 떨어진 낯선 곳.

천연遷延 → 일이나 날짜 따위를 미루고 지체함.

천후天候 → 날씨.

철쇄鐵鎖 → 쇠사슬.

첨위僉位 → 여러분.

첨하檐下 → '처마'의 한자식 표현.

체읍涕泣 → 눈물을 흘리며 슬퍼함.

체전부遞傳夫 → 우편집배원.

초롱草籠 → 짚이나 대나무로 만든 그릇.

초초楚楚 → 가시나무가 우거진 모양. 고통을 참는 듯한 모양.

촉루髑髏 → 해골.

최절摧折 → 꺾거나 꺾이는 것.

추우비비秋雨霏霏 → 가을비가 부슬부슬 내리는 모양.

춤 → '침'의 방언.

취체역取締役 → 주식회사의 '이사理事'를 가리키는 옛말.

취체取締 → 규칙·법령·명령 따위를 지키도록 통제함.

치뜨려 → 위로 떨어뜨려.

치사侈奢 → '사치'를 일부러 거꾸로 쓴 것.

칼표 → 일제시대 담배 이름.

타기만만惰氣滿滿 → 게으른 기운이

가득함.

타선唾腺 → 침샘.

탔다 → 어떤 기운이나 자극 따위의 영향을 별나게 잘 받거나 느끼는 것.

토식討食 → 음식을 억지로 달라고 하여 먹음.

파치 → 파손되어서 못 쓰게 된 물건.

표한무쌍剽悍無雙 → 무섭고 빨라서 맞서 싸울 수 없음.

풍봉風丰 → 풍만하고 아름다운 풍채.

하수下手 → 손을 대어 사람을 죽임.

한경漢鏡 → 중국 한나라 때의 거울.

한공汗孔 → 땀구멍.

한난계寒暖計 → 온도계.

한신旱晨 → 가문 날의 새벽.

항巷 → 거리. 골목.

해소海嘯 → 거센 파도 소리.

해이요 → 것이요.

해토解土머리 → 겨우내 얼었던 땅이 녹기 시작할 무렵.

행형行刑 → 형벌이 집행됨.

혹사酷似 → 매우 닮음.

화변花辨 → 꽃잎.

활연豁然 → 환하게 터져 시원한 모양.

회신灰燼 → 불에 타고 남은 끄트러기나 재.

횡일橫溢 → 기상이나 정서 따위가 차고 넘침.

훤소喧騷 → 와자하게 떠들어 소란스러움.

훤조喧噪 → 시끄럽게 지껄이며 떠듦

작품연보

장르	제목	탈고일	발표지	발표일
소설	12월 12일		조선	1930. 2~12
	지도의 암실	1932. 2. 13	조선	1932. 3
	휴업과 사정		조선	1932. 4
	지팡이 역사		월간매신	1934. 8
	지주회시		중앙	1936. 6
	날개		조광	1936. 9
	봉별기		여성	1936. 12
	동해		조광	1937. 2
	황소와 도깨비		매일신보	1937. 3. 5~3. 9
	공포의 기록		매일신보	1937. 4. 25~5. 15
	종생기	1936. 11. 20	조광	1937. 5
	환시기	1935	청색지	1938. 6
	실화	1936. 12. 23~	문장	1939. 3
	단발		조선문학	1939. 4
	김유정		청색지	1939. 5
	불행한 계승		문학사상	1976. 7
시	이상한 가역반응	1931. 6. 5	조선과 건축	1931. 7
	오감도	1931. 6. 18~8. 18	조선과 건축	1931. 8
	3차각설계도	1931. 9. 11~12	조선과 건축	1931. 10
	건축무한육면각체		조선과 건축	1932. 7
	꽃나무		가톨릭 청년	1933. 7
	이런 시		가톨릭 청년	1933. 7
	1933. 6. 1	1933. 6. 1	가톨릭 청년	1933. 7
	거울		가톨릭 청년	1933. 10

장르	제목	탈고일	발표지	발표일
시	보통기념		월간매신	1934. 7
	오감도		조선중앙일보	1934. 7. 24~8. 8
	소영위제		중앙	1934. 9
	정식		가톨릭 청년	1935. 4
	지비		조선중앙일보	1935. 9. 15
	지비		중앙	1936. 1
	역단		가톨릭 청년	1936. 2
	가외가전		시와 소설	1936. 3
	명경		여성	1936. 5
	위독		조선일보	1936. 10. 4~9
	무제·1		삼사문학	1936
	I WED A TOY BRIDE		삼사문학	1936
	파첩		자오선	1937. 11
	무제·2		맥(시동인지)	1938. 10
	무제·3		맥(시동인지)	1939. 2
	청령		조선 시집	1939
	한 개의 밤		조선 시집	1939
	척각	1933. 2. 15	이상전집	1956
	거리	1933. 2. 15	이상전집	1956
	수인이 만든 소정원		이상전집	1956
	육친의 장		이상전집	1956
	내과		이상전집	1956
	골편에 관한 문제		이상전집	1956
	가구의 추위	1933. 2. 17	이상전집	1956
	아침		이상전집	1956
	최후		이상전집	1956
	무제·4		현대문학	1960. 11
	1931년		현대문학	1960. 11
	습작 쇼윈도 수점	1932. 11. 14	문학사상	1976. 6
	회한의 장		현대문학	1976. 7
	요다 준이치		문학사상	1976. 7
	쓰키하라 도이치로		문학사상	1976. 7

장르	제목	탈고일	발표지	발표일
수필	혈서삼태		신여성	1934. 6
	산촌여정	1935년경	매일신보	1935. 9. 27~10. 11
	사망율도		조광	1936. 3
	조춘점묘		매일신보	1936. 3. 3~26
	여상		여성	1936. 4
	약수		중앙	1936. 7
	에피그램		여성	1936. 8
	행복		여성	1936. 10
	추동잡필		매일신보	1936. 10. 14~28
	19세기식		삼사문학	1937. 4
	권태	1936. 12. 19	조선일보	1937. 5. 4~11
	슬픈 이야기		조광	1937. 6
	실낙원		조광	1939. 2
	병상 이후	1929~1931	청색지	1939. 5
	동경		문장	1939. 5
	최저낙원		조선문학	1939. 5
	무제	1935년경	현대문학	1960. 11
	이 아해들에게 장난감을 주라	1935년경	현대문학	1960. 12
	모색	1935년경	현대문학	1960. 12
	어릭석은 석반	1935년경	현대문학	1961. 1
	첫 번째 방랑	1935년 8월경	문학사상	1976. 7
	산책의 가을	1934. 9~1935. 9	문학사상	1977. 8
서간	여동생 김옥희에게		중앙	1936. 9
	김기림에게 · 1		여성	1936. 8~1937. 1
	김기림에게 · 2		여성	1936. 8~1937. 1
	김기림에게 · 3		여성	1936. 8~1937. 1
	김기림에게 · 4		여성	1936. 8~1937. 1
	김기림에게 · 5	1936. 11. 14	여성	1936. 8~1937. 1
	김기림에게 · 6		여성	1936. 8~1937. 1
	김기림에게 · 7		여성	1936. 8~1937. 1
	H형에게	1937. 2		
	남동생 김운경에게	1937. 2. 8		

참고 서지

● 단행본

강경애 외, 이상·김유정, 삼성출판사, 1980.

고은, 이상 평전, 민음사, 1974.

권영민, 이상 문학 연구 60년, 문학사상사, 1998.

김성수, 이상 소설의 해석, 태학사, 1999.

김승희, 제13의 아해도 위독하오, 문학세계사, 1982.

_____ , 이상, 문학세계사, 1993.

_____ , 이상 시 연구, 보고사, 1998.

김용직, 이상, 지학사, 1985.

김윤식, 이상 연구, 문학사상사, 1987.

_____ , 이상 소설 연구, 문학과 비평사, 1989.

_____ , 이상 문학 전집(소설), 문학사상사, 1991.

_____ , 이상 문학 전집(수필), 문학사상사, 1993.

_____ , 이상 문학 전집(연구논문 1), 문학사상사, 1995.

_____ , 이상 문학 텍스트 연구, 서울대학교 출판부, 1998.

_____ , 이상 문학 전집(연구논문 2), 문학사상사, 2001.

김주현, 이상 소설 연구, 소명출판, 1999.

문덕수, 이상 작품집, 형설출판사, 1978.

박성원, 이상 이상 이상, 문학과지성사, 1996.

박태원, 이상의 비련, 깊은샘, 1991.

박현수, 모더니즘과 포스트모더니즘의 수사학, 소명출판, 2003.

신주철, 이상과 김수영 시의 아이러니, 박이정, 2003.

안미영, 이상과 그의 시대, 소명출판, 2003.

오규원, 날자, 한 번만 더 날자꾸나, 문장사, 1980.

_____ , 이상 시 전집, 문장, 1981.

유광우, 이상 문학 연구, 충남대학교 출판부, 1993.

이경훈, 이상, 철천의 수사학, 소명출판, 2000.

이보영, 이상의 세계, 금문서적, 1998.

이승훈, 이상 시 연구, 고려원, 1987.

_____ , 이상 문학 전집(시), 문학사상사, 1989.

이어령, 이상 전집, 갑인출판사, 1977

이영지, 이상 시 연구, 양문각, 1989.

이태동, 이상, 서강대학교 출판부, 1997.

이화진, 1930년대 후반기 소설 연구, 박이정, 2001.

임종국, 이상 전집, 태성사, 1956.

정다비, 이상, 지식산업사, 1982.

조해옥, 이상 시의 근대성 연구, 소명출판, 2001.

한국신시학회, 이상 문학에도 이상은 있는가, 거목, 1987.

● 연구논문

강동문, 이상 문학에 나타난 '잠' 모티프 연구, 경남대 대학원, 1991.

강동우, 이상 시에 나타난 도가사상적 특성 연구, 한양대 대학원, 1999.

공종구, 이상 소설의 연구, 전남대 대학원, 1986.

곽미자, 이상 시 연구, 상명대 대학원, 1986.

구미라내, 이상 시의 구조적 특성 연구, 명지대 대학원, 1998.

권윤옥, 이상 소설의 시간 분석, 동국대 대학원, 1984.

권혁남, 이상 소설 연구, 한양대 대학원, 1992.

김교식, 이상 문학 연구, 서원대 대학원, 1998.

김만석, 이상 소설 연구, 연세대 대학원, 1982.

김병국, 이상 「날개」 연구, 단국대 대학원, 2003.

김성수, 이상 소설 연구, 연세대 대학원, 1998.

김성은, 이상론, 연세대 대학원, 1986.

김영애, 이상 소설의 공간 의식, 경남대 대학원, 1986.

김용하, 이상 문학 연구, 중앙대 대학원, 2001.

김유진, 이상과 김유정의 작품에 나타난 에고Ego의 연구, 충남대 대학원, 1983.

김윤정, 이상 시에 나타난 탈근대적 사유, 서울대 대학원, 1999.

김종훈, 이상 시에 나타난 '나'의 유형 연구, 고려대 대학원, 2001.

김주현, 이상 소설의 글쓰기 양상 연구, 서울대 대학원, 1998.

김천서, 이상 소설 연구, 중앙대 대학원, 1982.

김현종, 이상·이효석 소설의 서정성 연구, 충남대 대학원, 1992.

김현호, 이상 시 연구, 중앙대 대학원, 1993.

김후남, 이상 소설의 서사담론 연구, 경성대 대학원, 2002.

나갑순, 이상 수필에 나타난 욕망 연구, 인제대 대학원, 2002.

남금희, 이상 소설에 나타난 시간 연구, 대구가톨릭대 대학원, 1989.

_____ , 이상 소설의 서술 형식 연구, 대구가톨릭대 대학원, 1996.

노지승, 이상 소설의 시간성 연구, 서울대 대학원, 1998.

노행판, 이상 시의 의미론적 접근, 고려대 대학원, 1982.

문광영, 이상 시 연구, 단국대 대학원, 1983.

문순임, 이상의 초현실주의 시 연구, 건국대 대학원, 2001.

문홍래, 이상 연구, 우석대 대학원, 1994.

문홍술, 이상 문학에 나타난 주체 분열과 반담론에 관한 연구, 서울대 대학원, 1991.

박정수, 이상 「종생기」 연구, 서강대 대학원, 1998.

박진임, 이상 시의 페미니즘적 연구, 서울대 대학원, 1991.

박향서, 이상 문학의 시간 의식 연구, 원광대 대학원, 1989.

박현수, 이상 시의 수사학적 연구, 서울대 대학원, 2002.

박혜경, 이상 소설론, 동국대 대학원, 1986.

박혜숙, 이상 소설 연구, 영남대 대학원, 1981.

백기문, 이상 소설의 풍자적 고찰, 성균관대 대학원, 1985.

서용주, 이상 시 「오감도」 고찰, 원광대 대학원, 1995.

서정철, 이상의 「날개」에 나타난 건축적 공간 인식, 충북대 대학원, 2000.

설영숙, 이상 소설의 탈중심적 담론 연구, 국민대 대학원, 1995.

성관모, 이상 소설 연구, 고려대 대학원, 1980.

송민호, 이상 문학에 나타난 화폐와 글쓰기의 상관성 연구, 서울대 대학원, 2002.

송종헌, 이상의 「날개」 분석, 동국대 대학원, 2001.

신경득, 이상 문학의 심리주의적 연구, 청주대 대학원, 1973.

신규호, 이상 문학 연구, 단국대 대학원, 1981.

안혜경, 이상 문학의 구조와 의미, 상명대 대학원, 1982.

엄정희, 이상의 「날개」 연구, 단국대 대학원, 2000.

염철, 이상 시에 나타난 시간 의식 연구, 중앙대 대학원, 1995.

오동규, 이상 시의 공간 의식, 중앙대 대학원, 1995.

우재학, 이상 시 연구, 전남대 대학원, 1998.

우정권, 이상의 글쓰기 양상, 서울대 대학원, 1996.

유시욱, 이상과 윤동주 시에 나타난 자아 실현의 문제, 영남대 대학원, 1978.

유원춘, 이상 시의 은유 연구, 서울대 대학원, 1991.

유재순, 이상 문학에 나타난 공간 의식 연구, 호남대 대학원, 1995.

유재천, 이상 시 연구, 연세대 대학원, 1982.

윤명숙, 이상 연구, 숙명여대 대학원, 1983.

윤정숙, 이상 시의 현실 적응 양상, 동아대 대학원, 1991.

윤혜경, 이상 소설 연구, 국민대 대학원, 1995.

음영철, 이상 문학의 현실 인식과 세계관, 건국대 대학원, 1998.

이강수, 이상 텍스트 생산 과정 연구, 서울대 대학원, 1997.

이경, 이상 소설에 있어서 작중인물의 양면성 연구, 부산대 대학원, 1985.

이경배, 이상 문학의 시간 의식 연구, 동국대 대학원, 2001.

이계윤, 이상 소설의 공간 연구, 성신여대 대학원, 1995.

이만식, 이상 시 연구, 고려대 대학원, 1998.

이병렬, 이상 소설의 서사구조 연구, 숭실대 대학원, 1987.

이복숙, 이상 시의 모더니티 연구, 경희대 대학원, 1987.

이석, 이상 시의 의미 분석, 연세대 대학원, 1994.

이성모, 이상 문학의 존재론적 연구, 부산대 대학원, 1987.

이성혁, 이상 시문학의 미적 근대성 연구, 외국어대 대학원, 1996.

이수은, 이상 시 리듬 연구, 이화여대 대학원, 1997.

이순길, 이상 시 연구, 군산대 대학원, 2001.

이승훈, 이상 시 연구, 연세대 대학원, 1983.

이시영, 이상 소설의 서사구조 연구, 경남대 대학원, 1990.

이영성, 이상 시의 심상과 그 구조적 특성, 국민대 대학원, 1981.

이윤정, 이상 시 연구, 성신여대 대학원, 1997.

이은주, 이상의 「날개」 연구, 이화여대 대학원, 1978.

이은희, 이상의 상징성 이미지 연구, 성신여대 대학원, 2000.

이일영, 이상의 「오감도」론, 단국대 대학원, 1992.

이재복, 이상 소설의 몸과 근대성에 관한 연구, 한양대 대학원, 2001.

이종화, 이상 소설의 문체 연구, 전북대 대학원, 1983.

이진숙, 이상 텍스트의 주체 연구, 한양대 대학원, 1999.

이진연, 이상의 단편소설 연구, 중앙대 대학원, 1994.

이진오, 이상의 「오감도」 연구, 건국대 대학원, 2003.

이현숙, 이상 소설에 나타난 화자의 심리적 위상, 세종대 대학원, 1976.

이화경, 이상 문학에 나타난 주체와 욕망 연구, 전북대 대학원, 2000.

이희숙, 이상의 「12월 12일」 연구, 상지대 대학원, 1996.

임명섭, 이상의 문자 경험 연구, 고려대 대학원, 1997.

임완숙, 이상의 소설에 나타난 여성의 상징적 의미 고찰, 이화여대 대학원, 1975.

정노천, 이상 문학에 나타난 성 연구, 명지대 대학원, 1999.

정덕자, 이상 문학 연구, 이화여대 대학원, 1983.

정문규, 이상의 「날개」에 나타난 갈등 연구, 조선대 대학원, 1990.

정희모, 이상 소설 연구, 연세대 대학원, 1986.

조갑순, 이상 소설의 문체 분석, 강원대 대학원, 1983.

조해옥, 이상 시의 근대성 연구, 고려대 대학원, 2000.

최영희, 이상 소설에 나타난 소외 과정 연구, 이화여대 대학원.

최은자, 이상의 「날개」 연구, 전남대 대학원, 1988.

최지숙, 이상 소설 연구, 서울대 대학원, 1995.

최진석, 이상 소설의 서사구조 연구, 연세대 대학원, 2001.

하영선, 이상 소설 연구, 명지대 대학원, 2001.

한영일, 이상 문학의 의식 세계 연구, 연세대 대학원, 1988.

허남영, 이상 소설에 있어서 주관적 시간의 의미, 경희대 대학원, 1981.

허민석, 이상 소설의 인물 연구, 제주대 대학원, 1995.

홍영철, 이상의 「오감도」 연구, 동국대 대학원, 1998.

홍현숙, 이상과 김유정의 문체 비교 연구, 전남대 대학원, 1985.

황간연, 이상 소설 연구, 고려대 대학원, 1975.

황도경, 이상 소설의 공간성 연구, 이화여대 대학원, 1987.

황준하, 이상 「날개」의 심리주의적 연구, 중부대 대학원, 2001.

작가 연보

이상
(李箱, 1910~1937)

1910. 9. 23

서울 종로구 사직동에서 아버지 김연창金演昌
과 어머니 박세창朴世昌 사이의 장남으로 출
생. 본명은 해경海卿. 본관은 강릉. 아버지는
구한말 궁내부 활판소에서 일하다가 손가락 셋
이 잘린 뒤 이발소 일을 했으나 가난했다.

1912(2세)

부모를 떠나 아들이 없던 큰아버지 김연필金演
弼 댁에서 23세까지 성장. 큰아버지는 공업학교
교원으로 일하다가 나중에 총독부 기술직에 근
무했는데, 자식이 없어 이상을 양자로 들였으나
나중에 큰어머니가 아이를 가지는 바람에 큰어
머니의 편애가 심했다.

1917(7세)

4월, 누상동에 있는 신명학교 제1학년에 입학.
이때부터 그림에 재능을 보였다.

1921(11세)

3월, 신명학교 4년 졸업. 큰아버지의 교육열에
힘입어 그해 4월, 조선불교중앙교무원 경영의
동광학교에 입학.

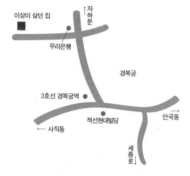

생가가 있던 자리. 이상의 10대조부터 살던 곳으로
당시는 150여 평이 넘는 터에 행랑채와 사랑채가
있는 큰 기와집이었으나, 지금은 10여 가구가 다닥
다닥 붙어 있다.

1924(14세)

동광학교가 보성고보로 병합되는 바람에 동교 4학년에 편입학. 이해에 교내 미술전람회에서 유화 〈풍경〉 입상.

1926(16세)

3월 5일, 보성고보 5학년 졸업. 그해 4월 동숭동에 있는 경성고등공업학교(서울공대의 전신) 건축과 제1학년에 입학. 미술에 집착을 가지고 보낸 고공 1여 년 동안 회람지 『난파선』의 편집을 주도. 삽화와 시를 발표.

경성고공 졸업 앨범 속의 이상

1929(19세)

3월, 경성고공 3년에 졸업. 조선총독부 내무국 건축과 기사로 근무. 11월, 관방官房 회계과 영선계로 옮긴 후 12월, 조선건축회지『조선과 건축』의 표지도안 현상모집에 1등과 3등으로 당선.

1931(21세)

7월, 처녀시 「이상한 가역반응」「파편의 경치」「BOITEUX· BOITEUSE」「공복」 8월, 일문시 「오감도」 10월 ,「3차각설계도」를 각각 『조선과 건축』에 발표. 이 무렵 곱추화가 구본웅을 알게 됨. 서양화 〈자화상〉을 조선미술전람회에 출품, 입선.

총독부 내무국 기사로 근무하던 시절

1932(22세)

『조선과 건축』 표지도안 현상모집에 4등으로 당선. '비구比久'란 익명으로 소설 「지도의 암실」(『조선』)을 발표. 7월 '이상李箱'이란 필명으로 된 시 「건축무한육면각체」를 발표.

1933(23세)

3월, 총독부 기수직을 사임. 통인동 큰아버지의 유산을 정리하여 효자동에 집을 얻고, 21년 만

이상의 자화상

에 친부모 형제들을 옮겨옴. 큰어머니는 계동으로 이사. 요양차 갔던 배천온천에서 기생 금홍과 알게 됨. 6월, 서울 종로 2가에 다방 '제비'를 개업. 동거생활 시작. 『가톨릭 청년』 6월호에 국문으로 시 「꽃나무」 「이런 시」 「1933. 6. 1」을 발표하고, 동지 10월호에 시 「거울」을 발표.

이상   김기림

1934(24세)

정지용, 이상허, 이효석, 김기림, 이무영, 조용만, 박태원 등으로 구성된 구인회에 입회, 본격적인 문학활동 시작. 『월간매신』에 시 「보통기념」을 발표. 시 「오감도」를 『조선중앙일보』에 발표, 물의가 일어 15회 연재 후 중난(원래는 30편). 8월, 박태원의 신문소설 「소설가 구보 씨의 1일」이라는 작품에 '하융河戎'이라는 화명畵名으로 삽화를 그림. 시 「소영위제」(『중앙』)를 발표.

김유정   박태원

1935(25세)

시 「지비」(『조선중앙일보』), 「정식」(『가톨릭 청년』), 수필 「산촌여정」(『매일신보』)을 발표. 9월, 경영난으로 다방 '제비'를 폐업하고 금홍과 헤어짐. 인사동에 카페 '쓰루(鶴)'을 인수해 경영했으나 얼마 못 가 실패. 다방 '69'를 설계하나 양도하고, 다시 다방 '맥麥'을 설계하지만 곧 양도. 계속된 경영 실패로 그의 가족은 신당동 빈민촌으로 이사. 성천, 인천 등지로 여행.

이태준   김환태

1936(26세)

3월, 창문사에서 구인회 동인지 『시와 소설』을 편집하지만 1집만 내고 창문사 나옴. 시 「지비」(『중앙』), 「역단」(『가톨릭청년』), 「가외가전」(『시와 소설』)을 발표. 수필 「서망율도」(『조광』), 「조춘점묘」(『매일신보』), 「여상」(『여성』), 「약수」(『중앙』), 「에피그램」(『여성』) 등을 발표. 소설 「지주회시」(『중앙』), 「날개」(『조광』) 등을 발표. 전부터 알았던 이화여전 출신 변동림과 결혼. 새로운 재기를 위하여 결혼한 지 석 달 만인 10월, 일본 동경으

김문집   안회남

「소설가 구보 씨의 1일」 삽화

로 떠남. 그곳에서 소설「공포의 기록」「종생기」
「환시기」, 수필「권태」「슬픈 이야기」등을 씀.
시「위독」(『조선일보』), 수필「행복」(『여성』), 「추등
잡필」(『매일신보』) 등 발표. 소설「봉별기」(『여성』)
발표.

1937(27세)

소설「동해」(『조광』), 동화「황소와 도깨비」(『매일
신보』) 발표. 2월, 사상 불온혐의로 일본 경찰에
유치. 3월, 건강이 악화되어 보석으로 출감. 4
월 17일 새벽 4시, 도쿄제국대학 부속병원에서
객사. 향년 만 26년 7개월. 그 전날(16일) 아버
지와 큰아버지 사망. 아내 변동림에 의해 유해
는 화장되어 환국, 미아리 공동묘지에 안장되었
다가 후일 유실.

창문사에서『시와 소설』을 편집할 때

* * *

1937

소설「공포의 기록」(『매일신보』), 「종생기」(『조광』),
시「파첩」(『자오선』), 수필「19세기식」(『삼사문학』),
「권태」(『조선일보』), 「슬픈 이야기」(『조광』) 발표.

1938

소설「환시기」(『청색지』), 시「무제·2」(『맥』) 발표.

1939

소설「실화」(『문장』), 「단발」(『조선문학』), 「김유정」
(『청색지』), 시「무제·3」(『맥』), 「청령」(『조선 시집』),
「한 개의 밤」(『조선 시집』), 수필「실낙원」(『조광』),
「동경」(『문장』), 「최저낙원」(『조선문학』) 발표.

발표 당시의「종생기」(『조광』 1937. 5)

1956

『이상 전집』(임종국 편, 태성사) 발간. 이때 유고 중
일문으로 쓴 다수의 시편이 수록되었다.

김소운이 일본에서 펴낸『조선 시집』(1939) 속
의 이상 시「청령」

1977

『이상 전집』(이어령 편, 갑인출판사) 발간. 문학사상
사에서 이상문학상을 제정하고 매년 시상하고
있다.

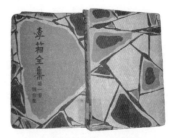

임종국이 펴낸 『이상 전집』(1956) 표지.

1990

5월 26일, 모교 보성고등학교 교정에 시비 및 기
념비가 세워짐. 시비에는 시 「오감도」와 이상의
얼굴이 새겨져 있는데 디자이너 안상수가 컴퓨
터그래픽으로 만든 것이며, 기념비는 조각가 한
용진의 작품이다.

1991

『이상 문학 전집』(김윤식 편, 문학사상사) 발간.

보성고등학교 교정에 세워진 이상 문학비.